DOIS PESOS, DUAS MEDIDAS

Outros livros da autora:

Tudo por amor
Agora e sempre
Algo maravilhoso
Alguém para amar
Até você chegar
Whitney, meu amor
Um reino de sonhos
Todo ar que respiras
Doce triunfo
Em busca do paraíso
Sussurros na noite

JUDITH McNAUGHT

DOIS PESOS, DUAS MEDIDAS

Tradução
Alda Porto

3ª edição

Rio de Janeiro | 2022

EDITORA-EXECUTIVA
Renata Pettengill

SUBGERENTE EDITORIAL
Luiza Miranda

EQUIPE EDITORIAL
Beatriz Araujo
Georgia Kallenbach

ESTAGIÁRIO
Leandro Tavares

REVISÃO
Renato Carvalho

DIAGRAMAÇÃO
Myla Guimaraes

CIP-BRASIL. CATALOGAÇÃO NA PUBLICAÇÃO
SINDICATO NACIONAL DOS EDITORES DE LIVROS, RJ

M429d   McNaught, Judith, 1944-
       Dois pesos, duas medidas / Judith McNaught ; tradução Alda Porto. – 3. ed. –
Rio de Janeiro : Bertrand Brasil, 2022.

       Tradução de: Double standards
       ISBN 978-65-5838-080-1

       1. Ficção americana. I. Porto, Alda. II. Título.

21-74611   CDD: 813
                                       CDU: 82-3(73)

Camila Donis Hartmann – Bibliotecária – CRB-7/6472

Copyright © Judith McNaught
Título original: *Double standards*

Texto revisado segundo o novo Acordo Ortográfico da Língua Portuguesa.

Todos os direitos reservados.
Não é permitida a reprodução total ou parcial desta obra, por
quaisquer meios, sem a prévia autorização por escrito da Editora.

Direitos exclusivos de publicação em língua
portuguesa somente para o Brasil adquiridos pela:
EDITORA BERTRAND BRASIL LTDA.
Rua Argentina, 171 — 3º andar — São Cristóvão
20921-380 — Rio de Janeiro — RJ
Tel.: (21) 2585-2000,
que se reserva a propriedade literária desta tradução.

Seja um leitor preferencial. Cadastre-se no site www.record.com.br
e receba informações sobre nossos lançamentos e nossas promoções.
Atendimento e venda direta ao leitor:
sac@record.com.br

Impresso no Brasil
2022

Dois pesos, duas medidas e *Doce triunfo* são diferentes dos meus outros romances contemporâneos. Foram escritos no início dos anos 1980 para publicação pela Harlequin. Nas últimas três décadas, eles vêm sendo lançados como títulos únicos pela Pocket Books, e já foram impressos em dezenas de idiomas em diversos países.

No entanto, enquanto lê esses romances, você vai se deparar com coisas como "máquinas de escrever" em vez de "computadores". Dependendo da sua idade, esses dois livros parecerão uma viagem no tempo ou um choque de cultura. Por exemplo, em *Dois pesos, duas medidas*, Nick Sinclair se esforça repetidamente para seduzir Lauren enquanto ela trabalha para ele. Hoje em dia, ele não conseguiria a garota — e sim um grande processo por assédio sexual! Em *Doce triunfo* você verá atitudes de mulheres focadas na carreira que vão te surpreender.

Aproveite esses romances por suas "singularidades".

Um grande abraço,

Judith McNaught

Capítulo 1

Philip Whitworth ergueu o olhar, a atenção atraída pelo ruído de passos leves que afundavam no luxuoso tapete oriental de seu escritório. Recostado na poltrona giratória de couro marrom, examinou o vice-presidente, que avançava a passos largos em sua direção.

— Então? — perguntou, impaciente. — Já anunciaram quem deu o menor lance?

O recém-chegado apoiou os punhos cerrados na mesa de mogno polido de Philip.

— Sinclair deu o lance mais baixo — disse ele, sem pestanejar. — A National Motors vai fechar com ele o contrato para o fornecimento de rádios para todos os carros que fabricam, porque Nick Sinclair bateu o nosso preço em míseros trinta mil dólares. — Inspirou furioso e expirou num assobio. — Aquele miserável nos tirou um contrato de cinquenta milhões de dólares diminuindo em um por cento o nosso preço!

Apenas o leve enrijecimento do maxilar definido de Philip Whitworth denunciava a raiva que fluía em seu interior ao dizer:

— É a quarta vez em um ano que ele nos tira um grande contrato. Uma senhora coincidência, não?

— Coincidência! — repetiu o vice-presidente. — Não é nada disso, e você sabe, Philip! Alguém em minha divisão está na folha de pagamentos de Nick Sinclair. Algum sacana deve estar nos espionando, descobrindo o valor do lance em nosso envelope lacrado e repassando a informação para que Sinclair baixe a própria oferta em poucos dólares. Somente seis homens que trabalham para mim sabiam o nosso valor para esse serviço, e um deles é o espião.

Philip reclinou-se mais na poltrona, e os cabelos grisalhos tocaram o apoio de couro.

— Você mandou investigar os seis, e tudo que descobrimos é que três deles traem as esposas.

— Então as investigações não foram completas o suficiente!

O vice-presidente se endireitou, passando a mão pelos cabelos, então deixou cair o braço.

— Escute, Philip, sei que Sinclair é seu enteado, mas você vai ter de fazer alguma coisa para detê-lo. Ele está determinado a destruí-lo.

A frieza brilhou nos olhos de Philip Whitworth.

— Eu jamais o reconheci como "enteado", e minha esposa não o reconhece como filho. Agora, o que, precisamente, você propõe que eu faça para detê-lo?

— Infiltrar um espião na empresa de Sinclair, descobrir quem é o contato dele aqui. Não me importa o que você vai fazer, mas, pelo amor de Deus, faça *alguma coisa*!

O áspero toque do comunicador na mesa cortou a resposta de Philip, e ele pressionou o botão.

— Sim, Helen?

— Desculpe interrompê-lo, senhor — disse a assistente —, mas uma tal de srta. Lauren Danner está aqui. Ela diz que tem uma entrevista marcada com o senhor.

— Tem sim. — Ele suspirou irritado. — Concordei em entrevistá-la para uma possível colocação na empresa. — Apertou novamente o botão, desligando, e voltou sua atenção para o vice-presidente, que, embora preocupado, olhava-o com curiosidade.

— Desde quando você entrevista candidatos, Philip?

— Trata-se de uma entrevista de cortesia — explicou o presidente com outro suspiro de impaciência. — O pai dela é um parente distante, primo de quinto ou sexto grau, pelo que me lembro. Danner é um daqueles parentes que minha mãe desenterrou anos atrás, quando estava fazendo pesquisas para o livro sobre a nossa árvore genealógica. Toda vez que localizava um novo grupo de possíveis parentes, ela os convidava à nossa casa para "uma visitinha", de modo que pudesse aprofundar-se na questão, obtendo mais dados sobre os ancestrais, com o intuito de descobrir se eram realmente parentes e decidir se valia a pena mencioná-los no livro.

"Danner era professor numa universidade de Chicago. Não pôde ir, por isso mandou a esposa, uma pianista, e a filha em seu lugar. A sra. Danner morreu num acidente de carro há alguns anos, e não tive mais notícias dele. Até a semana passada, quando me ligou e pediu que entrevistasse a filha, Lauren. Ele disse que não há nada apropriado para ela em Fenster, no Missouri, onde moram agora."

— Um tanto presunçoso da parte dele ligar para você, não?

A expressão de Philip foi tomada por um misto de resignação e tédio.

— Vou conversar um pouco com ela e depois dispensá-la. Não temos lugar para ninguém formado em música. Mesmo que tivéssemos, eu não contrataria Lauren Danner. Jamais conheci, na minha vida, uma menina tão irritante, agressiva, mal-educada e sem graça quanto ela! Estava acima do peso, tinha cerca de nove anos, sardas e uma cabeleira ruiva que parecia nunca ter visto um pente. Usava óculos horrendos de tartaruga e, meu Deus, olhava para *nós* com desprezo!

A ASSISTENTE DE PHILIP WHITWORTH olhou de relance para a jovem sentada a sua frente — usava tailleur azul-marinho e blusa branca com uma prega larga, e tinha os cabelos cor de mel presos num elegante coque, com cachos delicados caindo sobre as orelhas e emoldurando um rosto de beleza impecável. Maçãs do rosto ligeiramente elevadas, nariz pequeno, o queixo delicadamente arredondado, mas eram os olhos seu traço mais fascinante. Sob o arco das sobrancelhas, longos cílios curvados enquadravam os olhos de um surpreendente e luminoso azul-turquesa.

— O sr. Whitworth a receberá dentro de alguns minutos — disse a assistente, educadamente, com o cuidado de não a encarar.

Lauren Danner desviou o olhar da revista que fingia ler e sorriu.

— Obrigada — agradeceu e tornou a olhar para baixo, às cegas, tentando controlar aquela mistura de apreensão e nervosismo por encontrar Philip Whitworth.

Catorze anos não haviam atenuado a dolorosa lembrança dos dois dias que passara na magnífica mansão de Grosse Pointe, onde toda a família

Whitworth e até os criados haviam tratado Lauren e sua mãe com insultante desdém.

O telefone na mesa da assistente tocou, fazendo o nervosismo de Lauren subir às alturas. "Como", perguntou-se em desespero, "fora parar naquela situação desagradável e insuportável?" Se soubesse que o pai ia ligar para Philip Whitworth, talvez pudesse tê-lo dissuadido. Mas, quando descobriu, a ligação já havia sido feita, e a entrevista, acertada. Quando tentou protestar, ele respondera com toda a calma que Philip Whitworth lhes devia um favor, e a menos que a filha lhe apresentasse argumentos lógicos contra a ida a Detroit, esperava que ela cumprisse com sua parte no compromisso.

Lauren largou a revista não lida no colo e soltou um suspiro. Lógico, *podia* ter lhe contado como os Whitworth se comportaram catorze anos atrás. Mas, no momento, o dinheiro era a principal preocupação do pai, e a falta deste enchia o pálido rosto de rugas de preocupação. Havia pouco, os contribuintes do Missouri, em meio a uma recessão econômica, tinham votado contra um aumento desesperadamente necessário do imposto escolar. Em consequência, milhares de professores foram imediatamente demitidos, entre eles, o pai. Três meses depois, ele voltara de mais uma infrutífera viagem em busca de emprego, dessa vez no Kansas. Largara a pasta na mesa e sorrira tristemente para Lauren e sua madrasta:

— Acho que hoje em dia um ex-professor não consegue arranjar emprego nem como faxineiro — dissera, parecendo exausto e estranhamente abatido. Massageara meio distraído o peito perto do braço esquerdo, e acrescentara com ar sombrio: — O que talvez seja melhor. Não me sinto forte o suficiente para varrer.

Sem aviso, sofrera um colapso, vítima de um ataque cardíaco fulminante.

Embora seu pai estivesse se recuperando agora, aquele acontecimento mudara o rumo da vida de Lauren. "Não", corrigiu a jovem, ela mesma mudara o rumo de sua vida. Após anos de estudo ininterrupto e cansativos treinos de piano, e depois de obter o mestrado em música, decidira que não tinha a ambição férrea, a dedicação necessária para fazer sucesso como pianista de concertos. Herdara o talento musical da mãe, mas não sua incansável dedicação à arte.

Lauren queria mais da vida além da música. De certa forma, essa arte lhe roubara tanto quanto lhe dera. Por causa da escola, das lições, dos treinos e por ter de trabalhar para pagar as aulas e a instrução, jamais tivera tempo para relaxar e se divertir. Quando fizera vinte e três anos, havia viajado para várias cidades dos Estados Unidos, mas tudo que vira foram quartos de hotel, salas de ensaio e auditórios. Conhecera inúmeros homens, porém jamais tivera tempo para mais que um relacionamento breve. Ganhara bolsas de estudo, prêmios e recompensas, mas nunca dinheiro suficiente para pagar todas as despesas sem o fardo adicional de um emprego em meio período.

Ainda assim, após investir tanto de sua vida na música, parecia errado, um desperdício, jogar tudo fora por outra carreira. A doença do pai e a quantidade desconcertante de contas que se acumulavam a haviam obrigado a tomar a decisão que vinha adiando. Em abril, ele perdera o emprego e, com isso, o convênio médico; em julho, a saúde também se fora. No passado, ele bancara a escola e as aulas; agora chegara sua vez de ajudá-lo.

Ao pensar nessa responsabilidade, Lauren sentiu como se carregasse o peso do mundo nas costas. Precisava de um emprego, dinheiro, e precisava disso já. Olhou para a luxuosa recepção e sentiu-se estranha e desorientada ao tentar se imaginar trabalhando numa grande empresa. Não que isso importasse — se o salário compensasse, aceitaria qualquer função. Bons empregos, com oportunidades de promoção, quase não existiam em Fenster, e os disponíveis pagavam uma quantia deplorável em comparação com outros similares em áreas metropolitanas, como Detroit.

A assistente desligou o telefone e levantou-se.

— O sr. Whitworth a receberá agora, srta. Danner.

Lauren a seguiu até uma porta de mogno esplendidamente esculpida. Quando a secretária a abriu, Lauren fez uma breve e desesperada prece para que o parente do pai não se lembrasse de quando o visitara no passado, e entrou no escritório. Anos de recitais haviam lhe ensinado a esconder o nervosismo, e agora lhe possibilitavam abordar Philip Whitworth com uma aparência externa de perfeito equilíbrio enquanto ele se levantava, exibindo uma expressão de perplexidade nas feições aristocráticas.

— Certamente, o senhor não se lembra de mim, sr. Whitworth — disse ela, estendendo com graça a mão por cima da mesa —, mas sou Lauren Danner.

O aperto de mão de Philip Whitworth foi firme, sua voz assumindo um tom de deleite mordaz:

— Na verdade, lembro-me muito bem, Lauren; você foi uma criança... inesquecível.

Ela sorriu, surpresa com a espontaneidade.

— É muita bondade sua. Poderia ter dito irritante, em vez de inesquecível.

Com isso, uma trégua frágil se instaurou e ele acenou com a cabeça, indicando uma poltrona de veludo dourado diante da escrivaninha.

— Por favor, sente-se.

— Trouxe meu currículo — disse Lauren, tirando um envelope da bolsa ao sentar-se.

Philip abriu-o e retirou as folhas datilografadas, mas permaneceu com os olhos castanhos fixos no rosto da candidata, examinando minuciosamente suas feições.

— A semelhança com sua mãe é espantosa — disse após um longo instante. — Ela era italiana, não é mesmo?

— Meus avós eram italianos — esclareceu Lauren. — Minha mãe nasceu aqui.

Philip balançou a cabeça.

— Seu cabelo é muito mais claro, mas fora isso vocês são quase idênticas. — Desviou o olhar para o currículo que ela lhe dera e acrescentou, calmamente: — Ela era uma mulher extremamente bonita.

Lauren recostou-se na poltrona, um pouco perplexa pela inesperada direção que a entrevista tomava. Era um tanto desconcertante descobrir, apesar da atitude externa fria e distante catorze anos antes, que Philip Whitworth parecia ter achado Gina Danner bonita. E agora estava dizendo a Lauren que a achava bonita também.

Enquanto ele passava os olhos pelo currículo, Lauren deixou os pensamentos divagarem, observando o esplendor do luxuoso escritório. Era dali que Philip Whitworth comandava todo o seu império. Ela aproveitou o momento para examiná-lo. Mesmo com mais de 50 anos, era extremamente sexy. Apesar do cabelo grisalho, o rosto queimado de sol não parecia muito marcado por rugas e não havia um grama de gordura no corpo alto e bem formado. Sentado atrás da imensa mesa, num terno escuro de corte impecável, ele parecia emanar uma aura de riqueza e poder que Lauren, com relutância, achou impressionante.

Pelos olhos de uma adulta, ele não parecia o homem frio, presunçoso e esnobe de que ela se lembrava. Na verdade, parecia, nos mínimos detalhes, um homem distinto e elegante, com uma atitude inegavelmente cortês e evidente senso de humor. Somando tudo, Lauren não pôde deixar de sentir que seu preconceito contra ele durante todos aqueles anos talvez tivesse sido injusto.

Philip Whitworth estudou a segunda página do currículo de Lauren, e ela sentiu-se um fracasso! *Por quê*, exatamente, a súbita mudança de opinião quanto a ele?, perguntou-se, pouco à vontade. Era verdade que ele se mostrava cordial e gentil agora — mas por que não seria? Ela não era mais uma menininha simplória de nove anos, e sim uma mulher com um rosto e corpo que atraíam o olhar dos homens.

Haveria mesmo cometido um erro de julgamento sobre os Whitworth durante todos aqueles anos? Ou se deixava influenciar pela óbvia riqueza e agradável sofisticação de Philip Whitworth?

— Embora seu desempenho na universidade seja excelente, espero que compreenda a inutilidade de uma formação em música para o mundo dos negócios — disse ele.

Na mesma hora Lauren voltou a atenção para a questão imediata:

— Sei disso. Escolhi a música por amor, mas percebo que não há futuro nessa área.

Com tranquila dignidade, ela explicou em poucas palavras os motivos que a fizeram abandonar a carreira de pianista, incluindo a saúde do pai e a situação financeira da família.

Philip ouviu com atenção, depois tornou a olhar para o currículo que tinha em mãos.

— Notei que também fez vários cursos de administração na faculdade.

Quando ele fez uma pausa, Lauren começou a alimentar a expectativa de que ele poderia estar realmente considerando contratá-la.

— Na verdade, faltaram apenas algumas disciplinas para eu me formar em administração.

— E, enquanto fazia faculdade, você trabalhou depois das aulas e nas férias de verão como assistente pessoal — continuou Philip, pensativo. — Seu pai não mencionou isso ao telefone. Suas qualificações como estenógrafa e datilógrafa são mesmo tão excelentes como diz o currículo?

— São — respondeu Lauren, mas, à menção da experiência como assistente, seu entusiasmo começou a definhar.

Philip relaxou em sua poltrona e, após pensar por um instante, pareceu chegar a uma decisão:

— Posso lhe oferecer o emprego de assistente, Lauren, um cargo desafiador e de confiança. Não posso fazer mais nada, a não ser que você realmente se forme em administração.

— Mas eu não *quero* ser assistente — disse ela com um suspiro.

Um sorriso irônico lhe entortou os lábios quando viu como Lauren parecia desanimada.

— Você disse que a sua principal preocupação agora é o dinheiro, e no momento, por acaso, há uma tremenda escassez de secretárias executivas qualificadas e de alto nível. Por isso, são muito procuradas e muitíssimo bem pagas. A minha, por exemplo, fatura quase tanto quanto os executivos de nível médio da administração.

— Mesmo assim... — Lauren começou a protestar.

O sr. Whitworth ergueu uma das mãos para silenciá-la.

— Deixe-me concluir. Você trabalhava para o presidente de uma pequena empresa. Num ambiente assim, todos sabem o que todo mundo faz e por quê. Infelizmente, nas grandes corporações como esta, apenas os altos executivos e suas assistentes têm consciência do quadro geral. Posso lhe dar um exemplo do que estou tentando dizer?

Lauren fez que sim com a cabeça, e ele continuou:

— Digamos que você seja contadora em nossa divisão de rádios e lhe peçam para preparar uma análise do custo de cada aparelho que produzimos. Você passa semanas preparando o relatório sem saber *por que* está fazendo isso. Talvez porque estejamos pensando em fechar essa divisão, pode ser que estejamos cogitando expandi-la; ou ainda porque planejamos fazer uma campanha publicitária para ajudar a vender *mais* rádios. Você não sabe quais são nossos planos, nem seu supervisor, nem o supervisor dele. As únicas pessoas que têm conhecimento desse tipo de informação confidencial são os gerentes de divisão, vice-presidentes *e* — concluiu com ênfase e um sorriso — suas assistentes! Se você começar nessa posição aqui, terá uma visão geral da empresa, e poderá fazer uma escolha consciente sobre possíveis metas futuras de carreira.

— Posso fazer qualquer outra coisa numa empresa como a sua que pague tão bem quanto o cargo de assistente? — perguntou Lauren.

— Não — ele respondeu com tranquila firmeza. — Só depois de conseguir o diploma em administração.

Por dentro, Lauren suspirou, mas sabia que não tinha escolha. Precisava ganhar tanto dinheiro quanto possível.

— Não fique tão triste — disse ele —, o trabalho não será monótono. Ora, minha própria assistente sabe mais de nossos planos do que a maioria dos meus executivos. As secretárias executivas estão por dentro de todo tipo de informações altamente confidenciais. São...

Parou de falar por um instante, olhando fixamente para Lauren em um silêncio carregado de emoção, e, quando voltou a falar, tinha na voz um tom calculado e triunfante:

— Secretárias executivas ficam sabendo de informações altamente confidenciais — repetiu, e um inexplicável sorriso iluminou as feições aristocráticas. — Uma secretária! — sussurrou. — Jamais suspeitariam de uma assistente! Nem sequer a investigariam. Lauren — disse baixinho, os olhos castanhos brilhantes como topázio —, vou lhe fazer uma proposta bastante incomum. Por favor, não discuta enquanto não ouvir até o fim. Bem, o que você sabe sobre espionagem industrial?

Lauren teve a incômoda sensação de estar à beira de um perigoso precipício.

— O suficiente para saber que já mandaram muita gente para a prisão por causa disso, e que não quero de jeito nenhum nada com isso, sr. Whitworth.

— Lógico que não — disse ele, com suavidade na voz. — E, por favor, me chame de Philip; afinal, somos parentes, e venho chamando você de Lauren.

Inquieta, ela fez que sim com a cabeça.

— Não quero que espione outra empresa, estou pedindo que espione a minha! Deixe-me explicar. Nos últimos anos, uma empresa chamada Sinco tornou-se nossa maior concorrente. Toda vez que damos um lance em um contrato, a Sinco parece saber quanto vamos oferecer e dá um lance um por cento menor. De algum modo, ela descobre o valor que colocamos no envelope, que é lacrado, depois reduz o preço da própria proposta para que fique pouco abaixo da nossa e nos roube o contrato.

"Voltou a acontecer ainda hoje. Só seis homens aqui poderiam ter dito à Sinco qual era o valor de nosso lance, e um deles deve ser o espião. Não quero demitir cinco executivos leais apenas para me livrar de um traidor ganancioso. Mas se a Sinco continuar a roubar nossos negócios desse jeito, vou ter de começar a despedir o pessoal", continuou. "Eu emprego doze mil pessoas, Lauren. Doze mil pessoas dependem das Empresas Whitworth para ganhar a vida. Doze mil famílias contam com a empresa para ter um teto e comida na mesa. Há uma chance de você ajudá-las a manter o emprego e suas casas. Só lhe peço que se candidate a um cargo de assistente na Sinco hoje. Com certeza precisam aumentar a equipe para dar conta do trabalho que acabaram de nos roubar. Com suas qualificações e experiência, na certa a considerarão para o cargo de secretária de algum alto executivo."

Ignorando o bom senso, Lauren perguntou:

— Se eu conseguir o emprego... e depois?

— Então lhe darei os nomes dos seis homens, um deles deve ser o espião, e você só precisará ficar atenta para ouvir se alguém da Sinco o menciona.

Philip curvou-se para a frente na cadeira e cruzou as mãos sobre a mesa.

— É difícil, Lauren, mas, falando francamente, estou desesperado o suficiente para tentar qualquer coisa. Agora, minha parte no acordo: planejo lhe oferecer um cargo de assistente, com um salário bastante atraente.

A quantia surpreendeu Lauren, e o espanto se revelou em sua expressão. Era muito mais do que seu pai ganhava como professor. Ora, se não desperdiçasse, poderia sustentar a família e a si mesma.

— Vejo que ficou satisfeita — disse Philip com um sorriso irônico. — Os salários em cidades grandes como Detroit são muito altos em comparação com lugares menores. Agora, se você se candidatar a uma vaga na Sinco hoje à tarde e lhe oferecerem um emprego de secretária, quero que aceite. Se o salário for inferior ao que acabei de lhe oferecer, minha empresa cobrirá a diferença. Se conseguir o nome do espião, ou qualquer coisa de verdadeiro valor para mim, pago a você uma gratificação de dez mil dólares. Dentro de seis meses, se não conseguir descobrir nada de importante, pode largar o emprego na Sinco e vir trabalhar como assistente para nós. Tão logo complete o curso de administração, pode escolher qualquer outro cargo que deseje aqui, desde que, lógico, tenha competência para tal. — Ele estudou o rosto da jovem com os olhos castanhos, analisando as feições perturbadas. — Alguma coisa a incomoda — observou em voz baixa. — O que seria?

— *Tudo* isso me incomoda — admitiu Lauren. — Não gosto de intriga, sr. Whitworth.

— Por favor, me chame de Philip. Pelo menos faça isso por mim. — Com um suspiro cansado, ele tornou a se recostar na poltrona. — Lauren, eu sei que não tenho absolutamente direito algum de lhe pedir que se candidate a uma vaga na Sinco. Talvez a surpreenda saber que tenho consciência de como foi desagradável para você nos visitar catorze anos atrás. Meu filho Carter estava numa idade difícil, minha mãe, obcecada com a pesquisa da árvore genealógica da família, e minha esposa e eu, bem, sinto muito por não termos sido mais simpáticos.

Em circunstâncias normais, Lauren teria recusado a oferta. Mas sua vida estava um completo tumulto, as responsabilidades financeiras a oprimiam. Sentia-se tonta, estava insegura e carregava um fardo inacreditável.

— Tudo bem — disse devagar. — Eu aceito.

— Ótimo — disse Philip de imediato.

Pegou o telefone, discou o número da Sinco, pediu para falar com o gestor de recursos humanos e passou o telefone a Lauren, para que marcasse uma entrevista. Lauren secretamente esperava que a outra empresa recusasse a recebê-la, mas tal esperança foi logo cortada pela raiz. Segundo o homem com quem ela falou, a Sinco acabara de ganhar um grande contrato e precisava imediatamente de secretárias experientes. Como planejava trabalhar até tarde da noite, ele a instruiu a aparecer logo por lá.

Depois Philip se levantou, estendeu a mão e segurou a dela.

— Obrigado — disse apenas. — Quando preencher o formulário para a vaga, dê o endereço de sua casa no Missouri, mas este número de telefone aqui, para que a encontrem em minha casa. — Anotou o número num bloco de papel e arrancou a folha. — Os empregados atendem com um mero "alô" — explicou.

— Não — Lauren se apressou em dizer. — Eu não gostaria de impor minha presença... Prefiro ficar num hotel.

— Não a culpo por sentir-se assim — respondeu ele, fazendo Lauren se sentir rude e indelicada —, mas gostaria de compensá-la por aquela outra visita.

Lauren se rendeu ao argumento.

— Tem certeza de que a sra. Whitworth não fará nenhuma objeção?

— Carol terá enorme prazer.

Quando a porta se fechou atrás de Lauren, Philip Whitworth pegou o telefone e discou um número que tocava no escritório particular do filho, logo do outro lado do corredor.

— Carter, acho que encontramos uma brecha na armadura de Nick Sinclair. Lembra-se de Lauren Danner...?

Capítulo 2

Quando Lauren entrou no setor de recursos humanos da Sinco, já passava das cinco e ela chegara à conclusão de que não podia espionar para Philip Whitworth. Só de pensar no assunto no caminho, seu coração tinha acelerado, e as palmas das mãos, suado ao volante. Embora fosse gostar de ajudar Philip, as intrigas e trapaças envolvidas a deixavam petrificada. Ainda assim, odiava admitir sua covardia para ele.

Enquanto preenchia os intermináveis formulários e questionários exigidos pela Sinco, imaginou que a melhor maneira de sair daquela situação seria honrar a promessa se candidatando a uma vaga — e depois se certificar de que não conseguiria nenhuma. Portanto, errou de propósito na ortografia, datilografia e estenografia, e deixou de incluir o diploma universitário. Para coroar, caprichou na resposta à última pergunta no formulário de emprego. As instruções mandavam relacionar, em ordem de preferência, três cargos para os quais se sentia qualificada. Lauren escrevera "presidente" como primeira escolha, "gerente de RH" como segunda e "assistente" como terceira.

O verdadeiro gerente de RH, o sr. Weatherby, avaliou os testes, a expressão revelando seu horror conforme o fazia. Ele então os colocou de lado e pegou o formulário, e ela o viu deslizar o olhar até o pé da última página, onde se achava relacionado, entre as suas três opções, o próprio cargo do homem! Ao ler isso, ele ficou com o rosto vermelho de raiva, narinas dilatadas. Lauren teve de morder o lábio inferior para segurar o riso. Talvez *tivesse* talento para a intriga e o subterfúgio, pensou com um sorriso interior ao vê-lo se levantar e lhe informar, com toda frieza, que ela não satisfazia os padrões de contratação da Sinco para cargo *algum*.

Quando Lauren saiu do prédio, descobriu que a sombria tarde nublada de agosto dera lugar a uma noite prematura e cheia de vento. Com um arrepio, apertou mais o blazer azul-marinho contra o corpo.

O tráfego no centro concentrava-se na Avenida Jefferson, um mar de faróis brancos e lanternas traseiras vermelhas que passavam em disparada nas duas direções. Enquanto esperava que o sinal abrisse, gordas gotas de chuva começaram a salpicar a calçada em volta. O trânsito ficou mais tranquilo e Lauren atravessou o largo bulevar, chegando ao meio-fio pouco antes que os carros passassem zunindo por ela.

Sem fôlego e ensopada, ergueu o olhar para o prédio alto e sombrio em construção à sua frente. O estacionamento onde deixara o carro ficava a quatro quarteirões, mas, se cortasse pela área ao redor do edifício, podia poupar pelo menos uma quadra. Uma nova rajada de vento que soprava do rio Detroit enrolou sua saia nas pernas e ajudou-a a se decidir. Sem ligar para a placa de Acesso Proibido, se esgueirou sob as cordas em torno da área de construção.

Andando tão rápido quanto permitia o terreno irregular, Lauren olhou para cima, para as luzes espalhadas aqui e ali no prédio que, fora isso, estava às escuras. Tinha pelo menos oitenta andares, todo coberto de espelhos que refletiam as luzes cintilantes da cidade. Onde havia iluminação interna, a superfície espelhada tornava-se um vidro comum, e Lauren viu caixas empilhadas nos escritórios, como se os moradores se aprontassem para ocupar o espaço.

Perto do edifício percebeu estar protegida do vento que soprava do rio, por isso teve o cuidado de permanecer sob essa proteção. Enquanto corria, ocorreu a Lauren que era uma mulher solitária, sozinha no escuro naquela que diziam ser uma cidade tomada pelo crime. A ideia lhe provocou um calafrio na espinha.

De repente, passos pesados soaram na terra às suas costas, e ela sentiu o coração pular de terror. Apressou o passo, e as passadas anônimas também se moveram com mais rapidez. Em pânico, Lauren disparou, aos tropeços. No momento em que voava rumo à entrada principal, uma das enormes portas de vidro se abriu e dois homens surgiram do prédio escuro.

— Socorro! — gritou ela. — Tem alguém... — O pé se enroscou num emaranhado de fios. Lauren tropeçou e foi lançada no ar, a boca aberta em um grito silencioso; debatendo-se para se equilibrar, caiu de bruços no chão aos pés dos homens.

— Sua idiota! — rosnou um deles, a voz marcada por furiosa preocupação conforme os dois se agachavam e a examinavam, ansiosos. — Que diabos acha que está fazendo?

Apoiando-se no antebraço, Lauren ergueu o olhar constrangido dos sapatos para o rosto do homem.

— Teste para o circo — respondeu, secamente. — E para o bis, em geral, caio de uma ponte.

Uma sonora gargalhada veio do outro sujeito, que a pegou com firmeza pelos ombros e a ajudou a se levantar.

— Como se chama? — perguntou. E, quando ela disse o nome, ele acrescentou preocupado: — Consegue andar?

— Por quilômetros — garantiu Lauren, insegura.

Cada músculo do seu corpo protestava, e o tornozelo esquerdo latejava de dor.

— Então acho que você consegue ir até o prédio para darmos uma olhada no estrago — disse o homem, com um sorriso na voz. Deslizando o braço pela cintura de Lauren, puxou-a de encontro a si para que pudesse se apoiar nele.

— Nick — disse o outro, com voz aguda —, acho melhor eu chamar uma ambulância enquanto você fica aqui com a srta. Danner.

— Por favor, não! — implorou ela. — Estou mais envergonhada do que machucada — acrescentou desesperada, quase desabando de alívio quando o homem chamado Nick começou a guiá-la para o saguão escuro.

Por um instante, ela pensou que era desaconselhável se meter num prédio deserto com dois desconhecidos, mas, quando entraram, o outro sujeito acendeu alguns pequenos spots no teto alto e a maioria das dúvidas de Lauren se desfez; era um homem de meia-idade, respeitável e de terno e gravata. Mesmo com pouca luz, parecia mais um executivo bem-sucedido que um bandido. Lauren deu uma espiada em Nick, cujo braço ainda lhe envolvia a cintura. Usava calça e jaqueta jeans. A julgar pelo perfil sombreado, Lauren imaginou-o por volta dos trinta, e não lhe parecia nada sinistro.

Olhando para trás, Nick falou para o outro homem:

— Mike, deve haver um kit de primeiros socorros numa das salas de manutenção. Vá buscá-lo e o traga aqui.

— Certo — respondeu Mike, encaminhando-se em direção a um sinal luminoso em que se lia "Escada".

Curiosa, Lauren estudou o imenso saguão. Todo em mármore travertino: as paredes, os pisos e mesmo as graciosas colunas que se erguiam por dois andares até o teto bem acima. Dezenas de plantas em vasos e folhagens opulentas ladeavam uma das paredes, aparentemente à espera de alguém que as colocasse nos devidos lugares no vasto saguão.

Quando chegaram a um conjunto de elevadores na parede oposta, Nick passou a mão por trás dela e apertou o botão. As reluzentes portas metálicas se abriram e Lauren entrou no elevador bem iluminado.

— Vou levá-la a um escritório mobiliado, onde poderá se sentar e descansar até se sentir recuperada o bastante para caminhar sem ajuda.

Lauren lhe lançou um radiante olhar de gratidão — e estacou com o choque. Parado ao lado dela, com as feições visíveis, iluminadas agora pela luz mais forte, estava um dos homens mais bonitos que ela já vira. Ao mesmo tempo, as portas do elevador se fecharam e Lauren desviou os olhos do rosto dele.

— Obrigada — disse num sussurro estranho e áspero, livrando-se, com timidez, do braço que a amparava —, mas posso ficar de pé sozinha.

Ele apertou o botão do octogésimo andar, e Lauren sufocou o impulso feminino de estender a mão e ajeitar os cabelos — seria demasiado óbvio, fútil demais. Imaginou se ainda lhe restava algum vestígio do batom, se tinha sujado o rosto. Para uma mulher sensata, reagia de forma bastante tola ao que, afinal, não passava de um atraente rosto masculino.

"Seria de fato tão atraente assim?", se perguntou. Decidiu conferir, mas com discrição dessa vez. De modo displicente, ergueu os olhos para as luzes acima das portas, que piscavam os números dos andares. Cuidadosamente, desviou o olhar para o lado... Nick observava os números, com a cabeça meio inclinada para trás, o rosto de perfil.

Além de ser ainda mais atraente do que ela julgara, ele tinha pelo menos um metro e oitenta de altura, ombros largos e corpo de atleta. Fartos cabelos cor de café, com um belo e estiloso corte. Força masculina talhada em cada traço do perfil altivo, das retas sobrancelhas pretas à arrogante projeção do queixo. Boca firme, mas com contorno sensual.

Lauren ainda examinava a fina linha dos lábios quando os viu se curvarem de súbito, como se um sorriso estivesse à espreita ali. Ergueu o olhar e, horrorizada, viu que os olhos cinza tinham se voltado para ela.

Flagrada o encarando e quase babando, disse a primeira coisa que lhe veio à cabeça:

— Eu... eu tenho medo de elevadores — improvisou como uma louca. — Tento me concentrar em outra coisa para... hã... afastar a mente da altura.

— Muito inteligente — observou ele, mas o tom provocante deixava óbvio que aprovava não a sensata solução para o seu medo de elevadores, mas sim a engenhosidade de inventar uma desculpa tão plausível.

Lauren se viu dividida entre rir da seca observação e corar por não ter conseguido enganá-lo. Não fez nenhuma das duas coisas, e, em vez disso, teve o cuidado de manter o olhar voltado para as portas do elevador até se abrirem no octogésimo andar.

— Espere aqui enquanto acendo as luzes — disse Nick.

Alguns segundos depois, painéis de lâmpadas no teto se acenderam, iluminando todo o andar; a metade esquerda continha uma imensa sala de recepção e quatro escritórios com grandes painéis de lambris de carvalho. Nick segurou o cotovelo de Lauren, que sentiu os pés afundarem no tapete verde-esmeralda enquanto se deixava guiar pela porta do elevador até o lado oposto.

Aquela metade do andar continha outra área de recepção ainda maior, com uma mesa circular ao centro. Lauren teve o vislumbre de um belo escritório à direita, já equipado com arquivos embutidos e uma reluzente mesa em madeira cromada. Em sua mente, comparou-a à que usava em seu antigo emprego, que ficava no meio do entulhado escritório para três pessoas. Era difícil acreditar que um espaço tão luxuoso se destinasse a uma simples assistente.

Quando expressou o pensamento em voz alta, Nick lhe lançou um olhar zombeteiro.

— As assistentes qualificadas muito se orgulham por serem *apenas* isso, assistentes, e os salários que recebem sobem a cada ano.

— Eu, por acaso, *sou* uma assistente — declarou ela, quando os dois atravessaram a área da recepção rumo a um par de portas de jacarandá com dois metros e meio de altura. — Eu estava do outro lado da rua, atrás de um emprego na Sinco, antes de, hã, conhecer você.

Nick abriu as duas portas, recuando para deixá-la entrar na frente, enquanto a examinava mancar.

Lauren tinha uma consciência tão aguda daquele olhar de um cinza penetrante nas suas pernas que sentiu os joelhos cederem, e já cruzara metade do aposento antes de estudar, de fato, o ambiente. O que viu a fez parar subitamente.

— Minha nossa! — murmurou. — O que *é* isso, afinal?

— Isso — respondeu Nick com um sorriso ao ver sua expressão boquiaberta — é o escritório do presidente. Um dos poucos já totalmente prontos.

Sem fala, ela deixou o olhar de admiração passear pelo gigantesco escritório. A extensa parede de vidro à sua frente ia do chão ao teto, o que oferecia uma ininterrupta vista noturna de Detroit em todo o esplendor; fantástica e brilhante, aberta em leque por intermináveis quilômetros ao longe. As três outras paredes eram revestidas com painéis de jacarandá acetinado.

Metros e mais metros de tapetes cor de creme revestiam o piso, e uma esplêndida mesa do mesmo jacarandá ao longe, à direita, dava de frente para a sala. Seis cadeiras cromadas e com estofado verde-musgo ocupavam posições estratégicas diante da mesa, e no lado oposto três longos sofás bastante confortáveis da mesma cor formavam um amplo U em torno de uma imensa mesa de centro com tampo de vidro, tendo como base um enorme pedaço de madeira envernizada.

— É absolutamente incrível — disse ela, baixinho.

— Vou preparar um drinque para nós enquanto Mike pega o kit de primeiros socorros — avisou Nick.

Lauren se virou, encarando-o com ar divertido enquanto ele caminhava até uma parede vazia, de jacarandá, apertando-a com as pontas dos dedos. Um imenso painel deslizou em silêncio para o lado, revelando um belo bar espelhado, iluminado por minúsculos spots ocultos. As prateleiras de vidro continham fileiras de taças e jarras de cristal Waterford.

Como Lauren não respondeu à oferta de bebida, ele olhou para trás. Ela desviou os olhos azuis do bar embutido, encarou-o e decifrou a expressão que ele tentava esconder. Nick achava, óbvio, graça da sua reação àquele luxo, e saber disso fez com que *ela*, de repente, compreendesse uma coisa que até então ignorara: enquanto estava plenamente consciente de seu magnetismo masculino, *ele* parecia ignorá-la completamente como mulher.

Após suportar seis anos de franca admiração, de olhares lascivos e maliciosos dos homens, ela encontrara, por fim, um a quem desejava desesperadamente impressionar, e nada acontecia. Nada, em absoluto. Intrigada e, sem dúvida, decepcionada, tentou afastar o mal-estar com um encolher de ombros. A beleza está nos olhos de quem vê, diziam, e tudo indicava que os olhos de Nick nada viam de interessante quando olhavam para ela. Não teria sido tão ruim, se ele ao menos não a achasse terrivelmente engraçada!

— Se você quiser se lavar, há um banheiro bem ali — sugeriu Nick, indicando com a cabeça a parede atrás do bar.

— Onde? — perguntou Lauren, seguindo a direção do olhar dele.

— Siga em frente e, quando chegar à parede, basta pressioná-la.

Ele voltara a torcer os lábios, e Lauren lançou-lhe um olhar exasperado, enquanto seguia a instrução. Ao tocar com as pontas dos dedos o liso jacarandá, um painel se abriu com um estalo e revelou o espaçoso banheiro; ela entrou.

— Aqui está o kit de primeiros socorros — anunciou Mike, entrando na suíte em seguida. — Lauren estava prestes a fechar a porta do banheiro, mas parou ao ouvi-lo acrescentar, em tom baixo: — Nick, como advogado da empresa, aconselho que a garota seja examinada por um médico hoje à noite, para provar que não sofreu ferimentos sérios. Se você não insistir nisso, algum advogado pode alegar que a queda a deixou inválida e processar a empresa, exigindo milhões.

— Pare de fazer drama! — Lauren ouviu Nick responder. — É apenas uma menina deslumbrada, que passou por um enorme susto com uma queda feia. A sirene de uma ambulância a aterrorizaria.

— Tudo bem — disse o outro, com um suspiro. — Estou atrasado para uma reunião em Troy e preciso partir. Mas, pelo amor de Deus, não ofereça a ela nada alcoólico. Os pais podem nos processar por corrupção de menor e...

Atônita e ofendida por ser chamada de criança medrosa e deslumbrada, Lauren fechou a porta em silêncio. Franzindo o cenho, voltou-se para o espelho acima da pia e soltou um grito horrorizado. O rosto estava coberto de terra e sujeira, o elegante coque desfeito e caído na nuca, mechas de cabelo despontavam em cachos desgrenhados por toda a cabeça, e o blazer do tailleur pendia frouxamente do ombro esquerdo.

Exibia a aparência exata de uma caricatura de si mesma, pensou com uma risadinha histérica — como um moleque ridículo e incrivelmente sujo, em roupas desalinhadas.

Por algum motivo, de repente tornou-se imperativo ter um ar muito diferente ao deixar o banheiro. Às pressas, começou a despir o imundo blazer azul-marinho, imaginando alegremente o choque de Nick quando ela estivesse limpa e apresentável.

Se Lauren ficou com o pulso acelerado de excitação enquanto esfregava o rosto e as mãos, disse a si mesma que era apenas porque ansiava rir por último, e *não* por desejar que ele a julgasse atraente. Mas precisava se apressar; se passasse muito tempo ali, a transformação não seria nem de longe tão eficaz.

Tirou a meia-calça, fazendo uma careta ao notar os furos nos joelhos, e passou mais sabonete na esponja. Quando estava razoavelmente limpa, jogou o conteúdo da bolsa na pia e abriu o pacote de meia-calça extra que por acaso trouxera consigo. Após ajeitar os fios, retirou os grampos dos cabelos mel-escuro e começou a penteá-los, forçando a escova pelas mechas embaraçadas numa pressa implacável. Ao acabar, eles caíam numa massa suave e brilhante que se encaracolava naturalmente nos ombros e nas costas. Rapidamente, passou um batom cor de pêssego, um pouco de blush, depois enfiou tudo na bolsa e se afastou do espelho para checar o resultado. Exibia uma cor viva, os olhos brilhantes de animada antecipação. A blusa branca com uma prega na frente parecia um pouco formal, mas destacava a graciosa linha do pescoço e enfatizava a curva dos seios. Satisfeita, deu as costas ao espelho, pegou o blazer e a bolsa, e saiu do banheiro, fechando o painel de jacarandá com um suave estalo.

Nick estava parado em frente ao bar espelhado, de costas para ela. Sem se virar, informou:

— Precisei dar um telefonema, mas os drinques ficarão prontos num minuto. Achou tudo de que precisava lá dentro?

— Sim, achei, obrigada — respondeu Lauren, e largou a bolsa e o blazer.

Ficou de pé, calada, diante do grande sofá, observando os movimentos rápidos e contidos de Nick ao pegar dois copos de cristal na prateleira e depois puxar uma bandeja de gelo do compacto frigobar ao fundo. Ele tirara a jaqueta jeans e a jogara sobre uma das cadeiras. A cada movimento dos braços, o fino tecido da camisa de malha azul se esticava, enfatizando os ombros largos e musculosos. Lauren deixou o olhar vagar pela linha definida daqueles quadris estreitos e daquelas pernas compridas, realçados pela calça jeans justa. Quando ele falou, ela se sobressaltou, culpada, desviando o olhar para os cabelos escuros.

— Receio que este bar não tenha refrigerantes nem refrescos, Lauren, por isso preparei um copo de tônica com gelo para você.

Lauren reprimiu uma risadinha à menção de refresco e, recatada, cruzou as mãos nas costas. Sentiu o suspense e a expectativa aflorarem quando Nick tampou a jarra de cristal com o uísque, pegou um copo em cada mão e se virou.

Ele deu dois passos em sua direção e parou de repente.

Nick juntou as sobrancelhas e deslizou os olhos cinzentos pela volumosa massa de cabelos cor de mel queimado que emolduravam o rosto de Lauren e caíam em glorioso abandono pelos ombros e costas. O olhar surpreso então se dirigiu ao rosto, notando os vívidos olhos turquesa que faiscavam com humor por baixo dos cílios densos e curvos, o nariz empinado, as faces finamente esculpidas e os lábios macios. Passou depois para os seios fartos, a cintura esguia e as longas pernas torneadas.

Lauren tivera esperança de fazê-lo notá-la como mulher, e ele sem dúvida correspondia. Agora torcia para que ele dissesse algo agradável. Mas ele não o fez.

Sem dizer uma palavra, girou nos calcanhares, foi até o bar e despejou o conteúdo de um dos copos na pia de aço inoxidável.

— Que está fazendo? — perguntou Lauren.

A voz dele saiu cheia de ironia:

— Adicionando um pouco de gim à sua tônica.

Lauren desatou a rir, fazendo ele se voltar para encará-la, um sorriso irônico lhe curvando os lábios.

— Só por curiosidade, quantos anos você tem?

— Vinte e três.

— E ia se candidatar a uma vaga de assistente na Sinco... antes de se jogar a nossos pés esta noite? — ofereceu Nick, adicionando uma modesta dose de gim à tônica.

— É.

Ele lhe entregou o copo e indicou o sofá com a cabeça.

— Sente-se... não devia ficar de pé com o tornozelo machucado.

— Para ser franca, não dói — confessou ela, mas sentou-se, obediente.

Nick ficou parado na frente dela, analisando-a com uma expressão curiosa.

— A Sinco lhe ofereceu o emprego? — perguntou.

Era tão alto que ela tinha de inclinar a cabeça para trás, a fim de o olhar nos olhos.

— Não.

— Eu gostaria de examinar seu tornozelo — disse ele.

Após colocar o drinque no vidro da mesa de centro, Nick se agachou e começou a desafivelar a fina tira da sandália. O simples roçar dos dedos no tornozelo lhe causou um arrepio na perna, e Lauren enrijeceu com o choque inesperado.

Por sorte, ele pareceu não notar nada quando explorou com os dedos a panturrilha e desceu devagar para o tornozelo.

— Você é boa profissional?

— Meu antigo chefe achava que sim.

Com a cabeça ainda curvada, Nick disse:

— Há sempre demanda de boas assistentes. O departamento pessoal da Sinco sem dúvida vai acabar ligando para lhe oferecer o cargo.

— Eu duvido — disse ela, com um sorriso franco. — Receio que o sr. Weatherby, o gerente de RH, não me ache muito brilhante — explicou.

Nick ergueu a mão e moveu o olhar com franca apreciação masculina sobre as vívidas feições da candidata.

— Lauren, acho você tão brilhante quanto uma moeda nova, reluzente. Weatherby deve estar cego.

— Óbvio que está! — provocou ela. — Senão, jamais usaria um paletó xadrez com uma gravata estampada.

Nick riu.

— Usa mesmo?

Lauren confirmou com a cabeça e sentiu o momento de cumplicidade estranhamente se transformar em uma atmosfera carregada de profunda e inexplicável eletricidade. Agora, ao sorrir, via mais que apenas um homem muito bonito. Via um leve cinismo naqueles olhos, temperado com simpatia e humor, a dura experiência gravada no rosto fortemente cinzelado. Para Lauren, isso o tornava ainda mais atraente. Não havia como negar tampouco o poder do magnetismo sexual que emanava de cada centímetro vigoroso e confiante daquele corpo, atraindo-a.

— Não parece inchado — comentou ele, tornando a curvar a cabeça na direção do tornozelo. — Chega a doer?

— Muito pouco. Nem de longe tanto quanto minha dignidade.

— Nesse caso, amanhã o tornozelo *e* a dignidade na certa estarão ótimos.

Ainda de cócoras, Nick segurou-lhe o pé com a mão esquerda e estendeu a outra para pegar a sandália. Quando já ia calçá-la, ergueu o olhar e abriu um sorriso preguiçoso, que fez o pulso de Lauren disparar, e perguntou:

— Não há um conto de fadas sobre um homem que busca uma mulher cujo pé se encaixa num sapatinho de cristal?

Ela assentiu, os olhos brilhantes.

— Cinderela.

— Que me acontece se esta sandália servir?

— Eu o transformo num belo sapo — respondeu ela, irônica.

Ele riu, um som profundo e maravilhoso, então seus olhares se encontraram e ela viu alguma coisa reluzir das profundezas prateadas daqueles olhos misteriosos — uma breve chama de atração sexual, que ele logo apagou. O momento agradável e bem-humorado chegara ao fim. Ele afivelou a sandália de Lauren. Pegando seu drinque, o bebeu rapidamente e colocou o copo sobre a mesinha de centro. Era, sentiu Lauren, um sinal indesejado de que o tempo que passaram juntos chegava ao fim. Ela o viu se curvar, pegar o telefone no outro lado da mesa de centro e digitar um número de quatro dígitos.

— George — disse ao telefone —, aqui é Nick Sinclair. A senhorita que você perseguia achando ser uma invasora se recuperou da queda. Poderia trazer o carro da segurança até a frente do prédio e a levar aonde ela estacionou o dela? Certo, encontro você lá embaixo dentro de cinco minutos.

Lauren sentiu o coração afundar. Cinco minutos. E Nick nem mesmo a acompanharia até o carro! Teve uma sensação terrível de que ele tampouco ia perguntar como poderia entrar em contato com ela. Era uma ideia tão deprimente que ofuscou por completo a vergonha por ter descoberto que estivera fugindo de um segurança naquela noite.

— Você trabalha para a empresa que construiu este arranha-céu? — perguntou, tentando adiar a separação e descobrir alguma coisa a respeito dele.

Nick olhou quase impaciente o relógio.

— É, trabalho.

— Gosta do trabalho de construção?

— Adoro construir coisas. — Foi a resposta curta. — Sou engenheiro.

— Vai ser enviado a algum outro lugar quando este prédio for concluído?

— Vou passar quase todo o meu tempo aqui, pelos próximos anos.

Lauren se levantou e pegou o blazer, os pensamentos confusos. Talvez com os sofisticados computadores controlando tudo, desde os sistemas de aquecimento aos elevadores dos novos arranha-céus, fosse necessário manter algum tipo de engenheiro no quadro de funcionários. Não que de alguma forma aquilo realmente importasse, pensou ela, com um mau pressentimento. Na certa, não tornaria a vê-lo.

— Bem, obrigada por tudo. Espero que o presidente não descubra que você atacou o armário de bebidas dele.

Nick lhe lançou um olhar irônico.

— Já foi atacado por todos os faxineiros. Vai ter de ser trancado para que isso tenha fim.

Ao descerem no elevador, ele parecia preocupado e apressado. Com certeza, já tinha um encontro naquela noite, pensou Lauren um pouco triste. Com alguma bela mulher; modelo, no mínimo, para combinar com sua beleza impressionante. Lógico, ele deveria ser casado, mas não parecia nem usava aliança.

Um carro branco com as palavras Divisão de Segurança da Global Industries estacionara na terra batida diante do prédio e aguardava, com um guarda uniformizado ao volante. Nick levou-a ao carro e segurou a porta, enquanto ela se acomodava no banco do passageiro. Usando o corpo para protegê-la do ar gelado, ele apoiou o antebraço no capô e curvou a cabeça para falar pela estreita abertura.

— Conheço algumas pessoas na Sinco; vou ligar para alguém e ver se conseguem convencer Weatherby a mudar de ideia.

O ânimo de Lauren foi às alturas com esse indício de que Nick gostava dela o suficiente para interceder, mas ao lembrar como sabotara de propósito os testes, balançou a cabeça com genuíno desânimo.

— Não se dê ao trabalho. Ele não vai mudar, causei uma impressão terrível. Mas obrigada pela oferta de ajuda.

Dez minutos depois, Lauren pagou o funcionário do estacionamento e, em meio à chuva, saiu para a alameda. Reprimindo os pensamentos sobre Nick Sinclair, seguiu as orientações que a assistente de Philip lhe dera e pensou, com angústia, no encontro iminente com a família Whitworth.

Em menos de meia hora, mais uma vez entraria na mansão de Grosse Pointe. As lembranças do humilhante fim de semana na elegante casa catorze anos atrás lhe invadiram a mente, causando um arrepio de medo e constrangimento. O primeiro dia não fora ruim; ela o havia passado praticamente sozinha. O mais terrível começara logo após o almoço, no segundo dia. Carter, o filho adolescente da família, aparecera na porta do seu quarto e anunciara que a mãe o instruíra a levá-la para fora de casa, pois esperava alguns amigos e não queria que a vissem. Durante o restante da tarde, o garoto a fizera se sentir tão infeliz e assustada quanto possível.

Além de a chamar de Quatro Olhos por causa dos óculos que usava, via se referindo ao pai de Lauren, professor numa universidade em Chicago, como o Professor de Escola, e à mãe, pianista de concerto, como a Tocadora de Piano.

Enquanto a acompanhava em um passeio pelos jardins, ele a fizera tropeçar "por acidente" e cair num imenso roseiral cheio de espinhos. Meia hora depois, quando Lauren havia trocado de vestido, pois o anterior estava sujo e rasgado, Carter pedira desculpas de modo abjeto e se oferecera para mostrar a ela os cães da família.

Parecia tão sincero e com uma ânsia tão ingênua de lhe mostrar os cachorros que, no mesmo instante, Lauren decidiu que o acidente com as roseiras devia ter sido, de fato, um acidente.

— Eu tenho um cachorro em casa — confessara com orgulho, apressando-se para seguir o garoto enquanto ele atravessava o bem-cuidado gramado até os fundos da propriedade. — Seu nome é Fluffy, e ela é branca — acrescentara ao chegarem a uma sebe podada, que ocultava um enorme canil trancado e cercado por grades. Ela ficara radiante com os dois dobermanns e depois com Carter, que retirava o pesado cadeado do portão. — Minha melhor amiga tem um dobermann que brinca com a gente o tempo todo. Ele também sabe fazer truques.

— Esses dois também sabem alguns truques — prometera o garoto, abrindo o portão e se afastando para deixar Lauren entrar.

Ela entrou no cercado sem medo.

— Oi, cachorros — disse baixinho, aproximando-se dos animais silenciosos e vigilantes.

Ao estender a mão para acariciá-los, o portão bateu com força atrás de si e Carter deu a ordem de modo incisivo:

— Pega, rapazes! Pega!

Na mesma hora, os dois cães se enrijeceram, mostraram os dentes e avançaram sobre a garota, petrificada de medo.

— Carter! — gritou ela, recuando até dar com as costas na grade. — Por que eles estão fazendo isso?

— Se eu fosse você, não me mexeria — zombou ele, com a voz sedosa, do outro lado da cerca. — Se você se mexer, vão pra cima da sua garganta e rasgam a jugular.

Com isso, se afastou, assobiando alegremente.

— Não me deixe aqui! — gritou Lauren. — Por favor... não me deixe aqui!

Trinta minutos depois, quando o jardineiro a encontrou, ela não gritava mais. Choramingava histérica, com os olhos fixos nos cães, que rosnavam.

— Saia daí! — gritou o homem, abrindo o portão e entrando furioso no canil. — Que foi que deu em você, atiçando esses malditos cachorros? — Ele a repreendeu, ríspido, pegando-a pelo braço e praticamente a arrastando para fora.

Quando o homem fechou o portão, sua total falta de medo enfim foi registrada por Lauren, libertando suas cordas vocais, antes paralisadas.

— Eles iam rasgar minha garganta — murmurou rouca, as lágrimas escorrendo pelo rosto.

O jardineiro estudou os olhos azuis aterrorizados e sua voz perdeu um pouco da irritação.

— Não a teriam machucado. Esses cachorros são treinados para dar alarme e assustar os intrusos, só isso. Sabem que não devem morder ninguém.

Lauren passou o restante da tarde esparramada na cama, pensando numa forma sangrenta de ir à forra, mas embora fosse muitíssimo prazeroso imaginar Carter de joelhos, implorando por misericórdia, todos os esquemas que planejou eram absurdamente inviáveis.

Quando sua mãe desceu para o jantar naquela noite, ela já se resignara quanto ao fato de que teria de engolir o orgulho e fingir que nada acontecera. Não adiantava reclamar de Carter com a mãe, pois Gina Danner era uma ítalo-americana que tinha profunda e sentimental devoção à família, por mais distante e obscura que fosse essa relação "familiar". A mãe presumiria, caridosamente, que Carter apenas fizera uma brincadeira infantil.

— Teve um dia agradável, querida? — perguntou a mãe, quando as duas desceram a escada curva rumo à sala de jantar.

— Tudo correu bem — murmurou Lauren, imaginando como ia reprimir a vontade de dar um belo pontapé em Carter Whitworth.

Ao pé da escada, uma criada anunciou que um certo sr. Robert Danner estava ao telefone.

— Vá em frente — disse Gina à filha, com um daqueles delicados sorrisos, ao estender a mão para atender o telefone na pequena mesa ao pé da escada.

No arco da porta da sala de jantar, Lauren hesitou. Sob a luz de um reluzente candelabro, a família Whitworth já estava sentada à imensa mesa.

— Deixei bem claro à srta. Danner para descer às oito horas — dizia a mãe de Carter ao marido. — São oito e dois agora. Se não tem senso ou modos para ser pontual, comeremos sem ela.

Fez um curto aceno de cabeça ao mordomo, que logo começou a servir a sopa nas frágeis tigelas de porcelana, dispostas em cada um dos lugares.

— Philip, tolerei tanto quanto pude — prosseguiu a mulher —, mas me recuso a receber outros desses penetras aproveitadores em minha casa. — Girou a cabeça loura com um elegante penteado para a senhora mais idosa sentada à esquerda. — Sra. Whitworth, vai ter de parar com isso. A essa altura, sem dúvida, já reuniu dados suficientes para concluir seu projeto.

— Se fosse assim, eu não precisaria ter essas pessoas aqui. Sei que são irritantes e mal-educadas, e uma provação para todos nós, mas você vai ter de tolerá-las mais um pouco, Carol.

Lauren estava parada à porta, com uma centelha de rebeldia nos tempestuosos olhos azuis. Uma coisa era *ela* ter sofrido nas mãos de Carter, mas não ia deixar aquela gente horrível e perversa humilhar seu brilhante pai e sua bela e talentosa mãe!

Gina juntou-se à filha na entrada da sala de jantar.

— Desculpe tê-los feito esperar — disse ela, segurando a mão de Lauren.

Nenhum dos Whitworth se deu ao trabalho de responder; apenas continuaram a tomar a sopa que o mordomo havia servido.

Tomada por uma súbita inspiração, Lauren lançou um rápido olhar à mãe, que desdobrava um guardanapo de linho e o colocava no colo. Abaixando a cabeça, juntou as mãos e, com sua voz infantil, entoou:

— Querido Senhor, pedimos que abençoe esta comida. E também que perdoeis os hipócritas que se julgam melhores que todos os demais apenas por terem mais dinheiro. Obrigada, Senhor. Amém.

Evitando meticulosamente o olhar da mãe, pegou a colher com toda a calma.

A sopa — pelo menos Lauren supôs que era isso — esfriara. O mordomo, de pé a um lado, a viu pousar a colher.

— Algum problema, senhorita? — fungou ele.

— Minha sopa esfriou — explicou Lauren, enfrentando o olhar de desprezo do criado.

— Como você é ignorante! — exclamou Carter com uma risadinha, quando Lauren pegou seu pequeno copo de leite. — Isto é vichyssoise, sopa cremosa feita com batata e alho-poró, e deve ser tomada fria.

O leite "escorregou" da mão de Lauren e encharcou o jogo americano e o colo de Carter como um gelado dilúvio branco.

— Oh, eu sinto *muito* — disse ela, abafando um risinho ao vê-lo limpar a sujeira. — Não passou de um acidente... Carter, você sabe como são os acidentes, não sabe? Devo contar a todos sobre o "acidente" que você sofreu hoje? — Ignorando o olhar homicida do menino, ela se voltou para a família. — Carter sofreu muitos "acidentes" hoje. Tropeçou "acidentalmente" quando me mostrava o jardim e me empurrou pra cima das rosas. Depois, quando me mostrava os cachorros, por "acidente" me trancou no canil e...

— Eu me recuso a ouvir mais de suas acusações absurdas e rudes — cortou Carol Whitworth, o belo rosto frio e duro como uma geleira.

De algum modo, a menina encontrara coragem para enfrentar aquele olhar gélido e cinzento sem pestanejar.

— Desculpe, senhora — disse com fingida mansidão. — Não percebi que era falta de educação falar do meu dia. — Com os olhos de todos os Whitworth ainda sobre si, ela pegou a colher. — E com certeza — acrescentou pensativa —, também não sabia que eram *boas* maneiras chamar os convidados de penetras aproveitadores.

Capítulo 3

Exausta e sem ânimo, Lauren estacionou diante da mansão de três andares em estilo Tudor dos Whitworth. Abriu o bagageiro e retirou a mala. Dirigira doze horas seguidas a fim de chegar a tempo do compromisso com Philip Whitworth naquela tarde. Tinha passado por duas entrevistas de emprego, caído na lama, arruinado suas roupas e conhecido o homem mais bonito e fascinante que já vira. E, ao se deixar reprovar deliberadamente nos testes da Sinco, arruinara as chances de trabalhar perto dele...

O dia seguinte era sexta-feira e ela o passaria à procura de um apartamento. Assim que encontrasse um, poderia partir para Fenster e empacotar seus pertences. Philip não dissera quando queria que Lauren começasse a trabalhar em sua empresa, mas poderia estar de volta, pronta para se apresentar ao emprego, duas semanas a partir de segunda-feira.

A porta da frente foi aberta por um mordomo barrigudo e uniformizado, que Lauren logo reconheceu como uma das testemunhas de sua performance na sala de jantar catorze anos atrás.

— Boa noite — começou ele, mas Philip Whitworth o interrompeu.

Atravessando a passos largos o amplo vestíbulo de mármore, o executivo exclamou:

— Lauren, eu quase morri de preocupação! Por que demorou tanto?

Parecia tão ansioso que Lauren se sentiu péssima por deixá-lo preocupado, e, pior ainda, por decepcioná-lo ao não tentar com mais afinco conseguir um emprego na Sinco. Em poucas palavras, explicou a ele que as coisas "não haviam corrido muito bem" na entrevista. De modo apressado, resumiu os detalhes da queda em frente ao prédio da Global Industries, e perguntou se tinha tempo para se lavar antes do jantar.

No banheiro do quarto que o mordomo lhe mostrou no segundo andar, tomou uma ducha, escovou os cabelos e pôs uma saia damasco de alfaiataria e uma blusa combinando.

Philip levantou-se quando ela se aproximou da entrada em arco da sala de estar.

— Você é incrivelmente rápida, Lauren — disse, levando-a até a esposa, de cuja personalidade glacial a jovem se lembrava tão bem. — Carol, sei que se lembra de Lauren.

Apesar da implicância, Lauren teve de admitir que, com a silhueta esguia, elegante e os cabelos louros penteados com todo esmero, Carol Whitworth continuava sendo uma bela mulher.

— Lógico que sim — disse Carol com um agradável e perfeito sorriso, que não alcançou os olhos cinzentos. — Como vai, Lauren?

— É óbvio que Lauren vai muito, muito bem, mãe — observou Carter Whitworth, rindo e levantando-se com educação.

O olhar vagaroso envolveu toda a jovem, dos vívidos olhos azuis e feições delicadas à graciosa silhueta feminina.

Lauren manteve a expressão neutra enquanto era reapresentada ao carrasco de sua infância. Aceitando o cálice de xerez que o rapaz lhe servira, sentou-se no sofá e examinou-o, cautelosa, quando ele se sentou ao lado, em vez de retornar à poltrona que ocupava antes.

— Mas, sem dúvida, você mudou — disse Carter com um sorriso de admiração.

— Você também — respondeu Lauren, com cuidado.

Carter passou o braço como por acaso no encosto do sofá atrás dos ombros dela.

— Não nos dávamos muito bem, pelo que me lembro.

— Não, não mesmo.

Lauren lançou um olhar constrangido na direção de Carol, que observava o pequeno flerte do filho com olhos frios e inescrutáveis, a expressão de régia altivez.

— Por que não? — insistiu o rapaz.

— Eu, hã, não me lembro.

— Eu sim. — Ele sorriu. — Fui insuportavelmente grosseiro e completamente detestável com você.

Lauren encarava atônita a franca expressão pesarosa, e o preconceito contra ele começou a se dissolver.

— É, foi mesmo.

— E você... — ele riu — ... se comportou como uma pirralha insubordinada no jantar.

Os olhos de Lauren se iluminaram com um sorriso de resposta enquanto balançava lentamente a cabeça.

— É, é verdade.

Com isso, se declarou uma trégua hesitante. Carter ergueu os olhos para o mordomo, parado no vão da porta, se levantou e ofereceu a mão à convidada.

— O jantar está pronto. Vamos?

Mal haviam acabado o último prato quando o mordomo apareceu de novo na sala de jantar.

— Com licença, mas há um telefonema para a srta. Danner de um homem que diz ser o sr. Weatherby, da Sinco Electronics Company.

Philip Whitworth esboçou um sorriso radiante.

— Traga o telefone aqui para a mesa, Higgins.

A conversa ao telefone foi breve, Lauren quase apenas ouvindo. Quando ela desligou, ergueu os olhos sorridentes para Philip.

— Ande — pediu ele —, conte tudo. Carol e Carter sabem o que você está tentando fazer para me ajudar.

Embora um pouco desanimada ao tomar conhecimento de que duas outras pessoas sabiam de seu futuro clandestino, Lauren aquiesceu:

— Parece que o homem que me socorreu quando caí esta noite tinha um amigo muito influente na Sinco. O tal amigo ligou para o sr. Weatherby alguns minutos atrás, e o resultado foi que esse senhor acabou de se lembrar de que há uma vaga de assistente que julga perfeita para mim. A entrevista é amanhã.

— Ele disse quem vai entrevistar você?

— Acho que disse que o homem se chama Williams.

— Jim Williams — murmurou Philip em voz baixa, alargando o sorriso. — Maravilha!

Logo depois, Carter se despediu para voltar ao próprio apartamento, e Carol se retirou para os seus aposentos. Mas Philip pediu a Lauren que permanecesse na sala de estar com ele.

— Williams talvez peça que você comece imediatamente — disse ele, depois que os outros saíram. — Não queremos que quaisquer obstáculos a impeçam de conseguir esse emprego. Quanto tempo levaria para ir até sua casa, arrumar as malas e voltar para o trabalho?

— Não posso ir para casa arrumar as malas enquanto não tiver encontrado um apartamento aqui — comentou Lauren.

— Não, óbvio que não — concordou ele. Após pensar um instante, disse: — Sabe, alguns anos atrás comprei uma casa num condomínio em Bloomfield Hills para uma tia. Faz meses que ela está na Europa, e pretende ficar lá por mais um ano. Seria um prazer tê-la morando lá.

— Não, realmente, eu não poderia. — Lauren se apressou em protestar. — Você já fez mais que o suficiente por mim; não posso permitir que me ofereça um lugar para morar também.

— Eu insisto — pediu, com amável firmeza. — E, de qualquer modo, estará me fazendo um favor, porque tive de pagar ao porteiro do condomínio uma soma considerável para vigiar a casa. Dessa forma ambos pouparemos dinheiro.

Lauren puxou, meio distraída, a manga da blusa cor de damasco. Seu pai precisava de cada centavo que pudesse lhe mandar, e o mais rápido possível. Se ela não precisasse gastar dinheiro com aluguel, também poderia enviar mais esse dinheiro. Aflita e hesitante, olhou para Philip, que já tinha, po rém, retirado uma caneta e papel do bolso do paletó e anotava algo.

— Aqui estão o endereço e o número do telefone do condomínio — disse ele, lhe entregando o pedaço de papel. — Após preencher os formulários de emprego na Sinco amanhã, dê a eles estas informações. Assim, ninguém lá jamais a ligará a mim.

Um calafrio de apreensão subiu pela espinha de Lauren diante do fatídico lembrete do papel duplo que iria desempenhar se trabalhasse na Sinco. Espionando. Assustada, logo desviou a mente dessa palavra. Não, ela realmente não estaria fazendo aquilo. Na verdade, tudo aquilo se tratava apenas de uma tentativa de descobrir o nome da pessoa desleal que espionava a empresa de Philip. Desse ponto de vista, a missão tornava-se não apenas justificada, mas positivamente honrável. Por um momento, sentiu-se muito virtuosa — até se lembrar, séria, do *verdadeiro* motivo que agora a deixava tão disposta a trabalhar para a Sinco: Nick Sinclair trabalhava bem do outro lado da rua, e ela queria abraçar a oportunidade de ficar perto dele.

A voz de Philip interrompeu seus pensamentos.

— Se lhe oferecerem um cargo de assistente na Sinco amanhã, aceite e parta direto para o Missouri. Se eu não tiver notícias suas até por volta do meio-dia, saberei que conseguiu a vaga e cuidarei para deixar o apartamento pronto para você em uma semana.

Capítulo 4

Na manhã seguinte, às onze e cinquenta, Lauren teve muita sorte de encontrar uma vaga do outro lado dos escritórios da Sinco, bem em frente ao prédio da Global Industries. Com uma mistura de medo e expectativa, saiu do carro, alisou a saia bege justa, ajeitou o curto blazer estilo militar e atravessou a rua ao encontro do sr. Weatherby.

Apesar do sorriso formal, quase insinuante, o entrevistador mostrava óbvio aborrecimento.

— Na verdade, srta. Danner — disse, conduzindo-a até o escritório dele —, poderia ter poupado muito tempo e problemas à senhora, a mim e a vários outros se apenas tivesse me dito ontem que era amiga do sr. Sinclair.

— O sr. Sinclair telefonou para o senhor e disse que eu era amiga dele? perguntou Lauren, curiosa.

— Não — respondeu o sr. Weatherby, se esforçando muito para esconder a irritação. — O sr. Sinclair ligou para o presidente de nossa empresa, sr. Sampson, que ligou para o vice-presidente executivo, que ligou para o diretor de operações, que ligou para o *meu* chefe. E ontem à noite meu chefe ligou para minha casa e me informou que eu havia ofendido e julgado mal a senhorita, que por acaso possui extrema inteligência *e* é amiga pessoal do sr. Sinclair. E depois desligou o telefone na minha cara.

Lauren não conseguia acreditar que provocara tamanha comoção.

— Lamento profundamente ter lhe causado tantos problemas — desculpou-se, arrependida. — Não foi de todo culpa sua, afinal, de fato, eu me saí mal nos testes.

Ele assentiu com a cabeça, demonstrando simpatia.

— Eu disse ao meu chefe que você não sabia com que lado do lápis escrever, mas ele respondeu que não dava a mínima se datilografasse com os dedos dos pés. — Levantando-se pesadamente da cadeira, acrescentou: — Agora, se me acompanhar, eu a levarei ao escritório do sr. Williams, nosso vice-presidente executivo, cuja secretária está de mudança para a Califórnia. Ele deseja entrevistá-la para o cargo.

— O sr. Williams é o vice-presidente executivo que telefonou para o diretor de operações, que telefonou... — começou Lauren, apreensiva.

— Exatamente — interrompeu o sr. Weatherby.

Lauren o seguiu, atormentada pelo inquietante pensamento de que mesmo se a detestasse, o sr. Williams talvez lhe oferecesse o emprego porque *fora* intimidado por *seu* superior. Minutos depois, porém, abandonou essa ideia. James Williams, trinta e poucos anos, tinha o ar enérgico, autoritário, de um homem que jamais seria o fantoche de *ninguém*. Ele ergueu os olhos, desviando-os dos documentos que lia quando o sr. Weatherby chegou com Lauren ao escritório e apontou friamente com a cabeça a poltrona de couro diante da enorme mesa.

— Sente-se — disse a ela. Ao outro, disse, curto e grosso: — Feche a porta ao sair.

Lauren fez como mandado e se sentou, esperando Jim Williams se levantar e contornar a mesa. Recostando-se no tampo, ele cruzou os braços e a estudou com um olhar penetrante.

— Então você é Lauren Danner? — perguntou, calmamente.

— Sou — admitiu a entrevistada. — Temo que sim.

Uma expressão divertida atravessou o rosto dele, suavizando por um momento as frias feições de homem de negócios.

— Deduzo pelo seu comentário que você esteja a par do alvoroço que causou ontem à noite.

— Estou — suspirou Lauren. — De cada detalhe constrangedor e excruciante.

— Sabe *soletrar* "excruciante"?

— Sei — respondeu ela, totalmente perplexa.

— Com que rapidez consegue datilografar... quando não está sob a pressão de um teste?

Lauren enrubesceu.

— Cerca de uma centena de palavras por minuto.

— Estenografia?

— Sim.

Sem despregar os olhos do rosto dela, estendeu a mão para trás e pegou um lápis e um bloco da mesa. Entregando-os a ela, disse:

— Anote isso, por favor. — Lauren o encarou atônita, depois se recuperou e começou a escrever enquanto ele ditava rápido: — Cara srta. Danner, como minha assistente, espera-se que desempenhe várias atividades de secretária e realize tais funções de forma eficiente e precisa, sendo o elo pessoal entre mim e meus funcionários. Terá, o tempo todo, de respeitar rigorosamente as diretrizes da empresa, não importando sua relação com Nick Sinclair. Em algumas semanas, nos mudaremos para o prédio da Global, e, se alguma vez tentar aproveitar-se da amizade que mantém com o sr. Sinclair, seja deixando de realizar suas obrigações ou ignorando as regras que se aplicam ao restante do pessoal, eu a demitirei no ato e a acompanharei pessoalmente até a porta da frente. Se, por outro lado, mostrar interesse e iniciativa, eu lhe delegarei o máximo de responsabilidade que deseje aceitar e seja capaz de assumir. Se estiver de acordo, apresente-se ao trabalho em meu escritório às nove horas da manhã, daqui a duas semanas a partir de segunda-feira. Perguntas, Lauren?

Ela ergueu os olhos para ele.

— Quer dizer que o emprego é meu?

— Depende se consegue datilografar esse memorando sem erros num tempo razoavelmente curto.

Lauren ficou demasiado impressionada pela fria e distante oferta de trabalho para se sentir nervosa com a transcrição do memorando. Em alguns minutos, retornou da máquina de escrever e entrou, hesitante, no escritório.

— Eis o memorando, sr. Williams.

Ele olhou para o papel, depois para ela.

— Muito eficiente. De onde Weatherby tirou a ideia de que você é estúpida?

— Foi a impressão que passei a ele.

— Importa-se de me dizer o que aconteceu?

— Na verdade, não. Foi tudo um... um mal-entendido.

— Muito bem, vamos esquecer isso. Agora, ainda precisamos discutir alguma outra coisa? Sim, lógico, seu salário.

A quantia que ele citou era dois mil dólares inferior, por ano, do que Philip oferecera, mas este prometera cobrir a diferença.

— Bem, quer o emprego?

— Sim — respondeu Lauren, esboçando um sorriso. — E não. Gostaria de trabalhar para você, porque tenho a sensação de que poderia aprender muito. Mas *não* quero o trabalho se o único motivo de o ter oferecido foi por causa de... de...

— Nick Sinclair?

Lauren assentiu com a cabeça.

— Nick nada tem a ver com isso. Eu o conheço há muitos anos, e somos bons amigos. A amizade, porém, não tem lugar em assuntos profissionais. Ele tem o trabalho dele, e eu, o meu. Não ouso lhe dizer como fazer o dele, e não gostaria que tentasse me influenciar na escolha de uma assistente.

— Então por que o senhor decidiu me entrevistar hoje, embora eu não tenha passado nos testes?

Os olhos castanhos do homem brilharam.

— Ah, isso. Bem, na verdade, minha antiga assistente, Theresa, por quem tenho o maior respeito, também não caiu nas graças de Weatherby desde o início. Quando soube que uma jovem e brilhante candidata ao cargo não tinha se dado bem com ele ontem, pensei que talvez fosse mais uma Theresa. Embora não seja, acho que nós dois vamos trabalhar muito bem juntos, Lauren.

— Obrigada, sr. Williams. Nos vemos duas semanas a partir de segunda-feira.

— Me chame de Jim.

Lauren sorriu e aceitou o aperto de mão.

— Nesse caso, pode me chamar de Lauren.

— Achei que já tinha chamado.

— Chamou.

Williams curvou os lábios.

— Bom para você, não me deixe intimidá-la.

Lauren saiu do prédio escuro para a estonteante luz do sol de um esplêndido dia de agosto. Ao esperar o sinal mudar de vermelho para verde, sentiu o olhar irresistivelmente atraído para o prédio da Global Industries, do outro lado da rua. "Estaria Nick trabalhando ali?", se perguntou. Ansiava por vê-lo.

O sinal abriu e ela atravessou a larga avenida em direção ao carro. Mas se Nick quisesse *vê-la* de novo, sem dúvida, teria pedido seu telefone. Talvez fosse tímido. Tímido! Lauren balançou a cabeça, descartando a ideia, e estendeu a mão para abrir a porta. Nick Sinclair nada tinha de tímido! Com aquela beleza e charme indolente, na certa se habituara a mulheres que tomavam a iniciativa e *o* convidavam a sair...

As portas de vidro do prédio abriram-se e seu coração disparou quando Nick surgiu no seu campo visual. Por um momento glorioso, acreditou que a tinha visto parada ao lado do carro e saído para falar com ela, mas ele virou à direita e dirigiu-se ao extremo oposto do prédio.

— Nick! — gritou impulsivamente. — Nick!

Ele se virou e Lauren acenou, sentindo uma felicidade absurda quando o viu caminhar em sua direção com aqueles passos largos.

— Imagine onde estive? — Ela abriu um sorriso radiante.

Nick tinha nos olhos cinzentos uma luz provocante, afetuosa, enquanto os deslizava pelos brilhantes cabelos cor de mel presos num elegante coque, refinado conjunto bege, blusa de seda e sandálias marrom chocolate.

— Modelando para a Bonwit Teller? — arriscou ele, com um sorriso.

Lauren corou com o elogio, mas manteve a compostura.

— Não, estava do outro lado da rua, na Sinco Electronics, e me ofereceram um emprego... graças a você.

Nick ignorou a referência à sua ajuda.

— Você aceitou?

— Aceitei, sim! O dinheiro é fantástico; o homem com quem vou trabalhar é excelente, e o emprego parece interessante e desafiador.

— Está satisfeita, então?

Lauren fez que sim com a cabeça... depois aguardou, na esperança de que a convidasse para sair. Em vez disso, ele abaixou-se para abrir a porta do carro dela.

— Nick — começou, antes que a coragem a abandonasse — Estou a fim de comemorar. Se sugerir um bom lugar para sanduíches e bebida gelada, o almoço é por minha conta.

Ele hesitou por um momento insuportável, depois um sorriso iluminou as feições queimadas de sol.

— Foi a melhor oferta que tive o dia todo.

Em vez de dizer a ela aonde ir, Nick sentou-se ao volante e assumiu a direção. Algumas quadras adiante, virou na Jefferson e parou num estacionamento, atrás do que parecia uma casa de tijolos de três andares, estreita e restaurada. A tabuleta acima da porta dos fundos, feita de madeira escura com profundas letras douradas entalhadas, dizia apenas Tony's. Dentro, a casa havia sido transformada num encantador restaurante, com iluminação suave, piso de carvalho escuro, mesas brilhantes de tão polidas, caldeirões e panelas de cobre pendurados artisticamente nas rústicas paredes de tijolos. A luz do sol iluminava as janelas de vitral e toalhas xadrez vermelho e branco realçavam o aconchego e charme.

Um garçom parado perto da porta saudou-os com um educado "bom dia" e conduziu-os à única mesa desocupada em todo o restaurante. Quando Nick puxou a cadeira para ela se sentar, Lauren olhou para os outros clientes ao redor. Ela era uma das poucas mulheres, mas se via uma variedade de tipos masculinos. A maioria usava terno e gravata, embora outros, entre eles seu acompanhante, vestia calça e camisa esporte de colarinho aberto.

Um garçom mais velho apareceu à mesa deles, saudou Nick com um afetuoso tapinha no ombro e um alegre:

— Que bom vê-lo aqui de novo, meu amigo. — E começou a lhe entregar imensos cardápios forrados em couro.

— Vamos querer o especial, Tony — disse Nick e, diante do olhar questionador de Lauren, acrescentou: — A especialidade são sanduíches no pão francês, tudo bem para você?

Como se oferecera para pagar o almoço, ela achou que ele pedia permissão para escolher algo que custava mais que um sanduíche comum.

— Por favor, peça o que quiser — insistiu, generosa. — Estamos comemorando meu novo emprego e posso me dar ao luxo de pedir qualquer coisa do cardápio.

— Como está sendo morar em Detroit? — perguntou ele, quando Tony, que parecia ser o dono, já havia se afastado. — Certamente será uma grande mudança para uma garota de cidade pequena do Missouri.

Garota de cidade pequena? Lauren ficou pasma. Não era a impressão que em geral passava às pessoas.

— Na verdade, morávamos num subúrbio de Chicago até a morte da minha mãe, quando eu tinha doze anos. Depois, me mudei com meu pai para Fenster, no Missouri... a cidade onde ele foi criado, e ali ele arrumou um emprego de professor na mesma escola que frequentou na infância. Assim, pode ver que não sou uma completa "garota de cidade pequena", afinal.

A expressão de Nick não mudou.

— É filha única?

— Sim, mas meu pai se casou de novo quando eu tinha treze anos. Com uma madrasta, também ganhei uma irmã dois anos mais velha e um irmão um ano mais velho.

Ele deve ter captado o tom de desagrado na voz dela ao falar do meio-irmão, porque comentou:

— Achei que todas as meninas gostassem da ideia de ter um irmão mais velho. Você não?

Um sorriso franco iluminou o rosto expressivo de Lauren.

— Ah, da ideia de ter um irmão mais velho, sim. Mas infelizmente não gostava de Lenny na época. Nós nos detestamos à primeira vista. Ele me provocava sem dó, puxava minhas tranças e roubava dinheiro do meu quarto. Eu retaliava contando a todo mundo na cidade que ele era gay, o que ninguém acreditava, pois acabou se tornando um tremendo devasso!

Nick riu, e Lauren notou que, quando ele sorria, franzia o canto dos olhos. Contrastando com o tom dourado do rosto, seus olhos eram de um prateado-claro. Sob as retas sobrancelhas e cílios longos e cheios, brilhavam com humor e perspicaz inteligência, enquanto os lábios firmes traziam a promessa da agressiva e excitante sensualidade masculina. Lauren foi tomada pela mesma deliciosa agitação da noite anterior, e com toda cautela baixou o olhar para o pescoço queimado de sol.

— E sua meia-irmã? — perguntou ele. — Como era ela?

— Deslumbrante. Bastava andar pela rua que os caras já babavam.

— Tentava roubar seus namorados?

Os olhos de Lauren se alegraram ao encará-lo do outro lado da mesa estreita.

— Eu não tive muitos namorados para ela roubar, pelo menos não até os dezessete anos.

Incrédulo, ele ergueu uma das sobrancelhas escuras enquanto analisava a clássica perfeição das feições de Lauren, os olhos como cetim turquesa brilhante sob o peso dos cílios curvos, e se demorou nos volumosos cabelos cor de mel. A luz do sol filtrada pelos vitrais ao lado da mesa lhe banhava o rosto com um suave brilho.

— Acho muito difícil acreditar nisso — disse ele, enfim.

— Juro que é verdade — afirmou Lauren, fazendo pouco caso do elogio com um sorriso.

Lembrava-se perfeitamente da menina sem graça que fora, e embora as lembranças não fossem muito dolorosas, na verdade agora não dava muita importância a nada tão duvidoso como beleza exterior.

Tony serviu dois pratos na toalha de mesa xadrez vermelha e branca, cada um com um crocante pão francês cortado em tiras longas e recheado com uma pilha alta de fatias finíssimas de rosbife malpassado. Ao lado de cada prato, pôs uma pequena tigela com o caldo de carne.

— É delicioso... prove — recomendou ele.

Lauren provou o dela e concordou.

— Delicioso mesmo — disse a Nick.

— Ótimo! — exclamou o dono do restaurante, o bigodudo rosto redondo sorria esfuziante, com um ar paternal. — Então deixe Nick pagar a conta! Ele tem mais grana que você. O avô dele me emprestou o dinheiro para abrir este lugar — confidenciou, antes de se afastar apressado e repreender um ajudante de garçom desajeitado.

Comeram em silenciosa camaradagem, interrompida pelas perguntas de Lauren sobre o restaurante e o proprietário. Pelo pouco que conseguiu entender das curtas respostas de Nick, a família dele e a de Tony eram amigas havia três gerações. A certa altura, o pai de Nick chegara a trabalhar para o pai de Tony, mas, de algum modo, a situação financeira devia ter mudado para que o avô de Nick tivesse dinheiro suficiente para emprestar a Tony.

Quando terminaram de comer, Tony surgiu à mesa para retirar os pratos. O serviço no lugar era bom até demais, pensou Lauren, desanimada. Estavam ali havia apenas trinta e cinco minutos, e ela esperava passar, no mínimo, uma hora com Nick.

— Que tal uma sobremesa? — perguntou Tony, os gentis olhos casta-nhos voltados para ela. — Para você eu sugiro *cannoli*... ou um pouco de meu spumoni especial, que não é como os que se encontra nas lojas — garantiu, orgulhoso. — É o verdadeiro spumoni italiano: vários sabores e cores de sorvete cremoso, distribuídos em camadas e recheados com...

— Pedacinhos de frutas e um monte de nozes — concluiu Lauren, sor-rindo com entusiasmo. — Do jeito que minha mãe fazia.

O queixo de Tony caiu, e ele analisou minuciosamente o rosto da jovem. Após um longo momento, balançou a cabeça com firmeza.

— Você é italiana! — proclamou, com um largo sorriso.

— Só metade — corrigiu Lauren. — A outra metade é irlandesa.

Em dez segundos, Tony já lhe arrancara o nome completo, o da família da mãe e descobrira que ela ia se mudar para Detroit, onde não conhecia ninguém. Lauren se sentiu um pouco culpada por não citar Philip Whit-worth, mas como Nick conhecia pessoas na Sinco, achou que não devia correr o risco de mencionar sua ligação com Philip na frente dele.

Ela ouviu o que Tony dizia com grande felicidade. Fazia tanto tempo que havia morado em Chicago e visitado os primos italianos, e era tão gostoso escutar aquele pitoresco sotaque familiar novamente.

— Se precisar de alguma coisa, Lauren, me procure — disse Tony, dando-lhe um tapinha no ombro como fizera com o amigo. — Uma linda jovem sozinha na cidade grande precisa de alguma família a quem recorrer em um momento de necessidade. Aqui sempre terá uma refeição, uma boa refeição *italiana* — esclareceu. — Agora, que tal meu magnífico spumoni?

Lauren olhou para Nick e depois para o rosto de Tony, marcado pela expectativa.

— Eu adoraria comer um pouco de spumoni — anunciou, ignorando o protesto do estômago cheio, interessada em prolongar o almoço.

Tony abriu um largo sorriso, e Nick o retribuiu com um ar conspirador.

— Essa menina ainda está em fase de crescimento, Tony.

Os olhos de Lauren se escureceram de exasperação e confusão diante dessas palavras, e por um minuto traçou, preguiçosamente, um grande quadrado vermelho na toalha de mesa com a unha feita.

— Nick, posso lhe fazer uma pergunta? — indagou, com suavidade.

— Lógico.

Ela cruzou os braços na mesa e o encarou diretamente.

— Por que fala de mim como se eu fosse alguma adolescente ingênua?

Um sorriso irônico curvou os lábios de Nick.

— Não percebi que fazia isso. Mas suponho que seja para me lembrar de que você é jovem, que veio de uma pequena cidade no Missouri, e na certa é muito ingênua.

A resposta a surpreendeu.

— Sou adulta, e o fato de ter crescido numa cidade pequena não quer dizer nada! — Parou de falar quando Tony lhe serviu o spumoni, mas tão logo ele se afastou, acrescentou, irritada: — Não sei de onde tirou essa ideia de que sou ingênua, mas não sou.

O brilho provocante nos olhos de Nick se extinguiu quando ele se recostou e a examinou, curioso.

— Não é?

— Não, não sou.

— Nesse caso — falou ele devagar, a voz suave —, quais são seus planos para o fim de semana?

Lauren sentiu o coração disparar com prazer, mas perguntou, cautelosa:

— O que tem em mente?

— Uma festa. Alguns amigos vão dar uma festa nesse fim de semana, numa casa em Harbor Springs. Eu estava indo para lá quando nos encontramos hoje. Fica a umas cinco horas de carro, e voltaríamos no domingo.

Lauren planejara ir direto a Fenster de carro naquela tarde. Por outro lado, a viagem de ida e volta levava apenas um dia, e ela poderia facilmente empacotar todos os seus pertences em menos de uma semana. Tinha mais de duas semanas antes de começar no trabalho novo, portanto, tempo não era problema, e desejava desesperadamente ir à festa com Nick.

— Tem certeza de que não vou incomodar seus amigos se for com você?

— Não vai incomodar; eles esperam que eu leve alguém.

— Nesse caso — sorriu Lauren —, eu adoraria ir. Na verdade, minha mala já está no porta-malas.

Nick olhou para trás e pediu a conta a Tony com um aceno de cabeça. O homem mais velho obedeceu e a deixou na mesa perto dele, mas com destreza Lauren a cobriu com a mão e a puxou para si.

— É por minha conta — declarou ela, ocultando com todo cuidado o choque diante do valor... exorbitante, cobrado pelo que haviam comido.

Ao estender a mão para pegar a carteira, porém, Nick largou várias notas na mesa e, impotente, ela viu Tony recolhê-las.

— Com esses preços — provocou Lauren —, fico surpresa que todas as mesas não estejam vazias.

Tony chegou mais perto, numa atitude sigilosa.

— Minhas mesas jamais ficam vazias. Na verdade, só se reserva uma com antecedência se tiver o nome na minha lista. Vou mandar Ricco acrescentar o *seu* nome. — Ergueu um braço imperioso e três belos jovens garçons se aproximaram. — São meus filhos — apresentou-os o orgulhoso Tony. — Ricco, Dominic e Joe. Ricco, ponha o nome de Lauren na lista.

— Não, por favor, não se incomode. — Ela se apressou em intervir.

Ele a ignorou.

— Uma bela garota italiana como você precisa de uma família que a proteja e guie numa cidade grande como Detroit. Venha nos visitar sempre, moramos em cima do restaurante. Ricco, Dominic — ordenou Tony em tom severo —, quando Lauren aparecer, fiquem de olho nela. Joe, fique de olho em Ricco e Dominic! — Para Lauren, que quase explodiu numa gargalhada, explicou: — Joe é casado.

Reprimindo a risada com esforço, Lauren olhou para os seus quatro designados "guardiões" com um brilho de feliz gratidão nos olhos.

— Em quem *eu* devo ficar de olho? — perguntou, provocante.

Em perfeito uníssono, quatro rostos italianos se viraram, de modo acusador, na direção de Nick, que, da cadeira, os observava com uma expressão divertida.

— Lauren me disse que pode tomar conta de si mesma — respondeu ele, imperturbável, ao empurrar a cadeira para trás e se levantar.

Nick avisou que precisava dar um telefonema e, enquanto o fazia, Lauren desceu o corredor até o banheiro feminino. Quando saiu, reconheceu os ombros largos e se dirigiu a um telefone na entrada. A voz de barítono soava baixa, mas uma palavra chegou até ela, nítida como o toque de um sino: "Ericka."

Que hora mais estranha para ligar para outra mulher, pensou. Ou não seria isso? Nick dissera que os anfitriões esperavam que levasse um amigo, e ele, sem dúvida, teria dado um jeito de chamar alguém muito antes desse dia. Estava cancelando um encontro!

Nick entrou no esportivo Pontiac Trans Am de Lauren, ligou a ignição e franziu o cenho quando a luz vermelha de aviso da bateria acendeu no painel.

— Acho que não tem nada de errado com a bateria — explicou Lauren às pressas. — No caminho, parei e mandei um mecânico verificar. Ele não encontrou nada errado, por isso talvez seja apenas um curto na própria luz de aviso. O carro só tem seis meses.

— Que tal o levarmos ao norte e ver como ele se sai? — perguntou Nick após uma curta pausa. — Assim você não ficará sozinha na estrada a caminho do Missouri se a bateria realmente *morrer*.

— Maravilhoso! — agradeceu ela, prontamente.

— Fale mais de sua família e de você — pediu ele, quando saíram do estacionamento.

Lauren virou o rosto para a frente, tentando não mostrar tensão. A pequena trama de mentiras que havia tecido já se tornava maior e mais enredada. Como Nick conhecia gente na Sinco, e ela, de propósito, não mencionara o diploma universitário no formulário, hesitava em contar que tinha frequentado a faculdade nos últimos cinco anos. Olhando pela janela, para o esplêndido Centro Renascença, deu um suspiro. Mesmo sendo uma pessoa naturalmente honesta, já havia mentido sobre a idade, pois na verdade só faria vinte e três dali a três semanas. E dissera a Tony, na frente dele, que não tinha amigos nem parentes em Detroit. Agora ia cuidadosamente "esquecer" os últimos cinco anos de sua vida.

— Foi uma pergunta difícil? — brincou Nick.

Aquele sorriso enlouquecia as batidas de seu coração. Ela queria erguer a mão, encostá-la no queixo firme e traçar a linha dos lábios sensuais. Observou a gola da camisa aberta no pescoço, o que a fazia querer tocar os encaracolados pelos negros pouco acima do profundo V do terceiro botão. Até o cheiro da colônia picante provocava seus sentidos, convidando-a a chegar mais perto.

— Não há muita coisa a contar. Meu meio-irmão, Lenny, já fez vinte e quatro anos, está casado e começando a própria família. E minha meia-

-irmã, Melissa, fez vinte e cinco e se casou em abril. O marido é mecânico na concessionária da Pontiac, onde comprei este carro.

— E seu pai e sua madrasta?

— Meu pai é professor. Brilhante e culto. Minha madrasta é muito amorosa e completamente dedicada a ele.

— Se seu pai é professor, fico surpreso que não a tenha encorajado a continuar na faculdade, em vez de deixá-la trabalhar como assistente.

— Ele me encorajou — respondeu Lauren, sem o encarar, aliviadíssima quando ele se viu obrigado a voltar a atenção para a complicada mudança de pistas e para a ampla curva que os levou até a rampa de entrada da Interestadual 75. A via expressa os fez cortar a cidade antes que o cenário mudasse, passando de fábricas e prédios para casinhas suburbanas, seguido por um imenso shopping e bairros residenciais muito mais opulentos.

— E suas roupas? — perguntou ela de repente. — Não vai precisar fazer uma mala?

— Não. Mantenho algumas roupas em outra casa, em Harbor Springs.

A brisa que entrava pela janela do carro despenteava de leve os grossos cabelos cor de café. Embora cortados e penteados para ficarem rentes nas laterais, estavam apenas longos o bastante na nuca para roçar o colarinho — longos o bastante, refletiu Lauren com um ar melancólico, para uma mulher deslizar os dedos entre os fios. Seus dedos. Desgrudando os olhos daquele perfil, ela baixou os óculos escuros no nariz e virou a cabeça para observar o cenário da interestadual, ainda um pouco dispersa quando os intermináveis subúrbios deram lugar ao campo aberto. Nick sem dúvida irradiava ousada perícia sexual e confiante masculinidade. Mesmo agora, estava perturbadoramente ciente da coxa rígida e musculosa a apenas alguns centímetros da sua, e da forma como os ombros poderosos a faziam se sentir delicada. Tudo na aparência dele, e na maneira como *a olhava*, parecia um aviso de que ele podia ser perigoso para a sua paz de espírito.

Perigoso? Concordar em passar o fim de semana com Nick não era de seu feitio — tão inexplicável quanto aquela atração compulsiva que sentia por ele. Também era algo precipitado e irresponsável. Mas perigoso? E se Nick fosse um louco assassino que pretendesse matá-la, mutilar seu corpo e enterrá-lo na mata? Se o fizesse, ninguém jamais saberia o que acontecera, porque ninguém sabia que estavam juntos — a não ser Tony e os filhos, e ele podia apenas dizer que ela voltara para o Missouri. As pessoas acreditariam. No sentido literal e no figurado, Nick podia matar e sair impune.

Lauren lançou um olhar rápido e apreensivo ao perfil bem definido e relaxou as feições num débil sorriso. O instinto sobre as pessoas jamais a havia traído antes, e ela sabia, instintivamente, que não corria perigo físico.

As três horas seguintes passaram num delicioso borrão. O carro devorava os quilômetros, fazendo uma brisa amena tocar seus rostos e despentear os cabelos, e os dois conversavam de modo amigável sobre tudo e nada.

Nick, notou Lauren, era extremamente evasivo quando se tratava de falar sobre si mesmo, mas sem dúvida insaciável quando se tratava de sondar as origens dela. Tudo o que descobrira foi que o pai havia morrido quando Nick tinha quatro anos, e os avós, que o criaram, tinham morrido alguns anos atrás.

Na cidade de Grayling, que Nick disse ficar a cerca de uma hora e meia do destino final — Harbor Springs —, ele parou num minimercado. Quando voltou, Lauren viu que trazia nas mãos duas latas de Coca-Cola e um maço de cigarros. Alguns quilômetros mais adiante, encostou junto a uma mesa de piquenique à beira da estrada.

— Não está um dia deslumbrante?

Deliciada, Lauren jogou a cabeça para trás e apreciou as nuvens brancas que atravessavam o brilhante céu azul. Olhou para Nick de relance e o flagrou a observando com uma expressão indulgente.

Ignorando essa atitude *blasé,* ela disse:

— Em minha terra o céu nunca é assim tão azul, e faz muito mais calor. Acho que é porque o Missouri fica mais ao sul.

Nick abriu as latas de Coca e lhe entregou uma. Encostou casualmente o quadril na mesa de piquenique, e Lauren tentou retomar a conversa do ponto em que fora interrompida alguns minutos antes.

— Você disse que seu pai morreu quando tinha quatro anos, e seus avós o criaram, o que aconteceu com sua mãe?

— Nada — respondeu.

Pondo um cigarro entre os lábios, acendeu um fósforo e colocou as mãos em torno da chama para protegê-la da brisa.

Lauren observou a textura firme dos cabelos castanho-escuros ao vê-lo curvar a cabeça na direção do palito, e depois se apressou a erguer os olhos azuis de encontro aos dele.

— Nick, por que você fala tão pouco sobre si mesmo?

Ele apertou os olhos para evitar a fumaça aromática que subia do cigarro.

— Tão pouco? Estive falando pelos cotovelos durante centenas de quilômetros.

— Mas não sobre alguma coisa realmente pessoal. Que foi que houve com sua mãe?

Ele sorriu.

— Alguém já lhe disse que você tem olhos incrivelmente bonitos?

— Já, e você está desviando do assunto!

— E que também é extremamente articulada? — continuou ele, ignorando a observação.

— Isso não surpreende, pois meu pai é professor de inglês, como você já descobriu.

Então deu um suspiro, exasperada com a evasão deliberada.

Nick ergueu o olhar para o céu e deixou-o vagar pelas árvores e a estrada deserta, antes de por fim tornar a encará-la.

— Só percebi como estava tenso três horas atrás, quando finalmente comecei a relaxar. Precisava dar uma fugida assim.

— Está trabalhando muito?

— Cerca de setenta horas por semana nos últimos dois meses. — Os olhos expressivos de Lauren se encheram de simpatia, e Nick sorriu, um daqueles sorrisos cordiais e cativantes que a deixou com o coração acelerado. — Você sabia que é uma companhia muito relaxante?

Lauren não ficou particularmente satisfeita por saber que, enquanto o achava eletrizante, ele a achava relaxante.

— Obrigada, vou tentar não fazer você dormir antes de chegarmos a Harbor Springs.

— Pode fazer isso *depois* de chegarmos. — Foi a resposta sugestiva.

O coração de Lauren martelava contra o peito.

— O que eu quis dizer é que espero não o estar entediando.

— Acredite, não me entedia nem um pouco. — A voz ganhou um tom grave e sensual: — Na verdade, estou querendo fazer uma coisa desde ontem à noite, quando me virei com seu copo de tônica na mão e a vi ali parada, fazendo muita força para não rir do meu choque.

Mesmo no estado de nervosismo em que se encontrava, Lauren soube que ele pretendia beijá-la. Nick pegou a Coca de seus dedos trêmulos e colocou a lata com toda a calma na mesa de piquenique ao lado, estendeu os braços, puxando Lauren deliberadamente para entre suas pernas. Ela roçou o quadril na parte interna da coxa musculosa, inundando todo o seu sistema nervoso com inquietas sensações. Ele deslizou as mãos pelos braços dela e, de forma muito delicada, lhe aprisionou os ombros. Em impotente expectativa, ela viu os lábios firmes e sensuais se aproximando devagar dos seus.

Nick cobriu sua boca com a dele, movendo os lábios, explorando num beijo de preguiçosa persuasão, mas com uma insistência de tirar o fôlego. Lauren tentou desesperadamente manter a sanidade, mas no momento em que ele deslizou a língua entre seus lábios, sentiu que perdera a batalha.

Com um gemido abafado, encostou-se nele e deixou que lhe abrisse os lábios. A reação de Nick foi instantânea. Os braços a envolveram com mais força, prendendo-a contra o peito, enquanto abria a boca faminta e invadia a dela com a língua, acariciando-a. Alguma coisa explodiu dentro de Lauren, que arqueou o corpo contra o dele e ergueu as mãos, obcecada por acariciar aquele pescoço, por deslizá-las entre os cabelos macios da nuca, enquanto reagia com avidez àquela boca faminta.

Quando Nick por fim ergueu a cabeça, ela se sentia marcada por aquele beijo, permanentemente rotulada como sua propriedade. Trêmula e agitada, apoiou a testa no ombro dele. Os lábios quentes desceram por seu rosto, correram para baixo, mordendo de leve o lóbulo da orelha.

Com uma risada rouca, ele disse ao pé de seu ouvido:

— Acho que lhe devo um pedido de desculpas, Lauren.

Ela se encostou no peito de Nick e tornou a erguer o olhar. Os nublados olhos cinzentos que a encaravam de volta estavam semicerrados e ardiam de paixão, e embora ele sorrisse, era um sorriso irônico, que zombava de si mesmo.

— Por que você me deve um pedido de desculpas?

Nick deslizou a mão pelas suas costas numa preguiçosa carícia.

— Porque, apesar de suas garantias de que não é ingênua, até alguns minutos atrás eu receava que este fim de semana fosse mais do que você poderia dar conta... E mais do que você esperava.

Ainda atordoada pelo beijo, Lauren perguntou baixinho:

— E *agora,* o que acha?

— Acho — murmurou secamente — que este fim de semana pode se tornar mais do que *eu* esperava. — Encarou os brilhantes olhos azuis, os próprios escurecidos em resposta. — Também acho que, se você continuar a me olhar desse jeito, vamos nos atrasar cerca de duas horas para chegar a Harbor Springs.

Piscou os olhos, apontando com um olhar significativo para o motel do outro lado da estrada, mas, antes que Lauren sequer pensasse em entrar em pânico, Nick estendeu a mão e deslizou com firmeza os óculos escuros até a ponta do nariz.

— Esses seus olhos vão ser minha perdição — disse com um humor sombrio.

Depois a pegou pelo braço e a levou até o carro.

Lauren desabou no assento, sentindo-se como se houvesse acabado de enfrentar um ciclone. O motor do carro rugiu ao ganhar vida, e ela se obrigou a relaxar e pensar com lógica. Tinha dois problemas imediatos: primeiro, já ficara óbvio que Nick pretendia levá-la para a cama nesse fim de semana. Na mente dele, tratava-se de uma conclusão lógica. Claro, ela podia simplesmente dizer não quando chegasse a hora, mas o segundo problema era que não tinha certeza alguma de que *queria* dizer não. Jamais antes se sentira tão atraída por alguém, nem afetada por um beijo. Jamais quisera tanto fazer amor com um homem.

Estudou as mãos fortes e ágeis de Nick ao volante, depois ergueu os olhos para aquele perfil de uma beleza rude. Ele era tão atraente, de um magnetismo tão gritante que bastava um olhar e as mulheres caíam ávidas em sua cama, sem jamais esperar qualquer envolvimento emocional. Com certeza ela própria não seria uma conquista tão fácil. Ou seria?

Um triste sorriso lhe tocou os lábios quando ela voltou a cabeça para a janela. Todos sempre a julgavam muito inteligente, muito sensível, mas ali estava, já planejando fazer Nick Sinclair se apaixonar, pois ela sabia que já estava se apaixonando por ele.

— Lauren, esta viagem está se tornando um pouco solitária do meu lado do carro. Em que está pensando?

Cheia de ideias sobre o destino dos dois, ela se virou e, sorridente, balançou devagar a cabeça.

— Se eu contasse, você ia morrer de medo.

Capítulo 5

Lauren deslizou o olhar com admiração pelo cenário de cintilantes ondas azuis do lago Michigan conforme se avolumavam e espumavam brancas ao rebentar, indolentes, na areia da praia.

— Chegaremos lá em alguns minutos — avisou Nick, saindo da rodovia e tomando uma estrada rural bem conservada que serpeava pelas imponentes fileiras de pinheiros.

Vários minutos depois, virou à esquerda num acesso de veículos asfaltado e sem identificação. Por mais de um quilômetro, o caminho da entrada particular ziguezagueava gracioso por entre majestosas tramazeiras, de cujos galhos carregados pendiam cachos magníficos de frutos laranja vivo.

Lauren olhou para a paisagem bem cuidada nos dois lados da estrada, e percebeu que o chalé simples, próximo ao lago, que a princípio havia imaginado quando ele a convidara para o fim de semana, não seria o que encontraria. Nada a tinha preparado, porém, para a visão que a saudou quando saíram dos trechos sombreados para o brilho dourado do sol poente e pararam atrás de uma longa fileira de carros de luxo estacionados.

Ao longe, emoldurada por um íngreme penhasco, avistava-se uma imensa casa em estilo moderno, com três andares de estuque e vidro. Hectares de exuberantes gramados verdes, pontilhados por mesas com guarda-sóis coloridos, inclinavam-se suavemente até uma praia. Garçons de paletós azul-claro passavam com bandejas entre o que parecia no mínimo uma centena de convidados, refestelados em espreguiçadeiras ao redor de uma gigantesca piscina curva, conversando e rindo em grupos animados no gramado, ou passeando na praia.

Em contraste com um céu róseo e dourado, cintilantes iates brancos ancorados balançavam lânguidos na água ondulante. Lauren julgava que as pessoas pareciam não se impressionar com um lago de mais de trezentos metros de profundidade em alguns lugares, e não pareciam intimidadas pelo fato de que tempestades poderiam assolar a superfície de trinta e cinco mil quilômetros quadrados, açoitando-os numa turbulenta fúria cinzenta.

Nick saltou e contornou o carro para abrir a porta para ela. Com aquela mão em seu cotovelo, Lauren não teve outra opção senão caminhar ao lado dele ao longo da sinuosa fileira de carros esportivos estrangeiros e luxuosos sedãs em direção aos grupos de convidados.

À beira do gramado, parou e observou as pessoas com quem estava prestes a socializar. Além de vários astros e estrelas de cinema, distinguiu outros rostos vagamente familiares, os que via repetidas vezes em matérias de revistas sobre a alta sociedade e os absurdamente ricos.

Deu uma olhada em Nick, que examinava vagarosamente a multidão. Ele não parecia impressionado nem intimidado por aquela resplandecente reunião de ricos e famosos; na verdade, parecia irritado. Quando falou, a voz saiu marcada pela mesma irritação que ela identificara na sua expressão.

— Lamento, Lauren. Se eu soubesse que a "reuniãozinha" de Tracy ia ser assim, jamais a teria trazido. Vai ser barulhenta, superlotada e frenética.

Embora se sentisse pouco à vontade cercada por pessoas tão famosas, ela conseguiu ostentar um ar de indiferença e abriu um sorriso animado.

— Talvez, se tivermos sorte, ninguém notará que estamos aqui.

— Não conte com isso — advertiu Nick, seco.

Seguiram sem pressa pelo perímetro do gramado, circundado por um bosque fechado. Ao chegarem a um bar instalado para uso dos convidados, ele parou atrás do balcão. Em vez de observá-lo como uma idiota apaixonada enquanto ele preparava as bebidas, Lauren se obrigou a virar e observar os arredores. Concentrava-se num grupo que conversava perto deles, quando uma ruiva deslumbrante ergueu o olhar e reconheceu Nick.

Com um sorriso iluminando as feições perfeitas, a mulher deixou os amigos e correu em direção aos dois, a calça pantalona ondulando nos tornozelos.

— Nick, querido! — disse, rindo e já deslizando as mãos cheias de anéis pelos braços dele ao se curvar para beijá-lo.

Nick largou a garrafa de bebida e a abraçou, puxando-a para retribuir o beijo.

Mesmo depois que a soltou, Lauren notou que a ruiva continuou com as mãos nos braços de Nick enquanto sorria, calorosa, os olhos fixos nos olhos cinzentos.

— Todo mundo se perguntava se você ia nos desapontar e não vir — continuou ela. — Mas eu *sabia* que viria, porque o telefone não parou de tocar com ligações de seu escritório. Os empregados, aliás todo mundo, anotaram recados para você a tarde toda. E quem é esta? — perguntou animada, finalmente desprendendo as mãos dos braços de Nick e recuando para estudar Lauren com franca curiosidade.

— Lauren, esta é Barbara Leonardos. — Nick deu início às apresentações.

— Me chame de Bebe... como todo mundo. — Tornou a se virar para Nick e continuou quase como se Lauren não estivesse ali. — Achei que você ia trazer Ericka.

— É mesmo? — zombou ele, rindo. — E eu achei que *você* estava em Roma, com Alex.

— Estávamos — admitiu Bebe —, mas quisemos ver você logo.

Quando ela se afastou, momentos depois, Nick começou a explicar:

— Bebe é...

— Sei bem quem ela é — interrompeu Lauren em voz baixa, tentando não parecer deslumbrada. Barbara Leonardos era a queridinha das revistas de moda e colunistas de fofoca, uma herdeira americana do petróleo, casada com um empresário grego multimilionário. — Vi fotos dela em revistas e jornais dezenas de vezes.

Nick lhe entregou o drinque que havia preparado, pegou o dele e inclinou a cabeça para o casal de braços dados que se aproximava a passos largos.

— Reconhece algum daqueles dois?

— Não, não me parecem nem um pouco familiares.

Nick sorriu.

— Neste caso, eu os apresentarei. São, por acaso, nossos anfitriões, além de grandes amigos meus.

Preparando-se para a inevitável rodada de apresentações, Lauren examinou a bela mulher de cabelos castanhos na faixa dos trinta e o homem corpulento, que beirava os sessenta.

— Nick! — A mulher abriu um sorriso radiante, se jogando nos braços do amigo sem se importar com a bebida que ele segurava, e o beijando com o mesmo desembaraço entusiasmado e íntimo de Bebe. — Não o vemos há meses! — Ela o repreendeu ao recuar. — Que diabos você tem feito?

— Alguns de nós trabalhamos para ganhar a vida — respondeu Nick, com um sorriso afetuoso. Estendendo a mão, pegou o braço de Lauren e a trouxe para o círculo de amigos. — Lauren, gostaria que conhecesse nossos anfitriões, Tracy e George Middleton.

— É um grande prazer conhecê-la, Lauren — disse Tracy, e logo cobrou do amigo: — Que fazem os dois aí parados, sozinhos? Ninguém vai nem perceber que estão aqui.

— Por isso mesmo que estou aqui — respondeu Nick, sem rodeios.

Tracy soltou uma risada triste.

— Sei que prometi que seria uma reunião íntima. Juro que não tínhamos a menor ideia de que todas as pessoas que convidamos iriam aparecer. Você não imagina o problema que isso nos causou.

Ela olhou para o céu lilás e depois para trás. Acompanhando-lhe o olhar, Lauren viu que quase todos os convidados tinham começado a se encaminhar até a casa ou desciam em direção ao píer, onde lanchas aguardavam para levá-los aos respectivos iates. Garçons haviam começado a arrumar mesas sob um imenso toldo listrado, e as tochas ao redor da piscina estavam sendo acesas. Músicos transportavam os instrumentos para um grande palco que fora montado na extremidade oposta da piscina.

— Todos já estão se vestindo para o jantar — declarou Tracy. — Vocês vão até o Abrigo para se trocar ou planejam trocar de roupa aqui?

A mente de Lauren vacilou. Vestir-se para jantar? Não tinha nenhuma roupa adequada para usar num jantar formal!

Ignorando o aperto de Lauren em seu antebraço, Nick se adiantou.

— Lauren vai se trocar aqui. Vou até o Abrigo, retornar os telefonemas que não podem esperar, e me troco lá.

Tracy sorriu para Lauren.

— A casa está superlotada: você e eu podemos usar nosso quarto, e George encontrará algum outro lugar para se trocar. Vamos?

Nick notou a expressão de Lauren com um brilho irônico de entendimento.

— Acho que Lauren precisa conversar comigo. Vá indo, e ela se juntará a você.

Assim que o casal se afastou e não mais podiam ser ouvidos, Lauren disse, desesperada:

— Nick, não tenho nada adequado para vestir. Óbvio que você também não deve ter, não é?

— Tenho umas coisas no Abrigo, e encontrarei um vestido para você também — tranquilizou-a com toda a calma. — Vou mandar buscá-lo, e estará no quarto de Tracy quando chegar a hora de você vesti-lo.

No interior da casa, imperavam uma cacofonia de vozes e fervilhante atividade. Risos e conversas saíam de vinte aposentos diferentes em três pavimentos distintos, com empregados correndo para todo lado com roupas recém-passadas nos braços e bandejas de drinques nas mãos.

Nick parou diante de uma das empregadas e pediu a ela as mensagens telefônicas. Num instante, recebeu os recados e se virou para Lauren com um sorriso caloroso:

— Encontro você dentro de uma hora junto à piscina. Consegue aguentar sem mim durante tanto tempo?

— Ficarei bem — garantiu ela. — Não se apresse.

— Tem certeza?

Com os fascinantes olhos cinzentos perscrutando os dela, Lauren não tinha certeza nem do próprio nome, mas assentiu com a cabeça assim mesmo. Quando ele se foi, ela se virou e viu Bebe Leonardos a observando com visível curiosidade. Varrendo a expressão sonhadora do rosto, Lauren perguntou:

— Posso usar o telefone? Gostaria de ligar para casa.

— Lógico. Onde você mora? — perguntou casualmente Bebe.

— Em Fenster, no Missouri — respondeu Lauren, seguindo a anfitriã até um luxuoso escritório próximo aos fundos da casa.

— Fenster? — Bebe fungou, como se um odor ofensivo se associasse ao nome da cidade. Então saiu e fechou a porta atrás de si.

A ligação interurbana para o pai não levou muito tempo porque ambos tinham verdadeira consciência da despesa envolvida. Mas o pai rira de orgulho e espanto ao saber do novo emprego e do salário, e ficou aliviado por Philip Whitworth insistir que ela morasse no condomínio da tia, sem pagar aluguel. Ela não falou da barganha com Philip porque não queria deixá-lo ansioso. Queria apenas que ele soubesse que o seu fardo financeiro agora fora aliviado.

Após desligar, atravessou o escritório e entreabriu a porta, parando ao som de uma animada voz feminina erguida em saudação no fim do corredor.

— Bebe, querida, você está maravilhosa; faz séculos que não a vejo. Sabia que Nick Sinclair deve estar aqui neste fim de semana?

— Está aqui — respondeu Bebe. — Já falei com ele.

— Graças a Deus ele veio! — A outra mulher riu. — Carlton me arrastou até aqui de uma praia divina nas Bermudas, porque quer conversar com Nick sobre algum acordo comercial.

— Carlton terá de esperar sua vez — avisou Bebe, indiferente. — Nick também é o motivo pelo qual Alex e eu estamos aqui. Meu marido quer conversar com ele sobre a construção de uma rede de hotéis internacionais. Vem tentando há duas semanas telefonar para ele de Roma, mas nosso amigo não retornou as ligações, por isso pegamos um avião para cá ontem.

— Não vi Ericka lá fora — comentou a outra.

— Não viu porque ele não a trouxe, mas espere até ver o que trouxe no lugar. — A risada sarcástica na voz refinada de Bebe fez Lauren enrijecer, mesmo antes de a ruiva acrescentar: — Você não vai acreditar! A garota deve ter uns dezoito anos, saída direto de uma fazenda no Missouri. Antes de Nick deixá-la sozinha por uma hora, precisou até lhe perguntar se ficaria bem por conta própria.

As vozes esmoreceram quando as duas se afastaram.

O ataque verbal de Bebe surpreendeu e irritou Lauren, mas ela abriu com toda a calma a porta e saiu para o corredor.

Uma hora mais tarde, sentada à penteadeira de Tracy, Lauren escovou o pesado cabelo até as lustrosas mechas douradas e cor de mel lhe emoldura-rem o rosto e caírem em ondas graciosas sobre os ombros. Depois aplicou um blush rosado nas altas maçãs do rosto, uma nova camada de gloss da mesma cor nos lábios e jogou os cosméticos na bolsa.

Àquela altura, Nick sem dúvida já a esperava na piscina. A ideia trouxe um brilho de pura felicidade aos olhos turquesa quando ela se curvou mais para perto do espelho e colocou cuidadosamente os preciosos brincos de ouro catorze quilates que haviam pertencido à mãe.

Quando terminou, recuou para examinar o efeito do sofisticado vestido longo de jérsei creme que Nick mandara entregar enquanto ela tomava banho. O tecido macio realçava os seios eretos e cheios, e as mangas longas e justas envolviam os braços até os pulsos, onde terminavam em pontas nas costas das mãos. O cinto de corrente dourado marcava a cintura do traje, de modo que este exibia sedutoramente cada curva feminina do corpo de Lauren, desde o decote à bainha da saia levemente rodada, de onde se projetavam os bicos das delicadas sandálias douradas que Tracy lhe emprestara.

— Perfeita! — Tracy riu. — Vire-se para eu ver as costas. — Lauren, obediente, cedeu. — Como uma coisa que parece tão recatada vista pela frente pode ser tão deslumbrante por trás? — perguntou, olhando as costas lisas da jovem com o bronzeado dourado exposto quase até a cintura. — Bem, vamos?

Enquanto as duas percorriam a varanda, Lauren ouvia os ruídos da festa ao lado da piscina abaixo flutuar pelas janelas abertas. Dezenas de alegres vozes femininas se misturavam a murmúrios masculinos, mais graves, depois se mesclavam num caos com a música animada da orquestra.

Cinco segundos depois que saíram para o pátio, Tracy se viu cercada e recrutada por um grupo de amigas, deixando Lauren sozinha. Ela esticou o pescoço e examinou a multidão em busca de um vislumbre de Nick. Avançou dois passos e logo o viu no meio de um grupo grande de pessoas no outro lado da piscina.

Com os olhos fixos na silhueta alta, Lauren ziguezagueou pelos obstáculos de convidados, garçons, mesas com guarda-sóis e piscina. Ao chegar mais perto, ela o viu junto de um grupo de pessoas que conversavam animadas. Com a cabeça inclinada para elas, Nick parecia ouvi-las absorto, mas de vez em quando desviava o olhar e o deslizava pela multidão, como se à procura de alguém.

Ele estava à sua procura, percebeu Lauren, com um ardor interno. Como se sentisse a sua proximidade, Nick ergueu de repente a cabeça e seus olhos se encontraram em meio ao aglomerado de gente. Com uma brusquidão que beirava a descortesia, balançou a cabeça para as pessoas com quem conversava e, sem uma palavra, apenas se afastou.

Quando o último grupo no pátio abriu caminho para deixá-lo passar, Lauren teve a primeira visão de corpo inteiro de Nick e perdeu o fôlego. O smoking preto retinto assentava na esplêndida e alta figura como se o mais esplêndido alfaiate o tivesse feito sob medida. A estonteante brancura da camisa franzida fazia um belo contraste com o rosto queimado de sol e a gravata borboleta formal. Nick usava o elegante traje com a segurança de um homem inteiramente habituado a ele. Lauren sentiu um absurdo orgulho e não fez qualquer tentativa de escondê-lo quando ele parou, afinal, à sua frente.

— Alguém já lhe disse como você é lindo? — perguntou, baixinho.

Um vagaroso sorriso infantil espalhou-se pelas feições dele.

— O que você acharia se eu lhe dissesse que não?

Lauren riu.

— Acharia que você está tentando parecer modesto.

— Então o que devo fazer agora? — indagou ele.

— Suponho que devia tentar parecer meio constrangido e sem graça com o elogio.

— Não fico constrangido nem sem graça com muita facilidade.

— Nesse caso, podia tentar me constranger, dizendo como acha que *eu* estou — insinuou Lauren, rindo.

Lentamente, para não chamar a atenção dos outros convidados, ela deu uma volta e, com calculada deliberação, mostrou a ele o completo efeito do vestido. A reluzente luz das tochas refletiu no lustroso tom de mel dos seus cabelos quando ela completou a pirueta e esperou o olhar de Nick deslizar pelo rosto radiante, pelos luminosos olhos azuis e lábios cheios e macios, depois, descer até o exuberante contorno do seu corpo.

— Então? — provocou-o, por sua vez. — O que acha?

Os olhos cinzentos que encontraram os dela estavam em brasa, mas em vez de responder, ele tornou a deslizar o olhar pelo corpo esbelto. Hesitou e de repente respondeu:

— Acho que o vestido cai como uma luva em você.

Lauren desatou a rir.

— Não deixe ninguém o convencer de que tem jeito para elogios, porque não é o caso.

— É mesmo? — brincou ele, a desafiando com os olhos. — Nesse caso, direi *exatamente* o que acho: você é de uma beleza extraordinária, tem a fascinante capacidade de parecer ao mesmo tempo uma mulher sofisticada, de extrema sensualidade, e uma jovem absolutamente angelical. E eu queria demais que não estivéssemos confinados aqui com uma centena de outras pessoas durante as próximas horas, pois sempre que a olho, sinto... um desconfortável desejo... de descobrir como será tê-la nos braços esta noite.

A pele clara de Lauren se coloriu de rubor. Não era tão angelical *assim*, e entendia o que Nick queria dizer com "desconfortável desejo". Desviou o olhar daqueles olhos zombeteiros e o dirigiu aos convidados, aos iates acesos como brilhantes árvores de Natal, a *qualquer coisa*, menos àquele corpo rígido e alto. Por que ele fora tão direto? Talvez desconfiasse de que ela jamais tivesse dormido com alguém e tentasse de propósito deixá-la em pânico para que admitisse o fato. Será que o incomodaria o fato de ela ser virgem?

A julgar pela franca atitude em relação ao sexo, era improvável que existisse algo que ele já não tivesse feito ou desconhecesse. No tocante às mulheres, Lauren duvidava de que restasse uma única fibra de inocência naquele corpo de agressiva masculinidade. Mesmo assim, teve a sensação de que Nick não ia querer seduzir uma virgem e levá-la para a cama. Óbvio, essa virgem específica queria muito ser "seduzida" por ele, mas não tão cedo, e tampouco com quase nenhum esforço. Deveria fazê-lo esperar até gostar mesmo dela. Deveria, mas não tinha certeza de que o faria.

Com firmeza, ele tomou o seu queixo entre o polegar e o indicador, e virou para si o rosto de Lauren, obrigando-a a encarar os provocantes olhos cinzentos.

— Se sou tão lindo, por que não olha para mim?

— Foi uma idiotice eu confessar isso a você — desculpou-se Lauren, com tranquila dignidade — e...

— Foi, sem a menor dúvida, um grande exagero. — Nick sorriu, soltando-lhe o queixo — ... mas gostei de ouvir. E, caso se interesse em saber — acrescentou com a voz enrouquecida —, ninguém jamais me disse isso antes. — Ergueu os olhos no momento em que ouviu alguém chamar seu nome, e logo fingiu não ter ouvido. Com um toque no cotovelo, ele a conduziu em direção ao toldo listrado no jardim, onde garçons serviam entradas quentes e frias. — Vamos pegar algo para você comer e beber.

Nos cinco minutos seguintes, outras seis pessoas o chamaram. Quando aconteceu outra vez, ele comentou irritado:

— Por mais que eu gostasse de passar sozinho a noite com você, vamos ter de confraternizar. Não posso continuar me fingindo de surdo por muito mais tempo.

— Eu entendo — disse Lauren, solidária. — São todos muito ricos e mimados, e, porque você trabalha para eles, acham que são seus donos.

Nick uniu as escuras sobrancelhas em surpresa.

— O que a faz pensar que trabalho para eles?

— Sem querer, escutei Bebe Leonardos dizer a alguém que o marido veio de Roma para conversar sobre a construção de hotéis internacionais. E a outra mulher disse que o marido *dela*, cujo nome é Carlton, veio à festa para tratar de algum tipo de negócio com você.

Ele lançou um olhar aborrecido a toda a multidão, como se cada pessoa ali constituísse uma ameaça pessoal à própria paz.

— Eu vim até aqui porque tenho trabalhado duro há dois meses e queria relaxar durante um fim de semana — disse, furioso.

— Se não quiser falar mesmo com ninguém sobre negócios, não há por que fazer isso.

— Quando viajam milhares de quilômetros para falar com você, as pessoas às vezes são bem persistentes — explicou ele, olhando mais uma vez os convidados. — E a não ser que meu palpite esteja errado, no mínimo quatro outros homens estão aqui para fazer exatamente isso.

— Apenas os deixe comigo — disse Lauren, com um sorriso encantador. — Eu os mantenho a distância.

— Você faria isso? — Ele riu. — E como?

Sob os exuberantes cílios castanho-avermelhados, os olhos azuis de Lauren faiscavam.

— Assim que um deles começar a falar sobre negócios, eu o interrompo e finjo distrair você.

Nick baixou os olhos para os lábios dela.

— Não deve ser difícil, você sempre me distrai.

E DURANTE AS TRÊS HORAS seguintes, ela fez exatamente como prometera. Com um brilhantismo tático que deixaria no chinelo Napoleão Bonaparte e toda a diplomacia, livrou Nick de pelo menos uma dezena de conversas profissionais. Tão logo ele começava a se aprofundar demais na discussão, Lauren o interrompia, lembrando com delicadeza que ele lhe prometera pegar uma bebida, levá-la a um passeio, mostrar-lhe o entorno ou qualquer artimanha que lhe ocorresse no momento.

E Nick permitia que o fizesse, observando as estratégias muitíssimo eficazes com uma mistura de franca admiração e velada diversão. Com um drinque na mão esquerda e o braço direito a enlaçando pela cintura, ele a mantinha ao seu lado, usando-a sem o menor constrangimento como um escudo voluntário. Mas à medida que a noite avançava e a bebida fluía, as conversas tornaram-se mais altas, as risadas, mais hilárias, e as piadas, mais obscenas. E os homens que queriam o tempo de Nick, mais persistentes.

— Você quer mesmo arranjar uma câimbra na perna de tanto andar? — perguntou ele num sussurro provocante, quando se afastaram de um iatista de pele corada que lhe pediu para dizer tudo que sabia sobre uma empresa petrolífera em Oklahoma.

Lauren bebericava o terceiro cálice de um delicioso digestivo com gosto e consistência de malte achocolatado, porém começava a perceber que a bebida era muito mais forte do que imaginara.

— Óbvio que não, minhas pernas são perfeitas — anunciou rindo, então se virou para ver seis pessoas exuberantes que jogavam tênis numa única quadra. Uma das mulheres, uma estrela de cinema francesa, tinha tirado a saia, ficando apenas de tomara que caia de lantejoulas, calcinha de renda preta e... saltos altos.

Nick tirou o cálice vazio da mão de Lauren e o largou sobre uma mesa com guarda-sol ao lado.

— Vamos caminhar até a praia?

Um grupo já seguia num dos iates bem iluminado. Os dois ficaram juntos na praia, ouvindo a música e risadas, contemplando os raios de luar refletidos no lago. — Dance comigo — pediu ele, e Lauren se encaminhou, obediente, para o abraço de Nick, adorando a sensação daqueles braços deslizando por seu corpo.

Encostou o rosto no tecido macio do paletó preto do smoking e o acompanhou ao ritmo da canção de amor tocada pela orquestra. Tinha vibrante consciência da intimidade das pernas masculinas que se deslocavam entre as dela.

Desde que se levantara naquela manhã, ela havia participado de uma reunião com o sr. Weatherby, de uma entrevista com Jim Williams, almoço com Nick, uma longa viagem e agora aquela festa onde bebera mais do que em toda a vida. Num único dia, sentira tensão, excitação, esperança e paixão, e agora passava o fim de semana com o homem de seus sonhos. O carrossel emocional em que se encontrava lhe cobrava o preço; agora sentia uma deliciosa exaustão e mais que uma leve vertigem.

Os pensamentos flutuaram de volta para a estrela do cinema francês, e ela riu baixinho.

— Se eu fosse aquela mulher jogando tênis, teria continuado de saia e tirado os sapatos. Sabe por quê?

— Para poder jogar melhor? — murmurou Nick, distraído, afastando com o nariz a sedosa mecha de cabelo que lhe caíra sobre a têmpora.

— Não, nem sei jogar tênis. — Lauren ergueu bruscamente o rosto para o do parceiro e confidenciou: — O motivo de conservar a saia é que sou uma menina recatada. Ou inibida? Bem, de qualquer modo, sou uma das duas coisas.

Tornou a encostar a face nos sólidos músculos do peito de Nick, e ele se aninhou em seus cabelos, espalmando a mão na curva das costas nuas, e apertou-a mais contra o corpo rígido.

— Na verdade — continuou, sonhadora —, não sou recatada nem inibida, mas o confuso produto de uma criação meio puritana e liberal. O que significa que julgo errado fazer qualquer coisa, mas acho muito certo outras pessoas fazerem o que querem. Vê algum sentido nisso?

Nick ignorou a pergunta e fez outra:

— Lauren, há alguma chance, mesmo que remota, de você estar ficando bêbada?

— Não sei ao certo.

— Não o faça — exigiu ele. Embora dita em voz baixa, foi uma ordem, dada para ser obedecida. Em vez de protestar contra aquela atitude autoritária, Lauren ergueu de repente a cabeça, mas os lábios dele lhe atraíram a atenção no mesmo instante. — Nem *pense* nisso — murmurou ele, severo.

Então abriu a boca sobre a dela num beijo perturbador que a lançou numa vertiginosa escuridão, onde nada existia senão os lábios sensuais pressionados contra os seus, ferozes e exigentes. Nick afundou a mão nos volumosos cachos em sua nuca e mergulhou a língua em sua boca, acariciando-a e a invadindo repetidas vezes, até Lauren instintivamente lhe dar o que ele queria. Ela suavizou os lábios e começou a movê-los com os dele, estimulando o desejo já ardente de ambos. Contra si, sentiu a nítida evidência da paixão crescente de Nick, e tremores de prazer a percorreram. Os corpos uniram forças para fazê-la perder o controle. Sem pensar, ela se arqueou numa febril necessidade de agradá-lo mais, e ele apertou o braço ao redor de seus quadris, puxando-a ainda mais para perto das coxas rígidas.

Nick arrastou a boca com violência por seu rosto, e até o sussurro saiu rouco de desejo.

— Você não beija como uma puritana — disse ele, colando os lábios mais uma vez nos dela.

Aos poucos, a pressão daquela boca diminuiu, depois desapareceu. Tremendo de excitação e medo, e já sem forças, Lauren encostou a testa no ombro de Nick; caía no abismo do desejo rápido demais e muito profundamente para se libertar. As palavras seguintes o confirmaram.

— Vamos para o Abrigo.

— Nick, eu...

Ele deslizou os braços dos quadris até seus ombros, apertou-os e a afastou alguns centímetros.

— Olhe para mim — pediu com delicadeza.

Lauren ergueu os inebriados olhos azuis para encontrar aquele olhar prateado.

— Eu quero você, Lauren.

A declaração tranquila e direta incendiou seu corpo.

— Eu sei — sussurrou ela, trêmula. — E isso me deixa muito feliz.

Os olhos de Nick sorriram com afetuosa aprovação diante da sua honestidade, e ele levou a mão ao rosto de Lauren, deslizando-a amorosamente da têmpora até a nuca.

— E...? — incentivou.

Lauren engoliu em seco, incapaz de desprender o olhar do dele, nem de mentir.

— E eu quero você — confessou, hesitante.

Nick enfiou os dedos naqueles fartos cabelos e puxou sua cabeça mais para perto da boca, que descia ao seu encontro.

— Nesse caso — murmurou, com a voz pastosa —, por que continuamos em pé aqui fora?

— Ei, Nick! — Uma voz amistosa rugiu a poucos metros dali. — É você?

Lauren se afastou de um salto, como se flagrada em algum ato indizível, depois quase soltou uma gargalhada quando Nick a puxou de volta e disse sem se alterar:

— Sinclair já foi embora horas atrás.

— Não! Foi? Sabe por quê? — perguntou o homem, se aproximando e os observando, desconfiado, através da escuridão.

— Obviamente tinha coisa melhor a fazer — respondeu Nick em um tom arrastado.

— É o que vejo — concordou o recém-chegado, de bom humor.

Após ter identificado sua presa, não parecia inclinado a aceitar a rude insinuação e partir. Com um sorriso expressivo no rosto de queixo duplo, saiu saracoteando das sombras, um homem obeso e negro, que logo fez Lauren se lembrar de um urso de pelúcia. O paletó do smoking pendia aberto, a camisa de pregas desabotoada na gola e a gravata borboleta balançando solta no pescoço. Era... adorável, concluiu ela, quando Nick o apresentou como Dave Numbers.

— Como vai, sr. Numbers? — perguntou, educada.

— Muito bem, mocinha — respondeu ele, com um sorriso afável. Então se virou para Nick e informou: — Está rolando uma partida infernal de vinte e um a bordo do iate de Middleton. Bebe Leonardos acabou de perder vinte e cinco mil dólares. Tracy Middleton aposta lances de três mil por rodada, e George recebeu quatro cartas do mesmo naipe em duas mãos diferentes. As probabilidades de isso acontecer são de quatro mil para um, e duas vezes deve ser de uns...

Com um sorriso amável grudado no rosto, Lauren apoiou a cabeça no peito de Nick, se aconchegando a ele em busca de calor, enquanto fingia ouvir Dave Numbers resumir os resultados da jogatina em andamento. Não sentia apenas frio, mas começava a ficar sonolenta, e a mão de Nick subindo e descendo pelas suas costas numa carícia indolente tinha um efeito quase hipnótico. Reprimiu um bocejo, depois outro, e minutos depois cerrou as pálpebras.

— Vou fazer sua amiga dormir de tédio, Nick — desculpou-se Numbers enquanto enumerava as probabilidades de uma partida de futebol próxima.

Constrangida, Lauren se endireitou, tentando abrir um sorriso animado no rosto sonolento, quando Nick observou com um traço de humor:

— Acho que Lauren está pronta para ir para a cama.

O mais velho a olhou, depois piscou para ele.

— Cara de sorte.

Com um breve aceno, ele deu meia-volta e se encaminhou na direção da casa.

Enlaçando-a, Nick a abraçou com força junto ao peito musculoso e enterrou o rosto nos cabelos perfumados.

— Vou, Lauren?

Ela se aninhou no calor daqueles braços.

— Vai o quê?

— Ter sorte esta noite?

— Não — respondeu ela, sonolenta.

— Achei que não. — Ele soltou uma risada contra os cabelos dela. Inclinando-se para trás, encarou o rosto sonolento e balançou a cabeça, irônico. — Vamos, você está quase dormindo.

Passou a mão sobre seus ombros e começou a conduzi-la de volta à casa.

— Gostei do sr. Numbers — comentou ela.

O olhar de soslaio que ele lhe dirigiu estava cheio de humor.

— Na verdade, ele se chama Mason. Numbers é apelido.

— Um mago da matemática — observou Lauren com admiração. — E é muito simpático, amistoso e...

— Um agenciador de apostas — interrompeu Nick.

— Um *o quê?* — Ela quase tropeçou de surpresa. Apesar da hora, a casa continuava iluminada, e a festa, no auge. — Essas pessoas não dormem nunca? — perguntou, quando Nick abriu a porta da frente e ruidosas gargalhadas explodiram ao seu redor.

— Não, se puderem evitar — respondeu Nick, inspecionando a cena. Perguntou a uma empregada qual quarto fora reservado a Lauren, então a levou até o andar de cima. — Vou ficar no Abrigo esta noite. Passaremos o dia lá amanhã... a sós. — Abriu a porta do quarto e acrescentou: — As chaves do carro estão com o mordomo. Você tem apenas de virar ao norte no fim do acesso de veículos e pegar a primeira estrada, menos de quatro quilômetros à esquerda. O Abrigo fica no fim dessa estrada e é a única casa ali... impossível de perder. Espero você às onze.

A arrogante suposição de que ela estaria, de fato, disposta a ir ao Abrigo e fazer tudo o mais que ele quisesse... encheu-a de exasperada diversão.

— Não devia perguntar se eu *quero* ficar a sós com você lá?

Ele riu baixinho.

— Você quer. — Sorrindo como se Lauren fosse uma menina de nove anos, acrescentou com ironia: — Se não quiser, pode virar ao sul na saída do acesso e seguir para o Missouri. — Então a abraçou e tomou seus lábios num longo e ardente beijo. — Vejo você às onze.

Irritada, Lauren argumentou, petulante:

— A não ser que eu decida partir para o Missouri.

Depois que Nick saiu, ela afundou na cama, com um trêmulo sorriso involuntário nos lábios. Como podia um homem ser tão obscenamente seguro, tão convencido... e ser tão absurdamente maravilhoso? Ela se dedicara demais aos estudos, ao trabalho e à música para sequer chegar a se envolver com alguém, mas era adulta. Sabia o que desejava, e queria Nick. Ele era tudo que um homem devia ser — forte, educado, inteligente, sensato —, e tinha senso de humor, além de ser bonito e sexy.

Pegou o travesseiro, envolvendo-o com os braços, e o abraçou junto ao peito, esfregando o rosto na fronha branca como se fosse a camisa de Nick. Ele estava jogando com o desejo, mas Lauren queria fazer com que também a amasse — queria *conquistá-lo*. Se pretendia fazer com que ele se importasse com ela, se quisesse se tornar especial para ele, tinha de ser diferente das outras mulheres que Nick conhecera.

Deitou-se de costas e fitou o teto. Chegou à conclusão de que ele se sentia seguro demais quanto a ela. Por exemplo, se despedira com total confiança de que ela o encontraria no Abrigo no dia seguinte. Uma boa dose de incerteza talvez o desestabilizasse e favorecesse sua causa. Por isso, iria se atrasar o suficiente para fazê-lo achar que *não* apareceria. Onze e meia seria perfeito, a essa altura ele teria chegado à conclusão de que ela não apareceria, mas não lhe restaria tempo para um plano B.

Com o travesseiro ainda nos braços e o sorriso nos lábios, adormeceu. Dormiu com a paz interior e a profunda alegria de uma mulher que sabe ter encontrado o homem cujo destino se ligava ao dela.

Capítulo 6

Fiel ao plano de chegar ao abrigo um pouco atrasada, Lauren pediu as chaves do carro ao mordomo e se encaminhou para o acesso de veículos às onze e meia da manhã, apenas para descobrir que pelo menos outros seis carros bloqueavam o dela.

Até identificarem os donos, encontrarem as chaves e retirarem os carros, já era onze e quarenta e cinco, e ela estava um pouco tensa. Tinha as mãos cerradas no volante ao girá-lo e tomar a estrada principal. E se ele tivesse decidido não esperar?

A pouco menos de quatro quilômetros da casa dos Middleton, viu uma entrada de veículos asfaltada à esquerda, com uma pequena placa de madeira que dizia O Abrigo, e virou nessa direção. Acelerou ladeira acima, afugentando coelhos e esquilos para a mata fechada conforme passava.

Uma casa em L surgiu no campo visual ao fim da estradinha, uma espetacular construção de vidro e cedro bruto, que parecia ser a extensão de um penhasco, cuja vista dava para o oceano Pacífico. Ela freou subitamente ao lado da casa, pegou a bolsa e subiu correndo pelo largo caminho de lajotas até a porta da frente.

Tocou a campainha e esperou. Tocou-a de novo e esperou ainda mais. Quando a apertou a terceira vez, porém, já sabia que ninguém iria atender. Não havia ninguém ali.

Virando-se, contemplou desanimada o pequeno gramado bem-cuidado. Não fazia o menor sentido contornar a casa até os fundos, porque a construção se empoleirava bem na beira de um penhasco, com apenas uma íngreme encosta de uns trinta metros até a água e um impressionante terraço de cedro suspenso no ar.

Nick não estivera disposto a esperá-la por muito tempo, pensou amargurada. Quando não a viu chegar na hora, deve ter imaginado que ela partira para o Missouri. Como não tinha carro ali, devia ter ido a algum lugar com o dono daquela casa magnífica.

Começou a retornar pelo mesmo caminho, sentindo-se muito idiota e com vontade de chorar. Não podia simplesmente se sentar nos degraus da entrada e torcer para que Nick voltasse e dormisse ali aquela noite, nem regressar à casa dos Middleton, pois estava lá como sua convidada. Já devia saber que não devia jogar com um homem que obviamente era um mestre no assunto. Por causa de sua maquinação, ela acabaria por passar aquele dia glorioso dirigindo sozinha de volta ao Missouri, afinal.

Engolindo em seco, Lauren abriu a porta do carro e pôs a bolsa no banco do carona. Ao parar para apreciar mais uma vez a beleza selvagem da paisagem, firmou o olhar em alguns degraus entalhados no penhasco rochoso ao lado, e ouviu um estranho ruído metálico bem lá embaixo. Era óbvio que os degraus formavam um caminho por entre as árvores até a praia, e tinha alguém lá. Com o coração martelando no peito, ela desceu a escada correndo.

No último degrau ela se deteve, paralisada de alegria e alívio diante da visão da silhueta esguia e conhecida de Nick. Vestindo apenas um short branco de tenista, encontrava-se agachado e trabalhava no motor de um pequeno barco que fora puxado para a estreita faixa de areia em meia-lua. Por um longo momento, Lauren apenas o observou, os olhos se deleitando com a pura beleza dos ombros largos, braços musculosos e das costas triangulares, brilhantes como bronze untado de óleo.

Parada ali, ela o viu interromper o trabalho no motor e verificar o relógio de pulso. Ele deixou cair o braço e girou devagar a cabeça para fitar algo à direita. Ficou tão imóvel que Lauren despregou afinal os olhos de seu perfil e acompanhou o seu olhar. Quando percebeu o que ele fizera, uma onda de ternura vibrou por todo o seu corpo: estendera mantas na areia e fincara uma imensa barraca de praia mais atrás para protegê-las do sol. Uma toalha de mesa fora posta cuidadosamente, com porcelanas, taças de cristal e talheres de prata. Viam-se três cestas de piquenique a um dos lados, e uma garrafa de vinho despontava da tampa aberta de uma delas.

Nick devia ter subido e descido uma dezena de vezes aqueles íngremes degraus, se deu conta. Considerando que, alguns minutos antes, Lauren julgara que ele nem tinha se importado o suficiente para esperar por ela, essa prova de como, de fato, se preocupara era duplamente comovente.

Não *tanto* assim, apressou-se em lembrar a si mesma, tentando, sem êxito, apagar o sorriso do rosto. Afinal, o que de fato via era o cenário preparado com todo o esmero para a própria sedução. *Tentativa de sedução*, corrigiu, sorrindo por dentro.

Ajeitando a camiseta aveludada verde-claro de decote em V que combinava com o short, ela decidiu dizer algo espirituoso à guisa de saudação. E Nick, lógico, agiria de forma muito descontraída e fingiria que nem notara que ela havia se atrasado. Com esse roteiro em mente, se adiantou. Infelizmente, não conseguiu pensar em nada espirituoso para dizer.

— Oi! — gritou, alegre.

Agachado, ele girou devagar, ainda com a chave de fenda na mão. Passou os braços em volta dos joelhos curvados e a encarou com frios e inescrutáveis olhos cinzentos.

— Está atrasada — constatou ele.

A reação foi tão diferente do que imaginara que Lauren teve de reprimir uma risadinha atônita ao caminhar em sua direção.

— Achou que eu não vinha? — indagou ela, bancando a inocente.

Nick ergueu as sobrancelhas escuras numa expressão sarcástica.

— Não era isso que eu devia achar? — perguntou ele.

Não soou como uma pergunta, mas como fria acusação, e o primeiro impulso de Lauren foi negar. Em vez disso, balançou a cabeça em assentimento, a sombra de um sorriso brincando em seus lábios.

— Era — admitiu baixinho, vendo os frios olhos cinzentos se aquecerem com fascinado interesse. — Estava decepcionado?

No mesmo instante, arrependeu-se da pergunta, porque sabia que ele agora retaliaria com alguma frase ferina.

— Muito decepcionado — confessou baixinho.

Um traiçoeiro calor fluiu pelo sistema nervoso de Lauren quando encarou aqueles hipnóticos olhos cinzentos e, conforme Nick largava a chave de fenda e se levantava, ela recuou um passo, cautelosa.

— Lauren?

Ela engoliu em seco.

— Sim?

— Gostaria de comer primeiro?

— Primeiro — sussurrou, rouca — Antes do quê?

— Antes de sairmos para velejar — respondeu Nick, estudando-a com perplexidade.

— Ah, *velejar*! — A respiração saiu numa risada. — Sim, obrigada, adoraria comer primeiro. E adoraria velejar.

Capítulo 7

Lauren jamais tivera um dia tão glorioso quanto aquele. Nas duas horas seguintes ao início do passeio, nascera uma afetuosa camaradagem entre os dois — camaradagem formada por comentários espontâneos e risos compartilhados, pontuados por longos e calmos silêncios.

Nuvens brancas e fofas decoravam o brilhante céu azul, e o vento colhia a vela, empurrando o barco em silêncio pela água. Ela viu uma gaivota grasnar acima, e depois deu uma olhada em Nick, sentado ao leme, de frente para ela. Ele sorriu e ela retribuiu o sorriso, depois tornou a erguer o rosto para o céu, se deleitando com o calor dourado do sol, ciente de que Nick a admirava com um olhar preguiçoso.

— Podíamos jogar a âncora aqui, tomar banho de sol e pescar um pouco. Gostaria? — perguntou Nick.

— Eu adoraria.

Lauren o observou se levantar e começar a recolher a vela.

— Vamos fisgar algumas percas para o jantar — sugeriu ele, minutos depois, ao montar duas varas de pesca. — A pesca de salmão também é forte aqui, mas precisaríamos de um lastro, e teríamos de corricar.

Lauren pescara com o pai muitas vezes às margens dos córregos e rios verdejantes do Missouri, mas nunca num barco. Ela não fazia a mínima ideia do que seria um "lastro", muito menos "corricar", mas pretendia descobrir. Se Nick gostava de pescar em barcos, ela também aprenderia a gostar.

— Peguei um — gritou ele meia hora depois, quando a linha se retesou com um zumbido.

81

Lauren largou sua vara e correu até a outra ponta do barco, dando instruções aos gritos, sem pensar:

— Firme o anzol! Mantenha a ponta da vara para cima. Não deixe a linha afrouxar. Ele está fugindo, solte a trava.

— Santo Deus, como você é mandona! — Nick riu, e ela percebeu, com um sorriso triste, que ele manejava o peixe com perícia. Alguns minutos depois, Nick se apoiou na borda do barco e colocou a grande perca numa rede presa a um cabo longo. Como um menino orgulhoso exibindo seu troféu a alguém especial, ergueu o peixe que se debatia para Lauren o apreciar melhor. — Bem, o que acha?

Bastou uma olhada para aquela expressão jovial nas feições bem talhadas, e o amor que começava a desabrochar em Lauren floresceu. *Você é maravilhoso,* pensou.

— É um peixe maravilhoso! — disse ela.

E naquele momento de aparente despreocupação, tomou a mais importante decisão da sua vida. Nick já lhe conquistara o coração; era correto que naquela noite também possuísse o seu corpo.

* * *

O SOL SE PUNHA NUMA labareda carmesim quando ele afrouxou a vela e os dois começaram a fazer o caminho de volta. Lauren sentiu mais uma vez sobre si o olhar de Nick quando ele se sentou ao leme, de frente para ela à luz minguante da tarde. Começava a ficar frio e ela dobrou as pernas junto ao corpo, envolvendo-as com os braços. Resolvera por completo na sua mente a questão de como passariam a noite, mas a ideia de que ia dar um passo tão irrevogável com um homem a quem adorava, mas sobre o qual tão pouco sabia, a preocupava.

— Em que está pensando? — perguntou Nick, tranquilo.

— Que sei muito pouco sobre você.

— O que gostaria de saber?

Era a deixa que Lauren queria com tanto desespero.

— Bem, para começar, como conheceu Tracy Middleton e os convidados da festa?

Como se para retardar a resposta, Nick retirou um cigarro do maço em seu bolso e o prendeu entre os lábios. Riscou um fósforo e curvou as mãos sobre a chama, acendendo-o.

— Tracy e eu crescemos juntos, éramos vizinhos — respondeu, apagando o fósforo com uma destra sacudidela do pulso. — Perto de onde fica hoje o restaurante de Tony.

Lauren se admirou. O restaurante onde haviam almoçado ficava no que era agora um bairro elegantemente restaurado, no centro da cidade. Mas quinze ou vinte anos atrás, durante o crescimento de Nick e Tracy, de modo algum teria sido um lugar muito agradável.

Ele observou as emoções oscilarem nas feições de Lauren e pareceu adivinhar o rumo de seus pensamentos.

— Tracy se casou com George, que tem quase o dobro de sua idade, para escapar do antigo bairro.

Com toda a cautela, Lauren abordou o assunto que Nick evitara antes e que mais lhe interessava.

— Nick, você disse que seu pai morreu quando tinha quatro anos, e que seus avós o criaram. Mas o que aconteceu com sua mãe?

— Nada aconteceu com minha mãe. Voltou a morar com os pais dela, no dia seguinte ao do enterro de meu pai.

Estranho, sua completa indiferença a alertou e a fez estudá-lo com cuidado. Tinha o rosto tranquilo, uma máscara neutra. Tranquilo e impassível até demais, pensou ela. Não queria bisbilhotar, mas começava a se apaixonar por esse homem entusiasmado, fascinante, enigmático, e precisava, desesperadamente, entendê-lo. Hesitante, perguntou:

— Sua mãe não o levou com ela?

A rispidez no tom de Nick sugeria que não estava feliz com o rumo da conversa, porém ele respondeu mesmo assim:

— Minha mãe era uma mulher rica e mimada de Grosse Pointe, que conheceu meu pai quando ele foi à casa de sua família consertar a fiação elétrica. Um mês e meio depois, rompeu com o noivo sem graça, mas muito rico, e se casou, em vez disso, com meu pai, que era orgulhoso, mas muito pobre. Parece que ela se arrependeu quase em seguida. Meu pai insistia que minha mãe vivesse com o que ele ganhava, e ela o odiava por isso. Mesmo quando os negócios melhoraram, minha mãe desprezava a vida que levava e o desprezava.

— Então por que não o deixou?

— Segundo meu avô — respondeu Nick secamente —, numa área ela achava meu pai irresistível.

— Você se parece com seu pai? — perguntou Lauren por impulso.

— Quase idêntico, me disseram. Por quê?

— Por nada — disse ela. Mas teve a nítida impressão de que entendia precisamente como o pai dele devia ter sido irresistível para a mãe. — Continue a história, por favor.

— Não tem muito mais para contar. No dia seguinte ao do enterro, ela anunciou que queria esquecer a esquálida vida que havia levado, e se mudou para a casa dos pais em Grosse Pointe. Três meses depois, se casou com o ex-noivo, e em um ano teve outro filho, meu meio-irmão.

— Mas ela vinha visitar você, não?

— Não.

Lauren ficou horrorizada com a ideia de uma mãe abandonar o filho, para então viver no luxo a apenas poucos quilômetros. Grosse Pointe era também onde os Whitworth moravam, e não ficava longe do bairro onde Nick fora criado.

— Quer dizer que nunca mais a viu?

— Via de vez em quando, mas apenas por acaso. Uma noite, ela apareceu no posto de gasolina onde eu trabalhava.

— O que ela disse? — sussurrou ela.

— Pediu que eu verificasse o óleo — respondeu Nick, imperturbável.

Apesar da aparente atitude de total indiferença, Lauren não podia acreditar que, quando jovem, Nick fosse tão invulnerável assim. Sem dúvida o fato de a própria mãe tratá-lo como se ele não existisse devia ter lhe causado um terrível sofrimento.

— Isso foi tudo que ela disse? — perguntou, com firmeza.

Alheio ao fato de que Lauren não encarava a história com o mesmo humor irônico, respondeu:

— Não, acho que me pediu para calibrar os pneus também.

Embora Lauren tivesse mantido a voz neutra, por dentro sentia-se mal. Lágrimas lhe queimavam os olhos, e ela ergueu a cabeça para o céu, que se tornava lilás, a fim de escondê-las, fingindo observar as nuvens rendadas vagarem sob a lua.

— Lauren? — Ele chamou com a voz seca.

— Hum? — perguntou ela, os olhos cravados na lua.

Nick se curvou, segurando seu queixo, e girou seu rosto para o dele. Notou os olhos marejados, com aturdida descrença.

— Você está chorando! — comentou, incrédulo.

Lauren fez um gesto de indiferença.

— Não ligue para isso, também choro em filmes.

Nick desatou a rir e a puxou para o colo. Ela se sentiu estranhamente maternal ao passar o braço em volta dele e lhe afagar os volumosos cabelos escuros de modo reconfortante.

— Suponho que — disse ela com voz trêmula — enquanto cresciam, seu irmão tinha todo tipo de coisas com as quais você só podia sonhar. Carros novos e tudo o mais.

Erguendo o queixo de Lauren, Nick sorriu para aqueles tristes olhos azuis.

— Eu tinha avós maravilhosos e garanto que não guardo quaisquer cicatrizes emocionais do que aconteceu com minha mãe.

— Óbvio que sim, qualquer um guardaria! Ela o abandonou, depois, bem na sua cara cobriu o outro filho de atenção...

— Pare com isso — provocou ele —, ou vai *me* levar às lágrimas.

Com tranquila gravidade, Lauren explicou:

— Eu estava chorando pelo menino que você foi, não pelo homem que é agora. Apesar de tudo que aconteceu, não, por causa disso, você se tornou um homem forte, independente. Na verdade, quem deve se lamentar é seu meio-irmão.

Nick riu.

— Você tem razão, ele não passa de um idiota.

Lauren ignorou seu bom humor.

— O que quis dizer é que você teve sucesso sozinho, sem pais ricos para ajudar. Isso o torna um homem maior que seu meio-irmão.

— Por *isso* sou maior? — brincou. — Sempre achei que era por causa de meus genes. Sabe, meu pai e meu avô eram homens altos.

— Nick, estou tentando ser séria!

— Desculpe.

— Quando você era jovem, deve ter sonhado em se tornar rico e bem-sucedido como o marido e o filho de sua mãe.

— Mais rico — confirmou Nick. — E mais bem-sucedido.

— Então foi para a faculdade e conseguiu o diploma de engenharia — concluiu ela. — Depois, o que você fez?

— Quis abrir minha própria empresa, mas não tinha dinheiro suficiente

— Que pena — disse Lauren, solidária.

— E também basta da história de minha vida, por hora — concluiu ele evasivo. — Estamos quase chegando.

Capítulo 8

A afetuosa intimidade que se criara entre eles ao velejarem de volta ainda os envolvia enquanto jantavam à luz de lampiões no terraço de cedro suspenso acima do penhasco.

— Não se incomode — disse Nick, quando Lauren se levantou com a intenção de tirar a porcelana e os cristais da mesa. — A governanta cuidará disso pela manhã.

Ele pegou uma garrafa de Grand Marnier e serviu o licor em dois frágeis cálices. Entregou um a ela e recostou-se na cadeira. Levando a bebida aos lábios, ele a contemplou por cima da borda.

Lauren girou a haste do cálice entre os dedos, tentando ignorar a atmosfera de expectativa que pairava sobre os dois. Seu tempo se esgotava; Nick satisfizera a fome física, e agora se preparava, indolente, para satisfazer a fome sexual. Do outro lado da mesa, Lauren percebia sua intenção no modo como o olhar possessivo se demorava nas delicadas feições enquanto conversavam.

Ela levou o cálice aos lábios e tomou um gole fortificante da bebida de laranja e conhaque. A qualquer momento ele iria se levantar e levá-la para dentro. Ela ergueu os olhos quando ele acendeu um cigarro. No brilho tremeluzente dos lampiões, as bonitas feições pareciam misteriosas e quase predatórias. Um calafrio, em parte medo e em parte excitação, lhe subiu pela espinha.

— Está com frio? — perguntou Nick em voz baixa.

Lauren se apressou em balançar a cabeça, temendo que ele logo sugerisse que entrassem. Então percebeu que ele devia tê-la visto estremecer e acrescentou:

— Quero dizer, senti um friozinho ainda há pouco, mas está tão gostoso aqui fora que ainda não gostaria de entrar.

Vários minutos depois, Nick apagou o cigarro e afastou a cadeira da mesa. Lauren sentiu o coração disparar. Esvaziou o cálice e o estendeu na direção dele.

— Quero mais um pouco.

Lauren viu o lampejo de surpresa na expressão de Nick, mas ele a satisfez e serviu mais Grand Marnier em ambos os cálices, depois tornou a se sentar na cadeira, observando-a abertamente.

Nervosa demais para suportar ou sustentar aquele olhar, ela se levantou, abrindo um sorriso trêmulo, e se encaminhou até a beirada do terraço, para contemplar, do outro lado da água escura, as luzes que piscavam nas colinas. Queria agradá-lo sempre, e de todas as maneiras, mas e se a noite fosse um fracasso? Nick exibia um magnetismo tão assustador e parecia tão experiente que a virgindade e a inexperiência de Lauren talvez lhe parecessem um transtorno.

A cadeira de Nick arranhou a madeira do terraço, e Lauren o ouviu se aproximar e parar bem atrás dela. Ele pôs as mãos em seus ombros, o gesto a sobressaltou.

— Você está com frio — murmurou, puxando-a para junto do peito e a envolvendo com os braços para aquecê-la. — Melhor assim? — perguntou ele, os lábios nos cabelos cor de mel.

A pressão daquelas pernas e coxas contra si lhe roubou o poder de fala. Lauren balançou a cabeça e começou a tremer de modo descontrolado.

— Você está tremendo. — Ele transferiu as mãos para a cintura de Lauren e a virou com delicada insistência em direção à casa. — Vamos lá para dentro, onde está quente.

Lauren sentia-se tão nervosa que só percebeu que as portas de correr de vidro para as quais o anfitrião a levou não eram as que se abriam para a sala quando entrou e se viu num luxuoso quarto decorado em tons de caramelo, branco e marrom. Parou atônita, os olhos cravados na imensa cama do outro lado do aposento. Ela o ouviu fechar a porta de vidro com um clique decisivo, fatal, e enrijeceu o corpo.

Por trás, Nick a enlaçou pela cintura e puxou seu corpo rígido para si. Com a outra mão, afastou os pesados cabelos sedosos e lhe expôs o pescoço.

A respiração de Lauren se tornou ofegante quando os lábios tocaram sua nuca, depois deslizaram para a orelha, ao mesmo tempo que ele começou a mover as mãos, indolentes, pelo abdômen, as deslizando para cima.

— Nick — protestou em vão —, eu... eu ainda não me sinto muito cansada.

— Bom — sussurrou ele, enquanto traçava com a língua as dobras de sua orelha. — Porque vai levar horas até eu deixar você dormir.

— O que eu queria dizer era... — Lauren arquejou quando o sentiu mergulhar a língua na sua orelha, fazendo com que uma sensação de calor se espalhasse por seus membros. — O que eu queria dizer — esclareceu trêmula — é que ainda não estou pronta para... para ir pra cama.

A profunda voz de Nick teve o efeito de um afrodisíaco:

— Esperei uma eternidade por você, Lauren. Não me peça para esperar mais.

O sentido que atribuiu àquelas palavras eliminou as últimas dúvidas sobre a profundidade do que ele, de fato, sentia por ela, e sobre a legitimidade dos próprios atos. Assim, não fez nada para impedi-lo quando Nick deslizou as mãos sob a blusa de veludo, mas, quando ele a despiu e a virou de frente para encará-lo, sentia o coração disparado.

— Olhe para mim — incentivou ele, baixinho.

Lauren tentou erguer os olhos, e não conseguiu. Engolia convulsivamente em seco.

Deslizando as mãos para os cabelos de Lauren, ele lhe ergueu o rosto, os hipnóticos olhos acinzentados grudados aos dela.

— Vamos fazer isso juntos. — Ele a tranquilizou. Então tomou sua mão e a colocou contra o peito. — Desabotoe minha camisa — incitou, com delicadeza.

Em algum lugar na caótica turbulência da própria mente, Lauren percebeu que Nick na certa achava que aquela hesitação se devia ao fato de que outros amantes menos experientes não lhe haviam ensinado a importância das preliminares, e ele agora tentava orientá-la.

Baixou os cílios curvados, projetando sombras nas faces ruborizadas ao cumprir a ordem com dedos que haviam ficado desajeitados pela mistura de pânico e alegria. Com destreza, ele abriu o sutiã de renda, e, lentamente, ela desabotoou cada um dos botões da camisa dele, intensificando, sem saber, a excitação de Nick com aquela demora.

Os dedos de Lauren se moviam com vontade própria, abrindo a camisa de Nick e expondo o peito musculoso e queimado de sol. Era tão lindo e todo seu para tocá-lo, pensou Lauren, tão inebriada com aquela ideia que mal notou quando ele lhe retirou o sutiã pelos braços.

— Me toque — ordenou Nick, rouco.

Lauren não precisava mais de encorajamento nem de instrução. Guiada por amor e instinto, deslizou as mãos, acariciando os pelos escuros do tórax, e se curvou para beijar a carne firme e musculosa. Um arrepio percorreu o corpo de Nick ao primeiro roçar daqueles lábios e o fez afundar a mão livre nos cabelos macios da nuca de Lauren, lhe erguendo a cabeça. Por um momento apenas a encarou, os olhos ardentes do desejo que vinha reprimindo, então baixou a cabeça.

Com lábios quentes e incrível delicadeza a princípio, saboreou e se moldou aos dela. Então os separou devagar e começou a lhe explorar a boca com a língua, com uma fome tão lânguida que a enlouqueceu de prazer.

Ela se arqueou contra ele, deslizando as mãos pelo peito nu, e Nick ergueu a cabeça. Os ardentes olhos cinzentos mergulharam nos dela, vendo apenas o próprio desejo refletido naquela profundeza azul. Respirou com dificuldade, tentando visivelmente controlar a paixão, e perdeu a batalha.

— Deus do céu, eu quero você! — disse ele, feroz, e pressionou os lábios contra os seus, exigentes. Após separá-los com a língua, invadiu aquela boca num beijo que incendiou o corpo de Lauren.

Ela gemeu, se moldando às coxas rígidas, e ele moveu as mãos pelo seu corpo, deslizando-as pelas laterais dos seios, pelas costas, e então mais embaixo, forçando os quadris de Lauren contra o latejante calor da masculinidade intumescida.

A Terra tremeu quando a tomou nos braços, devorando a boca com a sua enquanto a deitava na cama. Logo a seguiu e cobriu o corpo com o seu.

Nick envolveu os seios nus com as mãos, estimulando os mamilos até uma dolorosa rigidez, então fechou os lábios sobre eles. Retornou aos lábios de Lauren, abrindo a boca faminta com a sua, e a explorou, com mãos experientes excitou e atormentou, inundando seus sentidos num caleidoscópio de ardorosos prazeres eróticos que fez pulsar uma quente necessidade em cada nervo do corpo latejante de Lauren.

Então se ele se posicionou em cima dela, e alguma coisa excitante e feroz se agitou bem no íntimo de Lauren, pronta para acolhê-lo. Mas quando Nick colocou o joelho entre suas pernas, as separando, seu corpo se enrijeceu com pânico involuntário.

— Nick! — arquejou, apertando uma perna contra a outra. — Nick, espere, eu...

Ele rejeitou a sua recusa tardia com duas palavras roucas.

— Não, Lauren.

O desejo naquela voz abalou sua resistência, e ela abraçou os ombros largos, puxando-o para si, então ergueu os quadris para o receber. Nick arremeteu de um só golpe, se enterrando na acolhedora maciez com uma destreza que causou a Lauren apenas um instante de dor, logo esquecida quando ele começou a se mover com torturante lentidão dentro dela.

— Esperei por você apenas poucos dias, mas parece uma eternidade — declarou ele, a voz áspera, e começou a intensificar o ritmo das arremetidas impetuosas, levando Lauren cada vez mais próxima do pico, até o amor e a paixão explodirem afinal em vibrante êxtase.

Nick estreitou os braços em volta de Lauren e, com uma investida final, se uniu a ela no selvagem e delicioso esquecimento para onde a enviara...

Descendo, sonhadora, da euforia enevoada em que flutuava, saciada e feliz, Lauren aos poucos tomou consciência do calor que emanava do corpo ao seu lado, e do peso da mão descansando sobre seu abdômen. Mas, ali deitada, começou a sentir uma vaga inquietação se infiltrar na mente confusa. Tentou impedi-la de entrar, de abalar a alegria do momento, mas era tarde demais. Lembrou que ele a havia segurado nos braços, mergulhando em seu corpo enquanto sussurrava: "Esperei por você apenas poucos dias, mas parece uma eternidade."

O contentamento complacente deu lugar à crua realidade. Interpretara mal o sentido das palavras de Nick quando lhe dissera que vinha esperando uma eternidade por ela. O verdadeiro sentido era que os poucos dias que ele tivera de esperar para fazer amor com ela *pareceram* uma eternidade. Isso não mudava seus sentimentos por ele, mas a deixava inquieta.

Ele teria notado que era virgem? Como reagiria? E se perguntasse por que ela decidira fazer amor com ele? Com certeza, não lhe contaria a verdade ainda... que estava apaixonada e queria que ele a amasse.

Lauren resolveu que teria de evitar o assunto. Hesitante, abriu os olhos.

Deitado de lado, apoiado no cotovelo, Nick a encarava com intensidade. Parecia intrigado, incerto e visivelmente contente...

Ele notara. E, a julgar por sua expressão, pretendia conversar a respeito.

Lauren rolou para longe daquele olhar e logo se sentou de costas para ele. Pegando a camisa dele, largada ao pé da cama, enfiou os braços nas mangas num esforço de cobrir a nudez.

— Eu adoraria um pouco de café — murmurou ela, se agarrando à desculpa para fugir de possíveis perguntas. — Vou fazer um pouco.

Ela se levantou e o encarou, depois enrubesceu ao vê-lo deslizar o olhar por suas pernas longas e bem torneadas, antes de erguê-lo para o rosto.

Jamais se sentira tão envergonhada como naquele momento, parada ali, nua em pelo dentro da camisa larga.

— Você... você não se incomoda que eu use sua camisa, se incomoda? — perguntou, atrapalhando-se com os botões.

— De modo algum, Lauren. — Foi a solene resposta, mas com um brilho risonho nos olhos. O fato de ele achar graça era tão enervante que as mãos de Lauren começaram a tremer. Concentrando-se em enrolar os punhos das mangas, ela perguntou:

— Como você gosta?

— Exatamente como fizemos.

Ela o fuzilou com o olhar, e o rubor nas faces se intensificou.

— Não — corrigiu, com uma rápida e nervosa sacudida de cabeça. — Quero dizer, como gosta de seu café?

— Puro.

— Você... quer um pouco?

— Um pouco do quê? — perguntou Nick, insinuante, rindo com uma expressão perversa.

— De café!

— Quero, obrigado.

— Pelo quê? — gracejou Lauren, maliciosa, depois girou nos calcanhares e saiu apressada antes que ele pudesse responder.

Apesar de sua ousadia ao sair do quarto, ela se sentia frágil, à beira das lágrimas, quando entrou na cozinha e acendeu as luzes. Nick ria dela, que jamais havia esperado esse tipo de reação. Fora assim tão inepta, tão comicamente inexperiente?

Atrás de si, ela o ouviu entrar na cozinha e logo se ocupou em colocar café no coador.

— Por que esses armários estão tão vazios? A não ser pelo que comemos à noite, não há mais comida.

— Porque a casa está à venda — respondeu ele, pousando as mãos com firmeza na cintura dela, puxando-a para ele até comprimir o tecido da calça jeans na parte de trás das pernas nuas de Lauren. — Por que não me disse? — perguntou em voz baixa.

— Disse o quê? — Ela se fez de desentendida.

— Você sabe muito bem.

Ela olhou pela janela acima da pia.

— Na verdade, acabei me esquecendo.

— Resposta errada. — Nick riu. — Tente de novo.

— Porque o assunto nunca veio à tona — respondeu ela, com um indiferente encolher de ombros —, e porque achei que você não fosse notar.

— O assunto nunca veio à tona — repetiu ele em tom seco — porque virgens de vinte e três anos nos dias de hoje são raríssimas. E virgens de vinte e três anos com a sua aparência, mais raras ainda. Quanto ao resto, bem, foi óbvio.

Lauren se virou para encará-lo, examinando Nick com curiosos olhos azuis.

— Mas antes de... desse ponto, você não percebeu que eu não tinha... não tinha... antes?

— Jamais me ocorreu que você fosse virgem até ser tarde demais para fazer alguma diferença para qualquer um de nós. — Ele a abraçou, acrescentando: — Mas você devia ter me dito antes de irmos para a cama.

— Se eu tivesse dito, você teria mudado de ideia? — perguntou Lauren, adorando o som da voz e a sensação dos braços à sua volta.

— Não, porém teria sido mais delicado com você. — Recuando, encarou-a com genuína perplexidade. — Por que eu teria mudado de ideia?

— Não sei — murmurou, nervosa. — Achei que talvez tivesse, bem, reservas sobre... sobre...

— Sobre o quê? — zombou Nick, condescendente. — Sobre "roubar" alguma coisa que pertence ao seu futuro marido? Não seja ridícula. Ele não vai esperar que você seja virgem; os homens não valorizam mais a virgindade. Não queremos nem esperamos que uma mulher seja inexperiente. Também somos liberais, sabe? Você tem os mesmos desejos físicos que eu, Lauren, e o direito de satisfazê-los com quem desejar.

Cautelosa, ela baixou os olhos para o medalhão de ouro pendurado numa comprida corrente também de ouro que pendia do pescoço dele e perguntou:

— Você já gostou, gostou de verdade, de algumas das mulheres que teve na vida?

— De algumas delas, sim.

— E não se incomodava com o fato de que haviam tido relações sexuais com outros homens?

— Lógico que não.

— Isso parece uma atitude muito... insensível.

Nick baixou os olhos e os manteve na tentadora elevação dos seios dela.

— Se eu dei a você a impressão de que sou insensível, acho que é hora de voltarmos para aquele quarto.

Lauren se perguntou se ele deliberadamente interpretava de maneira equivocada o uso da palavra *insensível* porque queria evitar o assunto. Se tivesse amado de verdade aquelas mulheres, não teria se sentido possessivo em relação a elas? Se realmente se importasse com *ela*, não ficaria satisfeito em saber que fora o único homem com quem fizera amor? Ergueu os olhos azuis aflitos para os dele.

— Nick?

Ele olhou para a delicada e bela jovem em seus braços. Tinha o rosto emoldurado por despenteadas ondas brilhantes cor de mel, a boca macia e generosa, e os seios fartos lhe pressionavam sedutoramente o peito nu. Abraçou-a com mais força e curvou a cabeça.

— Que foi? — murmurou ele, mas cobriu a boca com a sua, num beijo profundo e inebriante que lhe silenciou a voz.

UM POUCO DEPOIS DO AMANHECER, Lauren rolou na cama e viu os cabelos escuros de Nick no travesseiro ao lado. Com um sorriso sonhador de satisfação, fechou os olhos e mergulhou de volta no sono profundo de jubilosa exaustão. Só tornou a acordar quando ele pôs uma xícara de café na mesinha de cabeceira ao lado e se sentou na cama.

— Bom dia — cumprimentou ela, desfazendo o sorriso quando o viu já de banho tomado, barbeado e metido numa calça de pregas de alfaiataria e uma camisa cinza com a gola aberta. — Algum problema? — perguntou, agarrando o lençol junto aos seios ao se esforçar para se levantar, lutando para se livrar dos travesseiros.

Sentia-se sem graça, nua diante de Nick, todo vestido, mas ele parecia inteiramente alheio àquele mal-estar. Na verdade, parecia alheio à sua nudez.

— Lauren, receio que vamos ter de encurtar o dia de hoje. Um parceiro de negócios ligou esta manhã e chegará aqui dentro de uma hora. Encontrarei outra carona de volta à cidade.

Lauren sentiu uma terrível decepção, mas, quarenta minutos depois, quando Nick a acompanhou até o carro, a decepção se intensificara, transformando-se em confusa inquietação. O amante sedutor, passional, da noite anterior, desaparecera. Naquela manhã, continuava amistoso, mas impessoal, tratando-a como se houvessem passado uma noite agradável, porém sem importância, jogando baralho, e não fazendo amor. Ou seria assim que os homens sempre agiam depois? Provavelmente, estava apenas se sentindo hipersensível, concluiu, parando junto ao carro e se virando para ele.

Esperava que Nick a tomasse nos braços e lhe desse um beijo de despedida. No entanto, ele pôs as mãos nos bolsos e lhe lançou um olhar franco, aberto, dizendo:

— Lauren, você tomou precauções contra as possíveis consequências de ontem à noite?

Gravidez! O rosto dela parecia em chamas quando negou com a cabeça. Sentiu que a resposta o irritou, mas a voz dele saiu calma e impassível:

— Se houver consequências, quero que me informe. Nem tente fazer tudo sozinha. Promete que me contará?

Sem graça demais para falar, ela assentiu com a cabeça quando ele abriu a porta do carro para ela. Enquanto engrenava a marcha a ré, Lauren o viu retornar, a passos largos, para dentro de casa.

OLHOU O RELÓGIO NO PAINEL enquanto atravessava as longas faixas de terras cultivadas de Indiana. "Se houver consequências, quero que me informe." *Me informe...* Remoía sem parar as últimas palavras na mente.

Na véspera, quando conversavam sobre sua mudança, ela conseguira passar a informação casual de que estaria de volta a Detroit na sexta-feira, e nesse meio-tempo seu telefone ia ser instalado, o nome colocado na lista. Nick poderia encontrá-la na sexta simplesmente pegando o telefone e perguntando à telefonista o novo número, e ele sabia disso. Por que fizera parecer que os dois não falariam um com o outro, a não ser que ela precisasse encontrá-lo para contar que estava grávida?

Em certo aspecto, ela se sentia como algo que fora usado e jogado fora. Os dois haviam se divertido juntos e passaram a se conhecer; ela se sentira tão próxima dele, com certeza ele também sentira essa proximidade. Óbvio que não pretendia simplesmente sumir e esquecê-la.

Ela amava Nick e sabia que ele gostava dela. Talvez já tivesse começado a amá-la. Talvez fosse por isso que se tornara tão distante e impessoal naquela manhã! Após trinta e quatro anos de independência, depois de ter sido abandonado pela própria mãe, não gostaria de depositar sua felicidade nas mãos de uma mulher. Quanto mais sentisse que estava se envolvendo, mais lutaria contra esse sentimento, concluiu Lauren.

Um pôr do sol rosado riscava o céu quando ela cruzou o rio Mississippi em direção ao Missouri. Estava exausta, mas otimista. Quando retornasse a Detroit na sexta, Nick lhe telefonaria. Talvez adiasse até sábado ou domingo, porém, com certeza, não por mais tempo.

Capítulo 9

O otimismo de Lauren não a deixou durante os movimentados dias que passou empacotando seus pertences e arrumando as malas, e desabrochou em excitada expectativa na quinta-feira de manhã, quando se despediu do pai e da madrasta com um aceno e partiu para Michigan.

Com as indicações dadas por Philip Whitworth, não teve dificuldades para localizar o elegante condomínio residencial de Bloomfield Hills naquela noite. De fato, teve alguma dificuldade para acreditar que iria morar mesmo ali. Passava por cada casa magnífica após outra. Espetaculares casas de pedra e vidro ficavam bem afastadas da rua arborizada, em parte ocultadas pelo esmerado paisagismo; mansões estilo Tudor se estendiam ao lado de imensas casas georgianas de colunas brancas.

Eram dez horas da noite quando parou diante dos portões de um condomínio fechado com espetaculares residências em estilo espanhol. O porteiro saiu e a estudou pela janela aberta do carro. Ao ouvi-la dar o nome, disse:

— O sr. Whitworth entrou com o carro há meia hora, senhorita. — Depois de levar Lauren até a rua onde iria morar, respeitosamente levou os dedos à aba do chapéu e acrescentou: — Como é nova no condomínio, se eu puder ser de alguma ajuda, basta me avisar.

Lauren esqueceu seu cansaço ao parar diante de um adorável pátio com entrada arqueada que exibia o número 175. Philip prometera lhe mostrar os arredores e tinha estacionado o Cadillac no acesso que levava à garagem privada.

— Bem, o que acha? — perguntou ele meia hora depois, quando terminou a visita ao luxuoso apartamento.

— Maravilhoso — respondeu Lauren, levando uma das malas até o quarto, onde uma parede de espelhos ocultava o armário. Abriu uma porta e desviou o olhar, atônita, para Philip. — O que faço com essas roupas? — Aquela, assim como cada porta que abria, estava lotada de deslumbrantes conjuntos e vestidos de linho, seda e crepe. Ela reconheceu algumas das grifes, enquanto outras peças pareciam ser originais de Paris. A maioria das roupas ainda conservava as etiquetas e era óbvio que nunca haviam sido usadas. — Sua tia sem dúvida tem um gosto jovial para roupas — comentou.

— Minha tia é uma consumidora compulsiva — explicou Philip, desinteressado. — Ligarei para alguma instituição de caridade e mandarei vir buscar essas coisas.

Lauren correu a mão por um bonito blazer de veludo vinho e olhou a etiqueta pendendo da manga. Não apenas a mulher tinha um gosto muito jovem para roupas, como também usava o mesmo tamanho que ela.

— Philip, você pensaria na possibilidade de me deixar comprar algumas dessas roupas?

Ele deu de ombros.

— Pegue o que você quiser e dê o resto; vai me poupar o trabalho — decidiu ele, já se dirigindo à escada para a sala de estar no andar de baixo.

Lauren apagou as luzes e o seguiu.

— Mas são roupas muito caras.

— Sei quanto custam — interrompeu, irritado. — Paguei por elas. Pegue o que quiser, são suas. — Após ajudá-la a carregar o restante das coisas do carro, virou-se para ir embora. — Aliás — parou com a mão na maçaneta da porta —, minha mulher não sabe que comprei esta casa para minha tia. Carol acha que meus parentes se aproveitam de mim em termos financeiros, por isso jamais comentei com ela. Ficaria grato se você não comentasse nada também.

— Sim, claro, não vou dizer nada — prometeu Lauren.

Depois que ele partiu, ela examinou o luxuoso apartamento que era agora seu lar, a lareira de mármore, as valiosas antiguidades e os graciosos móveis estofados de seda. O apartamento parecia ter sido decorado para um ensaio fotográfico. A visão das roupas atraentes penduradas nos armários no andar de cima irrompeu em sua mente. "Minha mulher não sabe que comprei esta casa para minha tia, por isso, ficaria grato se você não comentasse nada."

Lentamente, um sorriso astuto iluminou seu rosto quando tornou a olhar a bela sala e ela balançou a cabeça com ironia. Não era uma tia... e sim amante! Em algum momento no passado recente, Philip Whitworth devia ter tido uma amante. Lauren afastou a questão com um dar de ombros; não tinha nada a ver com isso.

Caminhou até o telefone e suspirou de alívio quando ouviu o sinal de discagem. O telefone estava funcionando. O dia seguinte era sexta-feira, e Nick talvez telefonasse.

LOGO CEDO NA MANHÃ SEGUINTE, sentou-se à mesa da cozinha para fazer a lista de compras. Além dos itens essenciais, precisava de duas coisas especiais para quando Nick aparecesse: uísque e Grand Marnier. Pegando a bolsa, olhou de relance para o telefone. A ideia de que ele talvez não telefonasse a tomou de assalto, mas ela a afastou. Nick a desejara com muita intensidade em Harbor Springs, o que tinha deixado óbvio. No mínimo, o desejo sexual o levaria até ela.

Duas horas depois, entrava em casa com as compras que fizera. Passou o restante do dia escolhendo roupas nos armários, experimentando tudo e separando as que cabiam e as que tinham de ser ajustadas. Nick ainda não havia telefonado quando foi se deitar, mas ela se consolou com a ideia de que ligaria no dia seguinte, sábado.

Passou o sábado desfazendo as malas, sempre perto do telefone. No domingo, sentou-se à escrivaninha e elaborou um orçamento que lhe permitiria mandar o máximo de dinheiro para casa. Lenny e Melissa também ajudavam nas despesas, mas cada um tinha hipotecas e outras obrigações financeiras de que estava livre.

O bônus de dez mil dólares que Philip prometera sem dúvida era tentador — se conseguisse descobrir o nome daquele espião ou então alguma coisa de verdadeiro valor para a empresa dos Whitworth. Lauren descartou a última alternativa. Se desse a Philip uma informação confidencial, não seria em nada melhor do que o espião que ele tentava desmascarar.

Além da dívida dos pais, tinha as contas de luz, de telefone, de super-mercado. Mais a prestação do carro e a mensalidade do seguro. Sua lista de obrigações parecia não ter fim.

Na segunda-feira, ao ver um novelo de lã, cinza-prateado como os olhos de Nick, num armarinho, decidiu comprá-lo e fazer um suéter de tricô. Disse a si mesma que iria tricotá-lo como presente de Natal para o meio-irmão, mas no íntimo sabia que era destinado a Nick...

Na noite do dia seguinte, domingo, quando separava as roupas que usaria no primeiro dia de trabalho, se tranquilizou pensando que *amanhã* ele telefonaria... para lhe desejar sorte no novo emprego.

Capítulo 10

— Bem, está pronta para se demitir? — brincou o seu novo chefe, Jim Williams, às cinco horas da tarde seguinte. — Ou acha que aguenta o tranco?

Lauren estava sentada em frente a ele na escrivaninha, com o bloco de estenografia todo rabiscado. Nick não tinha telefonado para lhe desejar boa sorte no primeiro dia, mas ela estivera tão ocupada que não tivera muito tempo para ficar triste com o fato.

— Acho — respondeu rindo — que trabalhar com você será uma experiência cheia de emoções.

Ele abriu um sorriso de desculpas.

— Trabalhamos tão bem juntos que, depois de uma hora, eu me esqueci de que era novata. — Lauren sorriu ao ouvir o elogio. Era verdade, trabalhavam bem juntos. — O que acha do pessoal? — perguntou e, antes que ela pudesse responder, acrescentou: — O consenso entre os homens é que tenho a mais bonita secretária da empresa. Andei respondendo perguntas sobre você o dia todo.

— Que tipo de perguntas?

— A maioria sobre seu estado civil, se é casada, comprometida ou se está disponível. — Com um inquisitivo erguer de sobrancelha, perguntou: — Está disponível, Lauren?

— Para o quê? — gracejou ela, mas com a estranha sensação de que ele a sondava sobre o status do seu relacionamento com Nick. Levantando-se, ela se apressou a dizer: — Quer que eu termine essa transcrição esta noite, antes de ir embora?

— Não, amanhã de manhã está bom.

Será que havia entendido errado ou as perguntas de Jim tinham sido mais em benefício próprio do que um interesse genérico?, refletiu enquanto esvaziava a escrivaninha. Sem dúvida, ele não poderia estar pensando em convidá-la para sair. Segundo o que lhe disseram no almoço daquele dia, três das suas secretárias haviam cometido o erro de sucumbir ao carismático charme de Jim, que logo as transferira para outras divisões.

Segundo rumores, era uma figura destacada na sociedade, rico e excelente partido, mas avesso a misturar negócios com prazer. Com certeza, era bem atraente, pensou Lauren, imparcial. Alto, fartos cabelos louros e afetuosos olhos castanho-dourados.

Ela verificou as horas no relógio e trancou às pressas a mesa. Se Nick fosse telefonar, certamente o faria naquela noite. Ligaria para perguntar como fora seu primeiro dia no trabalho. Se não ligasse agora, após duas semanas e um dia, era óbvio que não tinha a menor intenção de fazê-lo. Ela se sentiu mal com a ideia.

Dirigiu até em casa o mais rapidamente que o trânsito intenso permitiu. Eram seis e quinze quando avançou à toda velocidade pelo condomínio. Preparou um sanduíche, ligou a TV e se sentou no sofá de seda listrada azul e branco, de olho no telefone. Torcendo para que tocasse.

Às nove e meia, subiu e tomou uma ducha, deixando a porta do banheiro aberta para poder ouvir o telefone no quarto. Às dez horas, se deitou. Ele não ia telefonar. Jamais.

Fechou os olhos marejados e o bonito rosto queimado de sol de Nick surgiu à sua frente. Podia ver o franco desejo no olhar semicerrado quando a encarava, ouvir a voz precisa, profunda, dizendo: "Eu quero você, Lauren."

Era óbvio que não a queria mais. Lauren virou a cabeça no travesseiro e lágrimas quentes lhe escorreram dos cantos dos olhos.

Na manhã seguinte, Lauren se jogou no trabalho com mais determinação que sucesso. Cometeu erros nas cartas que havia datilografado, perdeu duas ligações de Jim e arquivou no lugar errado um importante documento. Ao meio-dia, saiu para uma caminhada e passou diante do prédio da Global Industries na esperança de que Nick se materializasse. Mas seu desejo se revelou inútil e pior: ao fazê-lo, sacrificou o pouco orgulho que lhe restara.

Que fim para a liberação sexual feminina!, pensou infeliz, girando mais uma folha de papel na máquina de escrever naquela tarde. Não conseguia tratar sexo como algo casual, continuaria se sentindo confusa e decepcionada se não tivesse dormido com Nick, mas pelo menos não se sentiria usada e descartada.

— Está tendo um dia ruim? — perguntou Jim mais tarde, quando ela lhe entregou um relatório que tivera de datilografar mais duas vezes antes de ficar correto.

— Sim, desculpe — respondeu Lauren. — Não tenho dias assim com frequência — acrescentou com o que esperava fosse um sorriso tranquilizador.

— Não se preocupe com isso, acontece com todo mundo — comentou Jim, rubricando as iniciais no canto inferior do documento. Olhou o relógio de pulso e se levantou. — Tenho de levar este relatório ao escritório da controladoria no novo prédio.

Todos se referiam ao prédio da Global Industries como "o novo prédio", portanto, Lauren não teve a menor dúvida do que ele queria dizer.

— Você já viu o espaço que vamos ocupar lá?

Lauren sentiu que abria um sorriso falso.

— Não, não vi; tudo que sei é que, na manhã de segunda-feira, é lá que devemos nos apresentar para trabalhar.

— Certo — confirmou ele, vestindo o paletó. — A Sinco é a menor e menos lucrativa das subsidiárias da Global Industries, mas nossos escritórios vão ser muito impressionantes, Lauren. Antes de ir embora — disse, entregando a ela uma folha rasgada de jornal —, poderia mostrar isto a Susan Brook, no departamento de Relações Públicas e perguntar se ela já viu? Se não, diga que fique com esta cópia para seus arquivos. — Virou-se para sair do escritório. — Você na certa já terá ido embora quando eu voltar. Tenha uma noite agradável.

Alguns minutos depois, Lauren se dirigiu meio distraída ao departamento de Relações Públicas. Acenou com a cabeça e sorriu para os outros funcionários ao passar pelas mesas deles, mas em sua mente via Nick. Como conseguiria esquecer algum dia a forma como a brisa lhe despenteava os cabelos escuros enquanto ele fisgava aquele peixe idiota? E como ele ficava bem num smoking?

Reprimindo a própria mágoa, sorriu para Susan Brook ao lhe entregar a matéria que Jim arrancara do jornal.

— Jim me pediu para perguntar se já viu isto. Se não, disse que pode ficar com você para colocar no arquivo.

Susan desdobrou a folha e deu uma olhada.

— Não vi. — Rindo, enfiou a mão em um compartimento da escrivaninha e retirou uma pasta bem grossa, cheia de recortes de revistas e jornais. — Meu trabalho predileto é manter o arquivo dele atualizado — disse rindo ao abri-lo. — Veja, não é o mais deslumbrante espécime de homem que você já viu?

Lauren deslizou o olhar do sorriso franco de Susan para o rosto de fria beleza masculina com o qual se deparava na capa da revista *Newsday*. O choque paralisou seu corpo enquanto estendia a mão para pegar a revista.

— Leve o arquivo todo com você para a sua mesa e babe o quanto quiser — sugeriu a relações-públicas, alheia ao estado de choque de Lauren.

— Obrigada — respondeu ela, a voz embargada.

Retornou apressada ao escritório de Jim e, fechando a porta atrás de si, afundou numa cadeira e abriu a pasta. As mãos úmidas de suor deixaram digitais na capa brilhante da revista *Newsday* quando ela traçou as arrogantes sobrancelhas escuras de Nick, a curva insinuante dos lábios que uma vez acariciaram e devoraram os dela. "J. Nicholas Sinclair", dizia a legenda abaixo da foto. "Presidente e Fundador da Global Industries." Não acreditava no que via; sua mente se recusava a aceitar aquilo.

Deixando de lado a revista, Lauren desdobrou lentamente a página que Jim arrancara do jornal, datado de duas semanas atrás, que seria o dia depois de Nick a mandar embora de Harbor Springs porque um "parceiro de negócios" chegaria para vê-lo. A manchete dizia: "ÁGUIAS FINANCEIRAS E SUAS BORBOLETAS SE REÚNEM PARA CINCO·DIAS DE PRAZER EM FESTA EM HARBOR SPRINGS." Toda a página era dedicada a fotos e comentários sobre a festa. No centro, se destacava uma foto de Nick deitado no terraço de cedro do Abrigo, o braço ao redor de uma bela loura que Lauren não havia visto na festa. A legenda dizia: "O empresário J. Nicholas Sinclair e a companheira de longa data, Ericka Moran, na casa da srta. Moran, perto de Harbor Springs."

Companheira de longa data... casa da srta. Moran...

A dor a dilacerou, como se rasgasse seu peito e garganta. Nick a levara para a casa da namorada e fizera amor com ela na cama da outra!

— Ah, meu Deus — sussurrou em voz alta, os olhos se enchendo de lágrimas de vergonha.

Ele fizera amor com ela e depois a mandara embora porque a namorada decidira se juntar ao grupo em Harbor Springs.

Como se precisasse de mais tormento, Lauren leu cada palavra na página, depois pegou o exemplar da *Newsday* e leu toda a matéria de oito páginas. Quando terminou, a revista escorregou dos dedos dormentes e caiu no chão.

Não era de admirar que Bebe Leonardos tivesse sido tão hostil! Segundo a matéria, Nick e Bebe haviam se envolvido num tórrido caso amoroso amplamente noticiado, que durara até ele a largar por uma estrela do cinema francês — a mesma mulher que jogava tênis de salto alto naquela noite, em Harbor Springs.

UMA RISADA HISTÉRICA BORBULHOU NO íntimo de Lauren. Enquanto dirigia de volta para o Missouri, o descarado fazia amor com a amante. Enquanto permanecia sentada junto ao telefone dia e noite na última semana, tricotando um suéter para ele, Nick comparecia a um baile beneficente com Ericka, em Palm Springs.

A humilhação a invadiu em ondas que a afogavam e arrebentavam em seu corpo. Os ombros tremiam com silenciosos e violentos soluços quando ela cruzou os braços no tampo da mesa de Jim e enterrou o rosto ali. Chorava pela própria idiotice, pelas ilusões despedaçadas e pelos sonhos desfeitos. A vergonha verteu mais lágrimas de seus olhos... fizera amor com um homem a quem conhecera por apenas quatro dias... e de quem nem sabia o verdadeiro nome! Se não fosse por pura sorte, poderia estar grávida!

Lembrou-se do sofrimento indignado que sentira porque a mãe o abandonara quando menino, e chorou com mais vontade ainda. A mãe devia tê-lo afogado!

— Lauren? — A voz de Jim interrompeu seu choro.

Ela se sobressaltou e ergueu de imediato a cabeça quando ele apareceu ao seu lado.

— O que houve? — perguntou ele, assustado.

Engolindo a infelicidade, ela desviou lentamente o olhar para o rosto preocupado do chefe. Os cílios exuberantes pareciam espetados com as lágrimas e os olhos azuis estavam marejados.

— Eu pensei... — Ela parou para tomar fôlego. — Pensei que ele fosse um engenheiro comum, que queria começar uma empresa própria algum dia. E ele me deixou acreditar nisso! — engasgou. — Deixou que eu acreditasse! — A compaixão no semblante de Jim foi mais do que ela podia suportar. — Posso sair daqui sem ninguém me ver? Quero dizer, todos já foram embora?

— Sim, mas você não vai dirigir nesse estado. Eu levo...

— Não — protestou Lauren prontamente. — Estou bem, de verdade! Posso dirigir.

— Tem certeza?

Enfim, ela recuperou o controle da voz trêmula.

— Absoluta. Fiquei apenas chocada e um pouco sem graça, só isso.

Jim gesticulou sem jeito em direção ao arquivo.

— Já terminou com isso?

— Não li tudo — respondeu, distraída.

Jim pegou a revista no chão, guardou-a na pasta com o recorte de jornal e lhe estendeu o grosso arquivo. Lauren o pegou de modo automático, e saiu correndo. Achou que ia desatar em prantos ao entrar no carro, mas isso não aconteceu. Tampouco chorou durante as três horas que passou lendo o arquivo. Não lhe restavam mais lágrimas.

LAUREN PAROU NO ESTACIONAMENTO LOGO após a placa que dizia: Reservado aos Funcionários da Sinco. Depois do que lera na noite anterior, o nome Sinco tinha outro significado: Componentes Eletrônicos Sinclair. A empresa fora fundada, segundo *The Wall Street Journal,* por Matthew Sinclair e o seu neto Nick doze anos antes, numa garagem atrás do que era hoje o restaurante de Tony.

Estacionou o carro, pegou o arquivo sobre J. Nicholas Sinclair no banco do passageiro e saltou. Nick havia construído um império financeiro, que agora mantinha vivo ao empregar espiões entre os concorrentes. Óbvio que era tão inescrupuloso nas atividades comerciais quanto na vida pessoal, pensou, feroz.

As mulheres no escritório sorriam para ela em alegres saudações, o que a fez se sentir culpada porque iria desempenhar um papel na destruição da empresa para a qual trabalhavam. Não, destruí-la não, Lauren se corrigiu ao pôr a bolsa na mesa. Se a Sinco estivesse apta a sobreviver, deveria ter competência para competir honestamente pelos contratos. Do contrário, merecia falir antes que destruísse os concorrentes honestos, empresas como a de Philip Whitworth.

Parou diante do escritório de Jim. Ele estaria ciente de que a Sinco pagava espiões? De algum modo, achava que não. Não podia acreditar que o chefe aprovasse tal coisa.

— Obrigada por me deixar levar o arquivo para casa — agradeceu em voz baixa ao entrar na sala.

Ele logo desprendeu o olhar do relatório na mão para as pálidas feições serenas de Lauren.

— Como se sente esta manhã? — perguntou ele, baixinho.

Encabulada, ela enfiou as mãos nos fundos dos bolsos laterais da saia.

— Sem graça, e muito idiota.

— Sem entrar em detalhes dolorosos, poderia me dar uma ideia do que Nick fez para magoá-la tanto assim? Com certeza você não estava chorando daquele jeito porque descobriu que ele é rico e bem-sucedido!

Lauren sentiu uma nova pontada de dor à lembrança de como colaborara de bom grado para aquele jogo de sedução. Mas devia a Jim algum tipo de explicação sobre o comportamento histérico que exibira na noite anterior, então respondeu com uma débil demonstração de indiferença:

— Por eu achar que ele era um simples engenheiro, e por eu ter feito algumas coisas cuja lembrança me deixa extremamente envergonhada.

— Entendo. — Jim assentiu com toda a calma. — E o que pretende fazer em relação a isso?

— Mergulhar no trabalho e aprender tudo que puder — respondeu com ressentida sinceridade.

— Eu quis dizer o que pretende fazer quando encontrar Nick?

— Jamais quero tornar a vê-lo enquanto eu viver! — Foi a resposta concisa.

Um meio sorriso repuxou os lábios de Jim, mas sua voz saiu solene:

— Lauren, no próximo sábado vão oferecer um coquetel privado no restaurante giratório da cobertura do prédio da Global Industries. Contam com a presença de todos os principais executivos de nossas várias empresas e as respectivas assistentes. O objetivo da festa é reunir todos que trabalhavam em diferentes prédios antes, para termos a oportunidade de conhecer pessoalmente uns aos outros. E você terá a oportunidade de conhecer as assistentes com quem tratará no futuro, além dos chefes delas. Nick é o anfitrião.

— Se não se importa, eu preferia não ir — disse ela, sem rodeios.

— Eu me importo.

Ela se sentia encurralada. Jim não era o tipo de chefe que deixaria a vida pessoal da assistente interferir no trabalho. E, se perdesse o emprego, jamais descobriria a quem Nick pagava para espionar a empresa de Philip Whitworth.

— Cedo ou tarde você terá de se encontrar cara a cara com Nick — continuou Jim num tom persuasivo. — Não prefere que isso aconteça no sábado, quando estará preparada? — Ao vê-la ainda hesitar, declarou categórico: — Pego você às sete e meia.

Capítulo 11

Lauren tinha a mão trêmula ao aplicar o batom e passar um pouco de blush nas maçãs do rosto. Olhou o relógio; Jim chegaria dali a quinze minutos. Dirigiu-se a um dos armários espelhados e pegou um vestido de chiffon esvoaçante, que por fim tinha escolhido naquela tarde, depois de experimentar todos os seus recém-adquiridos vestidos de noite.

Agora que sabia que Nick era, de fato, um canalha inescrupuloso, mentiroso e arrogante, na certa não o acharia nem um pouco atraente, concluiu, puxando o zíper do vestido e calçando as elegantes sandálias. Ainda assim, seu orgulho exigia que ela exibisse a melhor aparência naquela noite.

Ao fechar o armário, recuou para examinar seu reflexo nas portas espelhadas. Babados de chiffon creme ondulavam em matizes mais escuros de pêssego, criando um sutil efeito arco-íris na saia rodada, enquanto faixas sobrepostas combinando se cruzavam sob os seios e subiam num corpete cavado, abotoado na nuca, que deixava os braços, os ombros e a parte superior das costas nus.

Tentou sentir prazer com sua aparência, mas não conseguiu. Não quando enfrentaria o homem que sem esforço a seduzira, depois sugerira que ela lhe telefonasse se ficasse grávida; um multimilionário a quem ela havia convidado para almoçar e oferecido para pagar qualquer coisa no cardápio.

Levando em conta como Nick fora baixo e cínico, era surpreendente que ele não a tivesse, de fato, deixado pagar pela cara refeição, pensou, remexendo no porta-joias à procura dos preciosos brincos de ouro que haviam pertencido à mãe.

Parou para ensaiar mentalmente a forma como iria tratá-lo naquela noite. Por causa do que acontecera, seria natural que o safado esperasse vê-la magoada e furiosa, mas ela não tinha a menor intenção de deixá-lo perceber que se sentia assim. Ao contrário, iria convencê-lo de que o fim de semana em Harbor Springs não passara de uma divertida aventura para ela, como parecia óbvio que fora para ele. Em nenhuma circunstância iria tratá--lo com frieza, pois a frieza mostraria a Nick que ela ainda se importava o bastante para estar com raiva. Mesmo que a matasse, iria tratá-lo com uma cordialidade casual, distante — o mesmo tipo de cordialidade impessoal que dispensava ao porteiro ou ao faxineiro no trabalho.

Aquilo o desestabilizaria, decidiu, ainda à procura dos brincos da mãe.

Mas onde estavam?, se perguntou meio frenética um momento depois. Era a única coisa da mãe que possuía. Ela os usara na festa em Harbor Springs, lembrou... e no dia seguinte no Abrigo. E naquela noite na cama, Nick tinha beijado sua orelha e os tirado, porque o atrapalhavam...

Os brincos da mãe estavam em algum lugar na cama da namorada de Nick!

Lauren apoiou as mãos na penteadeira e deixou a cabeça pender quando uma nova onda de raiva e dor a percorreu de cima a baixo. A probabilidade era de que a namorada de Nick estivesse com os brincos herdados da mãe.

A campainha soou e Lauren se endireitou, sobressaltada. Inspirando fundo, desceu e abriu a porta.

Parado na entrada, Jim parecia em cada detalhe o impressionante executivo num atraente terno e gravata escuros.

— Entre, por favor — convidou, tranquila. Ele avançou até o vestíbulo, e ela acrescentou: — Vou só pegar minha bolsa e podemos ir. Ou você gostaria de um drinque primeiro?

Como ele não respondeu logo, Lauren se virou.

— Algum problema?

Jim deslizou o olhar pelas feições perfeitas e pela lustrosa cabeleira cor de mel, derramada sobre os ombros em ondas largas e selvagens. Com um ar apreciativo, examinou sua silhueta no sedutor vestido de chiffon, as pernas longas e bem torneadas.

— Imagine. Está tudo maravilhoso — respondeu sorrindo.

— Gostaria de um drinque? — repetiu, surpresa, mas não insultada com a franca admiração masculina.

— Não, a não ser que você precise de um incentivo para encarar Nick

Lauren fez que não com a cabeça.

— Não preciso de incentivo. Ele nada significa para mim.

Jim lhe lançou um olhar divertido ao conduzi-la pela porta até seu Jaguar verde-escuro.

— Deduzo que queira me convencer de que não tem mais nenhum interesse romântico por ele, é isso?

Ela teve a inquietante sensação de que não o enganara com sua fachada de indiferença, mas também ele a pegara chorando desesperadamente.

— Isso mesmo — admitiu ela.

— Nesse caso... — Jim mudou a marcha quando entrou como um trovão na via expressa — eu lhe darei um conselho não solicitado. Por que não passa alguns minutos conversando com ele sobre a festa ou seu novo emprego, e depois, com um sorriso *muito* encantador, pede licença e se aproxima de outra pessoa, eu, por exemplo, se estiver perto e disponível, o que tentarei estar.

Ela se virou para Jim com um sorriso afetuoso de gratidão.

— Obrigada — agradeceu.

Sentindo-se calma e confiante, relaxou.

Mas quando as portas do elevador se abriram para o elegante restaurante giratório, no octogésimo primeiro andar, ela observou a animada multidão que circulava ao redor e sentiu uma corda de tensão se enrolar em seu pescoço, sufocando-a. Nick se encontrava em algum lugar daquele salão.

No bar, Jim pediu as bebidas para os dois, e Lauren olhou em volta no momento em que um grupo de pessoas se deslocava para o lado.

E lá estava Nick.

Parado do outro lado do restaurante, a cabeça jogada para trás, ele ria de algo que fora dito. Lauren sentiu o coração bater descontrolado ao absorver as bonitas feições queimadas de sol, a elegante facilidade com que usava o terno escuro impecável, o jeito descontraído com que segurava o copo. Ela notou cada detalhe dolorosamente familiar. Então viu a bela loura que sorria para ele, a mão apoiada com intimidade na manga do paletó.

A angústia fluiu pelas veias de Lauren como ácido. Aquela era Ericka Moran, a mulher que estava com Nick na foto do jornal. E o deslumbrante vestido creme que ela usava era o mesmo que ele tinha emprestado a Lauren em Harbor Springs..

Sobressaltada, afastou o olhar e começou a falar com Jim, mas a rigidez na linha do maxilar quando ele, também, viu a bela loura do outro lado deteve Lauren no ato. No rosto de Jim, viu furiosa desolação e desejo impotente — as mesmas emoções que ela sentira momentos antes, quando olhara para Nick. Jim, concluiu, estava apaixonado por Ericka.

— Aqui está seu drinque — falou ele por fim, entregando o copo a Lauren. — É hora de iniciarmos nossa pequena farsa. Com um sorriso implacável, tomou-lhe o cotovelo e começou a conduzi-la em direção aos dois.

Lauren recuou.

— Com certeza não precisamos ir direto até eles, precisamos? Se Nick é o anfitrião, é responsabilidade dele cumprimentar todos na festa

Jim hesitou, depois assentiu.

— Tudo bem, nós os faremos vir até nós.

Durante a meia hora seguinte, enquanto circulava entre os convidados, Lauren ficou cada vez mais convencida de que tinha razão sobre Jim e Ericka, e que o chefe tentava deixar o casal enciumado. Sempre que a loura olhava na direção deles, ele sorria para Lauren ou a provocava com alguma coisa. Ela cooperava, tentando fazer parecer que se divertia horrores, mas o fazia pelo bem de Jim, não pelo seu. Em seu coração dilacerado, sabia que Nick não dava a mínima para o que fazia ou com quem estava.

Ela tomava o segundo drinque quando, de repente, Jim lhe passou o braço a sua volta. Ficou tão surpresa que ignorou o aperto de aviso da mão em sua cintura.

— O grupo reunido ali — disse Jim, com um sorriso deliberado — é o conselho de diretores, todos empresários ricos por mérito próprio. O homem à esquerda é o pai de Ericka, Horace Moran. A família de Horace — explicou — está no ramo de petróleo há gerações.

— Que inconveniente — gracejou Lauren, piscando os cílios de forma cômica para fazê-lo rir.

Jim lhe lançou um olhar de advertência e continuou:

— O homem ao lado dele é Crawford Jones. A família dele, e a da esposa também, está no ramo de títulos, ações e debêntures.

— Gostaria de saber por que não os deixam livres das ações e *obrigações*? — provocou a jovem.

— Porque — respondeu uma voz risonha e dolorosamente familiar às suas costas — Crawford e a esposa são medonhos, e ninguém os quer soltos por aí, assustando criancinhas.

De repente, o corpo de Lauren enrijeceu ao som da voz de barítono de Nick; então ela se forçou a dar meia-volta. Bastou um olhar para a ironia naqueles olhos cinzentos, enquanto Nick esperava a sua reação, para fazer o orgulho vir em seu socorro. Embora desmoronasse em milhares de pedaços por dentro, conseguiu sorrir ao tocar a mão dele.

— Olá, Nick.

Ele apertou os dedos em volta dos dela.

— Olá, Lauren — respondeu, sorrindo.

Com todo o cuidado, ela retirou a mão e dirigiu um sorriso animado e cheio de expectativa a Ericka, e Jim logo as apresentou.

— Estive admirando seu vestido a noite toda, Lauren — disse Ericka. — É deslumbrante.

— Obrigada. — Sem olhar para Nick, acrescentou: — Notei o seu assim que entramos. — Depois se virou para Jim. — Ah, veja, o sr. Simon. Ele está tentando falar com você há muito tempo, Jim. — Com a última gota de compostura que lhe restava, Lauren ergueu os olhos azuis para as inescrutáveis feições de Nick e pediu, educadamente: — Podem nos dar licença, por favor?

Pouco depois, Jim se viu absorto numa conversa com um vice-presidente, então ela teve de fazer um enorme esforço para ser encantadora, espirituosa e se virar sozinha. Logo se viu cercada por um grupo lisonjeiramente grande de admiradores interessados, e durante o restante da noite evitou com todo o escrúpulo olhar na direção de Nick. Duas vezes se virou e, sem querer, topou com aquele olhar penetrante, e nas duas ocasiões desviou os olhos de modo casual, como se à procura de outra pessoa. Mas, depois de três horas, a tensão de se encontrar na mesma sala que aquele homem havia se tornado insuportável.

Ela precisava de um pouco de solidão, um alívio de alguns minutos da constante pressão da presença de Nick. Procurou Jim e o viu parado perto do bar, conversando com um grupo de homens. Ela esperou até lhe atrair a atenção e inclinou de leve a cabeça para as portas de correr que se abriam para a varanda do restaurante. Ele acenou com a cabeça, a expressão lhe dizendo que logo se juntaria a ela.

Virando-se, Lauren atravessou as portas para o bem-vindo silêncio da noite fria. Envolta naquela escuridão aveludada, se encaminhou para a parede alta que cercava a varanda e contemplou o resplandecente cenário de luzes espalhadas por quilômetros, oitenta e um andares abaixo. Conseguira — e com sucesso — tratar Nick com uma perfeita combinação de cordialidade impessoal e sorridente descaso. Sem recriminações nem indignação justificada por ele não ter telefonado. Ele devia ter ficado atônito com tal atitude, pensou, com exausta satisfação, ao erguer o copo e tomar um gole de sua bebida.

Ouviu atrás de si um sussurro quando a porta de correr se abriu e fechou, e se resignou com a perda da solidão de que tanto necessitava. Jim fora se juntar a ela.

— Como estou me saindo até agora? — perguntou ela, forçando uma alegre leveza na voz.

— Está se saindo muito bem — zombou a voz preguiçosa de Nick. — Já quase me convenci de que sou invisível.

Lauren sentiu a mão tremer com tanta violência que os cubos de gelo tilintaram. Virou-se devagar, tentando raciocinar. Devia parecer despreocupada e refinada, lembrou-se, como se o que tivesse acontecido entre os dois não significasse mais para ela que para ele. Ela se obrigou a erguer o olhar acima da camisa branca e gravata listrada, até os olhos cheios de humor.

— É uma festa maravilhosa — comentou ela.

— Sentiu minha falta?

Ela arregalou os olhos com fingida inocência.

— Andei muito ocupada.

Nick se encaminhou até a parede, apoiou o cotovelo ali e examinou Lauren em silêncio. Observou a brisa soprar os cintilantes cabelos pelos ombros nus antes de cravar novamente o olhar no rosto dela.

— Então — perguntou com um sorriso —, não sentiu nem um pouco minha falta?

— Andei muito ocupada — repetiu, mas sua dignidade sentiu o baque e ela acrescentou: — E por que deveria sentir? Você não é o único homem disposto e disponível em Michigan.

Ele ergueu a sobrancelha em divertida especulação.

— Essa é sua maneira de dizer que, após fazer sexo comigo, decidiu que gostou e esteve, hã, aumentando sua experiência?

Santo Deus! O sujeito nem *ligava* se ela tinha ido para a cama com outros.

— Agora que teve outros homens para base de comparação, como me classifica? — provocou Nick.

— Que pergunta adolescente — rebateu Lauren, com desdém.

— Você tem razão. Vamos.

Tomando o resto da bebida num único gole, ele largou o copo numa das mesas, pegou o de Lauren e o pousou ao lado, então lhe segurou a mão. Girou o pulso e entrelaçou os dedos fortes nos dela, e Lauren se sentia tão consciente da pele quente contra a sua que não parou para pensar, até começar a ser levada em direção a uma porta sem identificação no canto do prédio.

Quando Nick estendeu a mão para abrir a porta, a sanidade retornou e Lauren recuou.

— Nick, eu gostaria de fazer uma pergunta, e quero uma resposta honesta. — Ele balançou a cabeça, e ela continuou: — Quando o deixei em Harbor Springs, você pretendia algum dia tornar a me ver, quero dizer, sair comigo?

Nick encarou-a com toda a calma.

— Não.

Ela ainda se recuperava do golpe daquela resposta quando ele estendeu de novo o braço para abrir a porta.

— Aonde vamos?

— Para a minha casa, ou para a sua, não faz diferença.

— Por quê? — perguntou ela, obstinada.

Nick se virou para encará-la.

— Para uma garota inteligente, é uma pergunta muito idiota.

A irritação de Lauren explodiu.

— Você é a pessoa mais arrogante, egoísta! — Ela se interrompeu apenas o suficiente para inspirar fundo e se acalmar, então disse com a voz firme: — Não consigo lidar com sexo casual, indiscriminado; e mais, não gosto de pessoas que conseguem pessoas como você!

— Você gostou muito de mim um mês atrás — lembrou ele, friamente.

A pele enrubesceu e os olhos faiscaram.

— Um mês atrás eu achava que você era alguém especial! — retrucou furiosa. — Um mês atrás eu não sabia que você era um lascivo playboy, que pula de cama com a mesma frequência que muda de roupa. Você é tudo que desprezo num homem, sem princípios, promíscuo e sem moral! Grosseiro, egoísta e, se eu soubesse quem de fato você era, não teria lhe dado a mínima atenção!

Nick perscrutou a tempestuosa e bela jovem diante de si em todo o seu ácido ultraje. Numa voz perigosamente baixa, a desafiou:

— Mas, agora que sabe quem e o que sou, você não quer nada comigo? É isso?

— Isso mesmo! — sibilou Lauren. — E vou...

Num movimento ágil, ele agarrou seus ombros, puxou-a para os seus braços e lhe capturou os lábios num beijo sensual, selvagem e ousado. Assim que a tocou, cada fibra do seu ser despertou com o desejo de sentir novamente o incrível prazer das investidas do corpo rígido contra o seu. Seus braços enlaçaram o pescoço de Nick, e Lauren se esfregou no membro que endurecia. Nick grunhiu, suavizando e aprofundando o beijo, faminto.

— Mas que loucura — resmungou ele, a boca atormentando a de Lauren com a promessa de posse. — Qualquer um pode entrar aqui e nos ver. — E então descolou os lábios dos dela. Soltou-a, e, fraca, Lauren apoiou-se no parapeito atrás de si. — Você vem? — perguntou ele.

Ela fez que não com a cabeça.

— Não, eu já disse.

— Poupe-me do sermão sobre minha moralidade. — Nick cortou-a, com frieza. — Vá procurar um cara tão ingênuo quanto você, para os dois se atrapalharem no escuro e aprenderem juntos, se é o que deseja.

Como um profundo e limpo corte que não sangra durante vários momentos depois de infligido, felizmente Lauren parecia anestesiada para a dor daquelas palavras; sentia apenas fúria.

— Espere — disse ela, enquanto ele abria a porta —, sua amante, namorada, seja lá o que Ericka for, está com os brincos de minha mãe. Eu os deixei na sua cama, na sua casa, com o seu amante. Ela recebe você com prazer, eu não o quero. Mas quero de volta, sim, os brincos de minha mãe. — A dor começava a se infiltrar como um latejar constante, intensificando-se a cada momento, até fazer sua voz tremer: — Quero aqueles brincos de volta...

O TETO ACIMA DA CAMA era um vazio sinistro tão sombrio quanto o seu coração quando ela repassou mentalmente o momento em que se afastou de Nick. Ele havia levado Ericka à festa, mas quisera ir embora com Lauren. Pelo menos naquela noite devia tê-la desejado mais que à namorada. Talvez fosse uma tola por não o ter acompanhado.

Furiosa, rolou de bruços. Onde tinham ido parar seu orgulho e sua autoestima? Como podia até mesmo cogitar ter um relacionamento fugaz e sórdido com aquele libertino arrogante e imoral? Não pensaria mais nele. Haveria de varrer aquele homem de sua mente. Para sempre!

Capítulo 12

Com essa resolução firmemente enraizada na mente, Lauren foi de carro para a Sinco na segunda-feira e mergulhou de corpo e alma no trabalho.

Ao meio-dia, algumas das outras secretárias a convidaram para um drinque depois do expediente, e ela aceitou, feliz. Quando retornou do almoço, o telefone na sua mesa tocava. Largando a bolsa, ela olhou para trás, viu o escritório vazio de Jim e atendeu o telefone.

— Srta. Danner? Por favor, venha até o RH imediatamente.

Era o sr. Weatherby.

— Não temos muito tempo — disse o sr. Weatherby cinco minutos depois, quando ela se sentou no escritório do gerente de recursos humanos. — Antes de mais nada, devo explicar que as informações contidas em cada proposta de emprego são automaticamente inseridas nos computadores da Global Industries. Então, sempre que um projeto exige alguém com talentos ou qualificações especiais, o RH é notificado e faz uma busca na base de dados. Esta manhã, o próprio diretor da Global Industries recebeu uma ligação de alta prioridade solicitando uma assistente qualificada, competente e fluente em italiano. *Você* foi escolhida pelo sistema. Na verdade, a segunda escolhida. A primeira opção foi uma mulher chamada Lucia Palermo, que trabalhou no projeto antes, mas está de licença médica.

"É esperado que se afaste de sua função à tarde, durante as próximas três semanas. Notificarei o sr. Williams de sua nova designação quando ele retornar do almoço, e arranjarei outra assistente para trabalhar com ele nesse período, enquanto você trabalha no projeto."

As objeções de Lauren a essa nova e arbitrária tarefa saíram num jorro desarticulado de palavras.

— Mas ainda estou tentando aprender minha função atual, e Jim, o sr. Williams, não vai ficar nada satisfeito com...

— O sr. Williams não tem opção — interrompeu o outro num tom frio. — Não sei qual a exata natureza do projeto que exige italiano fluente, mas sei que é de prioridade máxima e confidencial. — Ele se levantou. — Você deve se apresentar imediatamente ao escritório do sr. Sinclair.

— O quêêê? — ofegou Lauren, levantando-se de um salto. — O sr. Sinclair sabe que sou eu a pessoa designada para ele?

O sr. Weatherby lhe dirigiu um olhar intimidante.

— O sr. Sinclair encontra-se numa reunião no momento, e sua assistente não achou que devia interrompê-lo para tratar dessa pequena substituição.

* * *

UMA ATMOSFERA DE CONTIDA EXCITAÇÃO parecia impregnar o octogésimo andar quando Lauren atravessou o grosso carpete verde-esmeralda em direção à mesa circular no centro da recepção particular de Nick.

— Meu nome é Lauren Danner — disse à recepcionista, uma bela mulher de cabelos castanhos. — O sr. Sinclair requisitou uma assistente bilíngue, e fui mandada pelo RH.

A outra olhou para trás quando as portas do escritório de Nick se abriram e de lá surgiram seis homens.

— Direi ao sr. Sinclair que está aqui — avisou ela, educada. Quando estendeu a mão para o telefone, este começou a tocar e ela ergueu o fone. Com a mão no bocal, sussurrou à recém-chegada: — Pode entrar. O sr. Sinclair a espera.

Não, pensou Lauren, nervosa, *ele espera Lucia Palermo.*

As altas portas de jacarandá do escritório de Nick se encontravam ligeiramente entreabertas, e ele, de pé, as costas voltadas para a mesa, falava com alguém ao telefone. Inspirando fundo, Lauren entrou no amplo espaço coberto pelo carpete bege e fechou em silêncio as portas atrás de si.

— Certo — disse ele ao telefone, após uma pausa. — Ligue para o escritório de Washington e diga à nossa equipe de legislação trabalhista que quero todos na Global Oil, em Dallas, esta noite.

Com o telefone preso entre o ombro e a orelha, pegou uma pasta da mesa e começou a ler seu conteúdo. Tirara o paletó e, ao folhear devagar as páginas, a camisa branca se moldava aos ombros largos e às costas, que se afilavam aos poucos até a cintura. Lauren sentiu as mãos formigarem quando se lembrou do ondular dos músculos daquele vigoroso corpo masculino, o toque da pele queimada de sol e quente sob as pontas dos seus dedos.

Desviando o olhar com esforço, tentou acalmar as traiçoeiras sensações que se desenrolavam em seu íntimo. Afastados à esquerda, estavam os três sofás verde-musgo que formavam um largo U ao redor da imensa mesa de centro com tampo de vidro, onde Nick se ajoelhara para examinar seu tornozelo na noite em que o conhecera.

— Notifique à refinaria de Oklahoma que talvez enfrentem alguns problemas também, até tudo isso se acertar — continuou Nick calmamente ao telefone. Fez-se uma breve pausa. — Ótimo. Ligue de volta quando tiver se encontrado com a equipe de legislação trabalhista em Dallas.

Desligou o telefone e virou outra página do arquivo que lia.

Lauren abriu a boca para anunciar sua presença e se deteve. Não cairia bem chamá-lo de Nick, e ela se recusava a, humilde e respeitosamente, chamá-lo de "sr. Sinclair". Ao dirigir-se à mesa de jacarandá, disse, em vez disso:

— Sua recepcionista me mandou entrar.

Nick se virou de repente. Com aqueles olhos cinzentos inescrutáveis como sempre, largou, negligente, a pasta do arquivo no tampo da mesa, enfiou as mãos nos bolsos e a contemplou, calado. Esperou até vê-la parada logo à frente, do outro lado da mesa, para dizer, sem se alterar:

— Você escolheu uma péssima hora para se desculpar, Lauren. Tenho de sair para um almoço de negócios em cinco minutos.

Ela quase engasgou diante da revoltante presunção de que *ela* devia alguma desculpa a *ele,* mas apenas lhe dirigiu um sorriso divertido.

— Odeio ferir seu ego, mas não vim aqui me desculpar. Vim porque o sr. Weatherby em pessoa me mandou.

Nick tensionou o maxilar.

— Para quê? — perguntou, ríspido.

— Para ajudar em algum projeto especial que exige uma assistente extra pelas próximas três semanas.

— Então está me fazendo perder tempo. — Ele a informou, mal-humorado. — Em primeiro lugar, você não é qualificada nem experiente o bastante para trabalhar nesse nível. Em segundo lugar, não a quero aqui.

O desprezo de Nick transformou a fúria em banho-maria numa turbulenta ebulição, e Lauren não conseguiu parar de o provocar.

— Perfeito! — respondeu rindo, e recuou um passo. — Agora, poderia ter a bondade de ligar para o sr. Weatherby e dizer isso a ele? Eu já tinha apresentado os *meus* motivos para não querer trabalhar para você, mas ele insistiu que eu subisse.

Nick golpeou o interfone.

— Ponha-me na linha com Weatherby — ordenou ríspido, e tornou a desviar o olhar cortante para Lauren. — Exatamente quais "motivos" você apresentou?

— Eu disse — mentiu Lauren, irada — que você é um devasso presunçoso, arrogante, e que eu preferiria a morte a trabalhar para você.

— Você disse isso a Weatherby? — perguntou o presidente da empresa numa voz baixa e ameaçadora.

Lauren manteve o sorriso estampado no rosto.

— Disse.

— E o que Weatherby respondeu?

Sem condições de suportar o gélido fuzilar do olhar de Nick, ela fingiu examinar as unhas.

— Ah, disse que com certeza um monte de mulheres com quem você dormiu se sente assim em relação à sua pessoa, mas que eu deveria colocar a lealdade profissional acima de minha compreensível repugnância.

— Lauren — declarou ele, a voz suave —, está despedida.

Embora por dentro ela se sentisse uma agitada massa de raiva, dor e medo, manteve a compostura. Com uma régia inclinação da cabeça, rebateu:

— Sabe, tive certeza de que o presidente tampouco ia querer que eu trabalhasse para ele, e tentei dizer isso ao sr. Weatherby. — Ela se encaminhou para as portas de jacarandá. — Mas ele achou que quando você se desse conta de que sou bilíngue mudaria de ideia.

— Bilíngue? — zombou o outro, com desprezo.

Ela deu meia-volta, a mão na maçaneta.

— Ah, mas eu sou, sim. Posso lhe dizer exatamente o que acho de você em perfeito italiano. — Viu um nervo saltar no maxilar cerrado com rigidez e acrescentou em um tom sarcástico: — Porém é muito mais prazeroso usar nosso idioma: você é um canalha!

Abrindo a porta com força, atravessou marchando a área da recepção. Golpeava o botão do elevador quando a mão de Nick se fechou em seu pulso.

— Volte para o meu escritório — grunhiu ele, entre dentes.

— Tire a mão de mim! — sussurrou, furiosa.

— Quatro pessoas estão nos olhando — advertiu o presidente. — Ou você volta para o meu escritório por vontade própria ou vou arrastá-la até lá na frente delas.

— Vá em frente e tente fazer isso! — desafiou ela, com raiva, enfrentando-o. — Eu o processo por agressão e vou intimar todas as quatro como testemunhas!

De forma inesperada, a ameaça de Lauren arrancou um relutante sorriso.

— Você tem os olhos azuis mais incrivelmente lindos que já vi. Quando se enfurece, eles...

— Poupe-me! — sibilou Lauren, sacudindo com violência o pulso.

— Já poupei — provocou-a, com ar sugestivo.

— Não fale comigo assim, não quero parte alguma de você.

— Sua pequena mentirosa. Você quer *cada* pedacinho de mim.

Aquela confiança zombeteira lhe tirou o fôlego, e a vontade de brigar. Derrotada, apoiou o cotovelo na parede de mármore e o encarou com impotente súplica.

— Nick, por favor, me deixe ir embora.

— Não posso. — Ele franziu a testa numa expressão sombria de perplexidade. — Sempre que a vejo, parece que não posso deixá-la partir.

— Você me despediu!

Ele riu.

— Acabei de recontratar.

Lauren se sentia enfraquecida demais pela turbulência dos últimos minutos para resistir àquele sorriso devastador, além disso, precisava desesperadamente do emprego. Ressentida, se desgrudou da parede e o acompanhou até o escritório da assistente, ligado ao dele por uma porta.

— Mary — disse ele a uma mulher de cabelos grisalhos cujo olhar penetrante por trás dos óculos se ergueu imediatamente. — Esta é Lauren Danner, que vai trabalhar no projeto Rossi. Enquanto eu estiver no almoço, mostre-lhe sua mesa e lhe entregue a carta que veio de Rossi esta manhã para traduzir. — Voltou-se para Lauren com um afetuoso sorriso sugestivo. — Vamos ter uma longa conversa quando eu voltar.

Mary Callahan, como proclamava a pequena placa sobre a mesa, não parecia mais entusiasmada com a presença de Lauren em seu escritório do que a própria.

— Você é muito nova — resumiu a mais velha, estudando com os olhos azuis-claros o rosto e o corpo da recém-chegada.

— Estou envelhecendo rápido — retrucou Lauren.

Ignorando o olhar incisivo, ela se instalou na mesa de trabalho em frente à de Mary no grande escritório.

À uma e meia da tarde, o telefone de Mary tocou, e Lauren se levantou da mesa para atendê-lo.

— Mary? — perguntou incerta uma refinada voz feminina.

— Não, aqui é Lauren Danner — respondeu com a melhor voz de assistente. — A srta. Callahan não está no escritório. Quer deixar recado?

— Ah, olá, Lauren — respondeu a voz, com simpática surpresa. — Aqui é Ericka Moran. Não quero interromper Nick, mas poderia dizer a ele que vou chegar de Nova York amanhã, no último voo? Diga que irei direto do aeroporto para o clube Recess e me encontrarei com ele às sete horas.

A surpresa de Lauren com o fato de que obviamente Ericka se lembrava dela foi superada pelo ressentimento de ter que anotar os recados das namoradas de Nick.

— Ele ainda está no almoço, mas lhe darei o recado — prometeu, com voz enérgica.

Desligou o telefone, que no mesmo instante tornou a tocar. Dessa vez a mulher tinha um sotaque sulista arrastado, uma voz enrouquecida, e perguntou por "Nicky".

Lauren apertou o fone com tanta força que a mão doeu, mas respondeu num tom afável:

— Sinto muito, ele não está no momento. Quer deixar algum recado?

— Ai, droga — sussurrou a voz sexy. — Aqui é Vicky. Ele não me disse se a festa de sábado é formal ou não, e não faço a mínima ideia do que vestir. Ligarei para a casa dele à noite.

Faça isso!, pensou Lauren, quase batendo o telefone.

Mas, quando Nick retornou do almoço, ela já tinha recuperado a calma. Durante as três semanas seguintes, prometeu a si mesma, iria se ater ao plano original e tratá-lo com a educada cordialidade que dispensava a qualquer um dos colegas. Se ele a pressionasse, seria apenas divertida, e se isso o irritasse — bem, ótimo!

O interfone na mesa tocou. A sonora voz de barítono disparou um delicioso arrepio por seu corpo, um arrepio que reprimiu com estoicismo.

— Lauren, pode vir até aqui, por favor?

Era óbvio que ele tinha se preparado para a "longa conversa" dos dois. Ela pegou os recados que anotara e entrou no escritório.

— Sim? — disse, erguendo as delicadas sobrancelhas ao encontrá-lo sentado na borda da mesa, os braços cruzados.

— Venha cá — chamou-a, muito tranquilo.

Cautelosa, contemplou aquela postura relaxada e a indolente expressão carinhosa no rosto. Avançou, mas parou fora do seu alcance.

— Não é perto o suficiente — disse Nick.

— É *mais* do que suficiente.

A diversão brilhava nos olhos dele, que aprofundou a voz para persuadi-la:

— Precisamos resolver algumas questões pessoais entre nós. Por que não o fazemos à noite, durante um jantar? — sugeriu.

Muito educada, Lauren recusou com uma meia verdade.

— Lamento, já tenho compromisso.

— Tudo bem. Que tal amanhã à noite? — perguntou ele, estendendo a mão.

Ela acomodou com força os recados na palma estendida.

— Você já tem um compromisso, a srta. Moran às sete no clube Recess.

Nick ignorou o lembrete.

— Vou partir para a Itália na quarta-feira.

— Faça boa viagem — interrompeu ela, sorrindo.

— Voltarei no sábado — continuou ele com um traço de impaciência. — Vamos...

— Lamento — disse Lauren com um sorrisinho divertido destinado a irritá-lo. — Estou ocupada no sábado, e você também. Vicky telefonou para saber se a festa de sábado é formal ou não. — Então, porque estava completamente extasiada com a visível frustração de Nick, acrescentou com um estonteante sorriso: — Ela chama você de Nicky. Acho lindo isso, Vicky e Nicky.

— Cancelarei o encontro — declarou lacônico.

— Mas eu não cancelarei o meu. Agora, tem mais alguma coisa?

— Tem sim, droga. Magoei você, e sinto muito...

— Aceito seu pedido de desculpas — disse Lauren, alegremente. — De qualquer modo, o golpe foi só no meu orgulho.

Ele a examinou, estreitando os olhos.

— Lauren, eu estou tentando me desculpar para...

— Já se desculpou — interrompeu ela.

— Para podermos continuar de onde paramos — concluiu ele, implacável. Após uma pausa reflexiva, acrescentou: — Para o bem de ambos, teremos de ser discretos para evitar fofocas na empresa, mas acho que se formos razoavelmente cuidadosos quando estivermos juntos, conseguiremos administrar isso bem.

Fúria, não prazer, tingiu a face aveludada de Lauren, que conseguiu, porém, expressar apenas perplexidade:

— Administrar o quê? Uma aventura barata?

— Lauren — disse Nick num tom de advertência —, quero que você me conheça. Também sei que está furiosa comigo por iniciá-la sexualmente, e depois...

— Ah, mas não estou! — protestou ela, com enganosa doçura. — Não trocaria aquela noite por nada no mundo. — Recuando um passo por cautela, acrescentou com leviandade: — Na verdade, já decidi que, quando eu tiver uma filha de minha idade, ligarei para você. Se ainda estiver "ativo", gostaria que a iniciasse.

Um passo não bastou. Ele avançou, agarrou seus pulsos e a prendeu entre as coxas, os olhos faiscando com uma perigosa combinação de raiva e desejo.

— Sua linda, atrevida. — A boca desceu, tomando seus lábios com uma fome voraz, devastadora e implacável insistência.

Lauren cerrou os dentes e resistiu à demolidora investida daquele beijo. Com um supremo esforço físico, desviou o rosto.

— Droga, pare com isso! — disse ela em tom engasgado, enterrando o rosto no peito dele.

Nick afrouxou um pouco o aperto em seus ombros e, quando falou, tinha a voz rouca de confusão:

— Se eu pudesse parar, acredite, o faria! — Entrelaçando os dedos nos cabelos de Lauren, segurou seu rosto entre as mãos e a obrigou a encará--lo. — Depois que partiu de Harbor Springs, pensei o tempo todo em você. Durante todo o encontro no almoço de hoje, não consegui me concentrar em nada além de você, Lauren. *Não* consigo evitar.

Essa confissão destruiu a resistência de Lauren, subjugando-a e a seduzindo de uma maneira que nenhum beijo poderia ter feito.

Nick percebeu que ela se rendera pela trêmula suavidade de seus lábios. Ele os encarou, as brasas adormecidas nos seus olhos explodiram chamas quando ele tornou a baixar a cabeça.

— É este o projeto "de máxima prioridade confidencial" que exige a presença de Lauren aqui?

A divertida fala arrastada de Jim abortou o beijo e os dois ergueram subitamente a cabeça e a giraram em direção ao escritório de Mary, onde Jim estava encostado à porta de comunicação.

Lauren se desvencilhou dos braços de Nick quando Jim se endireitou no vão da porta e depois entrou sem pressa no escritório.

— Isso torna tudo muito difícil para Lauren — continuou, pensativo, dirigindo-se a Nick. — Primeiro, receio que Mary tenha testemunhado parte dessa cena, e como ela é cegamente leal a você, na certa culpará Lauren. — O horror mortificado da jovem ao saber que Mary os vira desapareceu por completo com o choque do anúncio seguinte de seu antigo chefe: — Segundo — mentiu com um sorriso descarado —, o encontro que você queria que Lauren desmarcasse no sábado por acaso é comigo. Como sou um de seus mais antigos e íntimos amigos, e como há sete noites na semana, não considero muito nobre de sua parte tentar usurpar *minha* noite.

Nick uniu as sobrancelhas em irritação, mas o outro continuou, imperturbável:

— Como nós dois pretendemos conquistar Lauren, acho que devíamos estabelecer algumas regras básicas. Muito bem — ponderou —, ela é um alvo legítimo aqui no escritório ou não? Estou inteiramente disposto a seguir as regras.

Lauren finalmente recuperou a voz.

— Recuso-me a ouvir outra palavra — exclamou ao sair pisando forte em direção ao escritório de Mary.

Jim afastou-se do caminho, mas manteve o desafiador sorriso apontado para o amigo.

— Como eu dizia, Nick, estou inteiramente disposto a...

— Espero sinceramente — interrompeu Nick, curto e grosso — que você tenha um motivo válido para essa visita não agendada.

Jim cedeu com uma risada.

— Na verdade, tenho. Curtis me telefonou enquanto eu estava fora. Acho que ele quer falar sobre uma negociação.

Lauren já cruzava a porta do escritório de Mary quando ouviu o nome. Curtis. As palmas das mãos começaram a transpirar. Era um dos seis nomes que Philip Whitworth lhe pedira para prestar atenção.

Curtis quer falar sobre uma negociação.

Lauren afundou na cadeira, o sangue lhe martelando os ouvidos enquanto se esforçava para ouvir a conversa do escritório de Nick, porém as vozes haviam baixado e o estrondo furioso da máquina de escrever elétrica de Mary tornava impossível escutar alguma coisa.

Curtis poderia ser um primeiro nome, não o sobrenome. Michael Curtis havia sido o nome que Philip lhe dera, mas Jim falara apenas em Curtis. Lauren pegou o catálogo telefônico da Global Industries na gaveta da escrivaninha. Dois homens chamados Curtis constavam da lista, talvez fosse um deles. Ela não acreditava que Jim fosse o contato do espião cuja traição estrangulava a empresa de Philip. Ele não.

— Se você não tem trabalho a fazer... — a voz de Mary Callahan a alcançou, seca e gélida —, terei muito prazer em lhe passar parte do meu.

Lauren corou e recomeçou o trabalho com determinação.

Nick compareceu a reuniões durante o restante do dia, e às cinco da tarde Lauren soltou um suspiro de alívio. No primeiro andar da Sinco, os ruídos de vozes alteradas e gavetas fechando-se proclamavam o encerramento de mais um dia de trabalho. Distraída, Lauren assentiu para as colegas que a lembraram de encontrá-las no bar. Tinha os olhos em Jim quando o viu contornar a passos largos o corredor em direção à mesa dela.

— Quer conversar? — perguntou ele, inclinando a cabeça em direção a seu escritório. — E aí? — provocou quando ela se sentou na cadeira de couro em frente à mesa. — Por favor, sem dúvida já passamos do ponto em que precisamos manter algum tipo de formalidade.

Nervosa, Lauren afastou os cabelos da testa.

— O que fez você ficar parado lá e ouvir tudo? O que fez você dizer aquelas coisas sobre nós... nós dois?

Jim recostou-se na cadeira, um sorriso largo curvando os lábios.

— Quando voltei do almoço e descobri que você tinha sido designada para Nick, subi com a intenção de me certificar de que estava tudo bem. Mary me disse que você tinha acabado de entrar no escritório, então abri a porta e espiei para ver se precisava de socorro. Lá estava você... sorrindo como um anjo para ele enquanto lhe dava recados de outras mulheres e recusava a proposta de um "caso". — Apoiou a cabeça contra o encosto da cadeira, fechando os olhos, e riu. — Ah, Lauren, você foi magnífica! Eu estava prestes a sair quando você o provocou além da conta, dizendo que lhe telefonaria quando tivesse uma filha da sua idade, para que ele pudesse, hã, "iniciá-la", como deduzo que iniciou você.

Jim abriu um olho, notou as faces enrubescidas de Lauren e encerrou o assunto com um gesto indiferente.

— De qualquer modo, você parecia resistir muito bem à retaliação física de Nick. Eu tinha acabado de decidir ir embora, quando ele a pressionou e declarou que não conseguia se concentrar em nada além de você. Você, então, mordeu a isca e começou a afundar, então entrei para que tivesse tempo de se recuperar.

— Por quê? — insistiu ela.

Jim hesitou por um tempo estranhamente longo.

— Suponho que porque a vi chorando por ele e porque não quero que acabe se magoando outra vez. Entre outros motivos, porque, se for magoada, pedirá demissão, e por acaso gosto de tê-la por perto. — Os olhos castanhos se aqueceram com admiração enquanto a examinavam. — Não apenas você é extremamente *ornamental*, mocinha, mas brilhante, inteligente e capaz.

Lauren recebeu o elogio com um sorriso, mas não ia deixar o assunto morrer aí. Ele explicou por que os interrompera, mas não por que fizera, de propósito, Nick achar que havia algo entre os dois.

— E — especulou com ousadia — se Nick achar que *você* está interessado em mim, eu me tornarei mais que um desafio. Se isso acontecer, ele investirá mais tempo e esforço me perseguindo, não? — Antes que Jim pudesse responder, ela concluiu sem rodeios: — E se ele ficar ocupado em me perseguir, não terá muito tempo para se dedicar a Ericka Moran, certo?

Jim estreitou os olhos.

— Nick, Ericka e eu frequentamos a faculdade juntos. Somos amigos há anos.

— Amigos íntimos? — sondou Lauren.

Jim lhe lançou um olhar incisivo, depois descartou a questão com um encolher de ombros.

— Ericka e eu fomos noivos, mas isso há muitos anos. — Abriu um sorriso malicioso. — Talvez eu deva fazer exatamente o que disse a Nick que faria e eu mesmo conquistar você.

Lauren sorriu.

— Tenho a sensação de que você é tão calejado e cínico quanto ele. — Jim pareceu tão ofendido que ela acrescentou, brincando: — Bem, é, sim... mas também é muito atraente, apesar de tudo.

— Obrigado — respondeu Jim, secamente.

— Você e Nick fizeram parte de alguma associação de estudantes? — perguntou Lauren, desejando desesperadamente saber mais sobre Nick.

— Não, Nick frequentou a faculdade com uma bolsa de estudos. Não tinha condições financeiras para fazer parte da associação à qual eu pertencia. Não faça essa cara de pena, sua adorável idiota. Ele não tinha dinheiro, mas tinha cérebro, é um engenheiro brilhante. Também tinha as meninas, entre elas várias que *eu* desejava.

— Eu não estava sentindo pena de Nick — negou, levantando-se para ir embora.

— Por falar nisso — interrompeu Jim —, falei com Mary e acabei com os mal-entendidos sobre quem foi seduzido por quem algumas semanas atrás.

Lauren suspirou, derrotada:

— Eu gostaria que você não tivesse feito isso.

— Agradeça de joelhos. Mary trabalhou para o avô de Nick e o conhece desde que era bebê. É ferozmente leal a ele. É também uma moralista convicta, com uma antipatia especial por jovens arrojadas que perseguem a sua cria. Teria tornado a sua vida um verdadeiro inferno.

— Se essa senhora é uma moralista tão convicta — argumentou Lauren em rebeldia —, não consigo imaginar como pode trabalhar para Nick.

Jim deu uma piscadela.

— Nick e eu somos grandes favoritos. Ela está convencida de que ainda temos salvação.

Ela parou no vão da porta e se virou.

— Jim — perguntou, sem graça. — Eu fui o único motivo de você ter subido? Quero dizer, inventou aquela desculpa sobre Curtis querendo falar de uma negociação?

Ele ergueu os olhos castanhos para ela, curioso.

— Não, era verdade. Mas o usei apenas como desculpa. — Riu ao abrir a pasta e começar a guardar documentos. — Como Nick me informou de forma um tanto rude quando você saiu, o assunto de Curtis não era urgente o bastante para justificar minha subida e minha interrupção. Por que pergunta sobre Curtis? — acrescentou.

Sentiu o sangue gelar nas veias. Lauren sentia-se transparente e óbvia.

— Por nada, só curiosidade.

Jim pegou a pasta.

— Venha, acompanho você até lá fora.

Atravessaram o saguão de mármore juntos, e Jim abriu uma das pesadas portas de vidro para Lauren passar. A primeira coisa que ela viu ao sair para o sol foi Nick, que se encaminhava rapidamente na direção de uma longa limusine prateada à sua espera no meio-fio.

Quando se virou para ocupar seu lugar no banco de trás, olhou para o prédio e os viu. Dissecou Jim com o olhar antes de pousá-lo em Lauren. Os olhos cinzentos sorriam com uma promessa... e uma advertência: na vez seguinte não seria dispensado com tanta facilidade.

— Para onde, sr. Sinclair? — perguntou o motorista, quando Nick se instalou no luxuoso automóvel.

— Aeroporto Metro — respondeu. Virou a cabeça para vê-la atravessar o largo bulevar ao lado de Jim. Com pura apreciação estética, contemplou o suave balanço dos quadris de Lauren. Havia uma postura tranquila, um orgulho em seu porte que enfeitavam seus movimentos.

O motorista viu uma brecha no trânsito e a limusine disparou rumo ao fluxo de automóveis da hora do rush. Agora que pensava no assunto, Nick compreendia que tudo em Lauren o atraía. Durante o tempo em que haviam passado juntos, desde que a conhecera, ela o havia divertido, enfurecido e excitado sexualmente. Era riso e sensualidade, delicadeza e desafio, tudo embalado numa embalagem extremamente sedutora.

Recostando-se no assento macio, pensou no caso que planejava ter com ela. Era loucura se envolver com uma funcionária; se soubesse de antemão o que iria acontecer, teria arranjado um emprego para ela numa das empresas de seus amigos. Mas era tarde demais agora. Ele a desejava.

Ele a quisera desde aquela primeira noite, quando tinha se virado para lhe entregar um copo de água tônica e encontrara não uma adolescente desgrenhada, mas uma mulher de refinada beleza. Sorriu, lembrando a expressão no rosto de Lauren quando percebera o choque que havia causado. Ela previra aquela surpresa, e apreciara sem disfarce cada instante da situação.

Decidira naquela noite mantê-la à distância. Era jovem demais para ele, não gostara da inexplicável onda de desejo que sentira no momento em que ela o advertira, rindo, de que, se o "sapatinho" servisse, o transformaria num belo sapo. Se o desejo não tivesse sobrepujado a razão quando a levara ao restaurante de Tony para almoçar, Nick jamais a teria convidado para Harbor Springs. Mas ele a levara.

E ela era virgem...

A consciência o atormentava, e ele suspirou irritado. Droga, se não tivesse feito amor com ela, outro homem teria feito, e muito em breve. Jim Williams a queria. Assim como uma dezena de outros, pensou, lembrando a maneira calculista, de ávida admiração com que vários dos executivos a haviam observado na festa no sábado.

A visão de Lauren parada no terraço naquela noite pairou em sua mente. "Um mês atrás eu achava que você era alguém especial!", explodira, parecendo um anjo cruel. "Um mês atrás eu não sabia que você não tinha princípios, era promíscuo e sem moral!" Com certeza, sabia expressar opiniões, pensou Nick com ironia.

Todos os seus instintos o alertavam de que um caso com Lauren lhe complicaria a vida. Ela já o instigava. Devia ter se agarrado à decisão inicial de evitar qualquer outro contato com ela, a decisão que tinha tomado quando a mandara embora de Harbor Springs. Teria se agarrado a isso se não a houvesse visto na festa na noite de sábado, tão sexy e glamourosa naquele vestido extremamente provocante.

Ela também o quisera naquela noite, embora negasse. E também essa tarde, no escritório. Uma das primeiras coisas que ensinaria àquela beldade adorável e exasperadora era a aceitar a própria sexualidade e admitir seus desejos. Então banharia seus sentidos em cada deliciosa sensação que um homem podia proporcionar a uma mulher na cama. Ia ensiná-la a satisfazê-lo também. Lembrou-se das delicadas tentativas de Lauren de dar prazer a ele quando fizeram amor em Harbor Springs, e uma torturante ereção instantaneamente lhe enrijeceu as entranhas. O efeito de Lauren sobre ele era incrível, pensou, fechando a cara, ao mudar de posição.

E se Lauren não tivesse condições emocionais de manter um caso? E se desmoronasse quando a relação chegasse ao fim? Ele não queria magoá-la.

Nick curvou-se e abriu a pasta, retirando os contratos para a aquisição de terra que ia negociar com os homens que chegavam à cidade de avião para se encontrar com ele. Era tarde demais para se preocupar com as possíveis consequências; queria Lauren com demasiado ardor... e ela também o queria.

Capítulo 13

À uma hora da tarde seguinte, Lauren subiu ao octogésimo andar e foi informada por Mary de que o sr. Sinclair queria vê-la imediatamente. Resistindo à tensão, ajeitou os cabelos, presos num coque frouxo na nuca, e entrou no escritório.

— Queria me ver? — perguntou, educada.

Nick largou os documentos que lia sobre a mesa, recostou-se na cadeira e a estudou com ar indolente.

— Você usava os cabelos assim, presos, no dia que partimos para Harbor Springs — comentou ele, a voz rouca em um tom sedutoramente baixo. — Eu gosto.

— Nesse caso — Lauren rebateu, despreocupada —, vou começar a usá-los soltos.

Nick riu.

— Então é assim que vamos jogar, é?

— Jogar o quê?

— Esse joguinho que começamos ontem.

— Não estou participando do seu jogo — argumentou ela com tranquila firmeza. — Não quero o prêmio.

Mas queria. Queria Nick para sempre, só seu. E se desprezava por essa fraqueza idiota.

Nick observou a conturbada expressão de Lauren com um sentimento de satisfação, e apontou com a cabeça a cadeira em frente à mesa.

— Sente-se. Eu ia começar a rever um arquivo que me enviaram.

Aliviada por vê-lo pronto para iniciar o trabalho, Lauren se sentou, mas ficou sem ar quando pegou a pasta e a abriu. As palavras ARQUIVO PESSOAL — CONFIDENCIAL estavam impressas na parte da frente, e embaixo havia uma etiqueta que dizia: LAUREN E. DANNER/FUNCIONÁRIA Nº 98753.

Um rubor tingiu as delicadas maçãs do rosto quando se lembrou de haver sabotado os próprios testes e de citar o cargo de presidente como sua preferência de colocação. Nick veria isso e...

— Hum — comentou ele —, Lauren *Elizabeth* Danner. Elizabeth é um bonito nome, e Lauren também. Combinam com você.

Incapaz de suportar o tormento se ser alvo de seu flerte, ela disse, reprimindo-o:

— Ganhei o nome de duas tias solteironas. Uma delas era estrábica, e a outra, cheia de verrugas.

Nick a ignorou e continuou em voz alta:

— Cor dos olhos, azul. — Encarou-a por cima da pasta, com um olhar íntimo e insinuante. — Sem a menor dúvida, são azuis. Um homem gostaria de se perder nesses seus olhos, são deslumbrantes.

— O direito oscilava, a não ser que eu usasse óculos — informou a ele, alegre. — Precisei operar.

— Uma menina de olhos oscilantes e óculos no nariz — refletiu ele, com um sorriso lento. — Aposto que era uma gracinha.

— Eu era estudiosa, não uma gracinha.

Os lábios de Nick se franziram como se soubesse muito bem o que ela tentava fazer. Virou a ficha, e Lauren o viu examiná-la, o olhar chegando ao pé da página, onde ela listara as preferências de emprego. Percebeu o instante exato em que localizou a afronta.

— Mas que porr...! — exclamou, atônito, e desatou a rir. — Weatherby e eu vamos ter de nos cuidar. Qual dos empregos você prefere?

— Nenhum — respondeu ela, sucinta. — Fiz isso porque, a caminho da entrevista na Sinco, decidi que não queria trabalhar na empresa, afinal.

— Então errou os testes de propósito, é isso?

— Isso mesmo.

— Lauren... — começou ele, com uma voz sedutora que no mesmo instante a deixou na defensiva.

— Eu tive o dúbio prazer de ler todo o *seu* arquivo — cortou Lauren friamente. — O arquivo do departamento de Relações Públicas — elucidou, diante do olhar surpreso. — Sei tudo sobre Bebe Leonardos e a estrela do cinema francês. Cheguei até a ver sua foto com Ericka Moran no dia depois que me mandou embora, porque um "importante parceiro de negócios" chegaria para se encontrar com você.

— E — concluiu ele sem se alterar — ficou magoada.

— Fiquei indignada — disparou de volta, recusando-se a admitir toda a angústia que sentira. Controlou seu temperamento e continuou, com um pouco da calma anterior: — Agora podemos passar ao trabalho?

Um momento depois, Nick foi chamado para uma reunião que durou o restante da tarde, assim Lauren foi deixada em paz. Uma paz perturbada pelos frequentes olhares recriminadores de Mary Callahan.

Às DEZ HORAS DA MANHÃ seguinte, Jim, com um ar estressado, surgiu à mesa de Lauren.

— Nick acabou de ligar. Quer que você suba agora mesmo, e vai precisar que fique lá durante o restante do dia. — Com um suspiro, gesticulou em direção ao relatório que ela vinha preparando. — Vá em frente. Eu termino isso.

Mary estava fora quando Lauren chegou, mas ela encontrou Nick sentado à mesa, já sem paletó e gravata, a cabeça baixa, concentrado nas notas que escrevia. Tinha as mangas da camisa enroladas acima dos antebraços queimados de sol e o colarinho desabotoado. Ela desviou o olhar para o pescoço também queimado de sol. Não muito tempo atrás, lembrou, colara os lábios naquele nicho onde o pulso batia.

Observou os cabelos escuros num corte magnífico e a curva do queixo e os ângulos bem definidos da face. Ele era o homem mais bonito, mais irresistível que já vira, pensou com uma pontada de desejo. Mas, quando falou, a voz saiu com calmo desinteresse:

— Jim disse que você precisava de mim imediatamente. O que quer que eu faça para você?

Nick se virou e a encarou, um sorriso iluminando as feições.

— Ora, mas que boa pergunta! — provocou ele.

Acintosamente, ela ignorou a insinuação sexual.

— Parece que você tem uma tarefa urgente para mim.

— Tenho.

— Qual é?

— Quero que vá à lanchonete e traga alguma coisa para eu comer.

— Essa... — engasgou-se Lauren. — Essa é sua ideia de urgente?

— Muito urgente — respondeu Nick, imperturbável. — Por acaso, estou faminto.

Lauren cerrou as mãos em punhos.

— Para você, talvez eu seja apenas um frívolo e divertido objeto sexual, mas lá embaixo tenho um trabalho importante a fazer, e Jim precisa de mim.

— *Eu* preciso de você, docinho. Sabe que desde que cheguei...

— Não ouse me chamar de docinho! — explodiu ela, fervilhando com indesejável alegria diante daquele apelido casual.

— Por que não? — perguntou ele, e um sorriso lhe iluminou o rosto. — Você é doce.

— Vai mudar de ideia se tornar a me chamar de docinho — prometeu ela.

Nick franziu as sobrancelhas ao ouvir aquele tom, e a obrigou a se lembrar de que ele continuava sendo o seu chefe.

— Ah, tudo bem! — Ela se rendeu, mal-humorada. — O que come no café da manhã?

— Secretárias irritantes — gracejou ele.

Ela voltou com um andar arrogante para o seu escritório temporário e descobriu que Mary retornara.

— Não vai precisar de dinheiro, Lauren — disse a mulher. — Temos uma conta aberta na lanchonete.

Duas coisas lhe ocorreram de imediato: a primeira foi que Mary a chamara apenas de Lauren, em vez de usar o tratamento frio habitual, srta. Danner. E a segunda foi que ela sorria, e que sorriso tinha Mary Callahan! Parecia se irradiar do seu interior, iluminando o rosto e suavizando as austeras feições de uma maneira que a fazia parecer totalmente adorável.

Lauren se pegou retribuindo aquele contagioso sorriso.

138

— O que ele come no café da manhã? — suspirou ela.

Os olhos de Mary brilharam.

— Secretárias *irritantes*.

Como para se redimir por enviá-la numa tarefa tão insignificante, Nick lhe agradeceu os pães doces que ela trouxe e, todo galanteador, insistiu em servir uma xícara de café a ela.

— Eu mesma me sirvo, mas obrigada de qualquer modo — recusou Lauren, com firmeza.

Para seu sublime mal-estar, ele se encaminhou sem pressa até o bar e, casualmente, se debruçou sobre o balcão, observando Lauren adicionar creme e açúcar ao café.

Quando ela estendeu a mão para pegar a xícara, ele pôs a mão no braço dela.

— Lauren — disse tranquilo —, sinto muito ter magoado você. Acredite, não tive a intenção.

— Não há necessidade de ficar se desculpando — rebateu ela, afastando com todo o cuidado o braço. — Basta esquecer a coisa toda.

Pegou a xícara e seguiu para a própria mesa.

— Aliás — disse ele, despreocupadamente —, parto para a Itália esta noite. Mas a partir de segunda-feira precisarei de você aqui em cima pela manhã também.

— Por quanto tempo? — perguntou Lauren, consternada.

Ele riu.

— Pelo tempo que for necessário para eu vencer esse seu jogo.

Com essas palavras, o desafio foi lançado, e o cabo de guerra que se seguiu logo a esgotou por completo.

Ela mal tinha largado a xícara na mesa quando Nick acionou o interfone e lhe pediu que fosse ao seu escritório e anotasse uma carta para Rossi, o inventor italiano.

— E traga seu café — convidou.

No meio do ditado a jato, disse ele baixinho, sem sequer uma pausa:

— Quando o sol se reflete em seus cabelos, eles brilham como fios de ouro — e se lançou de volta à carta.

Lauren, que sem querer anotara metade do elogio em estenografia, o fuzilou com o olhar e ele soltou uma gargalhada.

À uma da tarde, Nick pediu a ela que participasse de uma reunião no escritório principal e tomasse notas. No meio do encontro, ela ergueu os olhos e flagrou o olhar semicerrado para suas pernas cruzadas. Sentiu todo o corpo se aquecer e as descruzou. Nick a encarou e abriu um sorriso experiente.

Quando a reunião chegou ao fim, Lauren se levantou para sair, mas ele a deteve.

— Você já terminou de datilografar a tradução para o italiano daquela lista de perguntas que ditei, para que Rossi entenda o que quero saber? — Com um encantador sorriso de desculpas, acrescentou: — Detesto apressá-la, docinho, mas preciso levar a papelada comigo para Casano.

Por que, perguntou-se ressentida, seu coração idiota dera um pulo quando ele a chamou de docinho?

— Está pronta — respondeu.

— Ótimo. E você entendeu, a partir do trabalho que andou fazendo, o que significa o projeto Rossi?

Ela fez que não com a cabeça.

— Não, na verdade, não. Tudo é técnico demais. Sei que Rossi é um químico que mora em Casano e inventou algo em que você está interessado. Também sei que pensa na possibilidade de financiar a pesquisa, além de fabricar o produto no futuro.

— Eu devia ter explicado antes. Tornaria seu trabalho aqui mais agradável — disse ele, mudando de repente de sedutor a chefe atencioso. — Rossi criou um produto químico que parece tornar certos materiais sintéticos, entre eles o náilon, totalmente à prova de água, fogo, intempéries e sujeira, sem mudar a aparência nem a textura da fibra original. Os tapetes e roupas produzidos com esse material sintético seriam quase impossíveis de se desgastarem ou de se desfazerem.

Tratava-a como uma parceira profissional, e pela primeira vez desde o fim de semana que passaram juntos, Lauren relaxou na companhia dele.

— Mas o processo químico funciona mesmo, sem modificar nem danificar nada?

— Não faço ideia — admitiu Nick, irônico. — Mas pretendo descobrir nessa viagem. Até agora, só vi demonstrações. Preciso de uma amostra para trazer de volta comigo e mandar analisar num laboratório de minha confiança, mas Rossi é paranoico em relação a sigilo. *Ele* diz que está *me* testando.

Lauren franziu o nariz.

— Ele parece meio doido.

— É excêntrico pra caralho — suspirou ele. — Mora num pequeno chalé em Casano, uma minúscula aldeia pesqueira italiana. Tem vários cachorros para protegê-lo, mas o laboratório fica num abrigo a menos de um quilômetro do local, sem proteção alguma.

— Pelo menos você viu demonstrações.

— Demonstrações não significam muito sem testes completos. Por exemplo, esse produto químico pode tornar alguma coisa à prova de água... mas o que acontecerá caso se derrame leite? Ou refrigerante?

— E se esse produto for tudo que ele diz que é? — perguntou ela.

— Nesse caso, formarei um consórcio, uma aliança entre a Global Industries e duas outras empresas colaboradoras, e apresentaremos ao mundo a descoberta de Rossi.

— Na certa o inventor teme que, se der a você uma amostra para teste, alguém no laboratório a analisará e ficará sabendo quais as substâncias químicas usadas. Depois poderia roubar a descoberta.

— Você tem razão — respondeu Nick, com um sorriso. De repente, passou o braço em volta dela e lhe ergueu o queixo com a mão livre. — Vou trazer um presente da Itália para você. O que gostaria de ganhar?

— Os brincos de minha mãe — respondeu Lauren, sem rodeios.

Com um movimento brusco, se libertou do abraço, girou nos calcanhares e se dirigiu ao escritório de Mary. A risadinha gutural de Nick a acompanhou.

Ao vê-la se afastar, ele sentiu uma emoção estranha, desconhecida, brotar em seu íntimo, uma ternura que o fez sentir-se vulnerável. A visão de Lauren o agradava, o sorriso o aquecia, e tocá-la desencadeava uma explosão de desejo em seu corpo. Lauren tinha postura e uma sofisticação despretensiosa, natural. Em comparação com outras mulheres de sua vida, Lauren era ingênua e delicada, e, no entanto, teve coragem de desafiá-lo abertamente e força para resistir à pressão que ele vinha exercendo sobre ela.

O sorriso se apagou. Nick a pressionava e jamais fizera isso com outra mulher em toda a vida. Perseguia-a, encurralava-a e se sentia indignado consigo mesmo por isso. No entanto, não conseguia parar. Sentia mais por ela que apenas desejo; gostava dela. Admirava aquela coragem e obstinação, e até seu idealismo.

Essa emoção sem nome e indesejável lhe agitou mais uma vez o íntimo, e ele a afastou de sua mente. Queria Lauren porque era um belo enigma. Gostava dela e a desejava. Nada mais.

Às 4H55, UMA TELECONFERÊNCIA QUE Nick havia agendado ligou Califórnia, Oklahoma e Texas. Quando Mary o avisou de que estava tudo pronto, Nick lhe pediu que enviasse Lauren ao escritório para tomar notas.

— Ele vai colocar você no viva-voz — explicou Mary. — Só precisa anotar as quantias que serão discutidas.

A teleconferência já tinha começado quando Lauren entrou no escritório. Nick lhe indicou a própria cadeira e se levantou para que ela se sentasse e tomasse notas. Dois minutos depois de Lauren se acomodar, ele se curvou sobre ela por trás, apoiou as mãos no tampo da mesa, quase a abraçando, e lhe roçou os cabelos com os lábios.

O autocontrole de Lauren ruiu.

— Maldição! Pare com isso! — explodiu.

— Que foi?

— Que foi?

— Que foi? — perguntaram três vozes masculinas em uníssono.

Nick se inclinou para o viva-voz e falou em um tom arrastado:

— Minha assistente acha que vocês estão falando rápido demais e gostaria que fossem mais devagar.

— Ora, era só pedir, não precisava disso tudo — respondeu um homem, ofendido.

— Espero que esteja satisfeito! — sussurrou Lauren, furiosa.

— Não estou. — Nick riu no ouvido dela. — Mas vou ficar.

Com toda a intenção de deixá-lo para que fizesse as próprias anotações, Lauren fechou com força o caderno e tentou empurrar a cadeira para trás. O corpo de Nick bloqueou o movimento. Ela girou a cabeça para dizer algo mordaz, e ele lhe capturou os lábios num beijo que forçou sua cabeça contra o encosto da cadeira, triplicou sua pulsação e a impediu de pensar. Quando ele afastou os lábios, Lauren estava abalada demais para fazer qualquer coisa além de encará-lo.

— O que você acha, Nick? — perguntou alguém pelo viva-voz.

— Acho que está ficando cada vez melhor — respondeu ele, a voz rouca.

Quando terminou a teleconferência, apertou um botão na mesa, e Lauren viu a porta que dava para o escritório de Mary se fechar eletronicamente. Ele agarrou seus braços e a arrastou da cadeira, virando-a para si. Aproximou a boca da dela, e, impotente, Lauren sentiu-se atraída por aquele fascinante encanto.

— Não faça isso! — implorou. — Por favor, não faça isso comigo.

Nick apertou as mãos nos braços dela.

— Por que não pode apenas admitir que me quer e aproveitar as consequências?

— Tudo bem — disse ela, com um ar infeliz. — Você venceu. Eu quero você, admito. — Viu o fugaz brilho de triunfo nos olhos dele e ergueu o queixo. — Quando eu tinha oito anos, também quis um mico que vi num petshop.

O triunfo se esvaiu.

— E? — suspirou Nick, irritado, soltando-a.

— E lamentavelmente tive meu pedido atendido — respondeu ela. — Daisy me mordeu e precisei levar doze pontos na perna.

Nick parecia oscilar entre a risada e a raiva.

— Imagino que a tenha mordido por você tê-la batizado de Daisy.

Lauren ignorou a zombaria.

— E aos treze anos, queria irmãos e irmãs. Meu pai me satisfez se casando de novo, e ganhei uma meia-irmã que me roubava as roupas e um meio-irmão que me roubava a mesada.

— Que diabos isso tem a ver conosco?

— Tudo! — Ela ergueu as mãos num gesto de súplica, e depois as deixou cair num gesto de derrota. — Estou tentando explicar que quero você, mas não vou permitir que me magoe de novo.

— Não vou magoá-la.

— Ah, sim, vai — disse ela, lutando corajosamente contra as lágrimas. — Não terá intenção, mas vai acabar me magoando. Já me magoou. Quando o deixei para ir ao norte, você partiu para Palm Springs com uma de suas amantes. Sabe o que fiquei fazendo enquanto você estava lá?

Nick enfiou as mãos nos bolsos, a expressão cautelosa.

— Não. O quê?

— Eu — respondeu Lauren com uma risada histérica e engasgada — fiquei sentada ao lado do telefone, esperando você me ligar e tricotando um suéter cinza para combinar com seus olhos. — Ela o encarou, implorando com os olhos que ele entendesse. — Se tivermos um caso, você não vai se envolver emocionalmente, mas eu sim. Não consigo separar as emoções da carne, cair na cama, passar momentos maravilhosos e depois esquecer tudo. Eu iria querer que gostasse de mim, como eu de você. Sentiria ciúmes se o imaginasse com outra mulher. E se *descobrisse* que você estava, ficaria magoada e furiosa.

Se Nick a tivesse ridicularizado ou tentado persuadi-la, Lauren cairia em prantos. Mas ele não fez nenhuma das duas coisas, e ela ganhou forças. Conseguiu até esboçar um sorriso triste.

— Se tivéssemos um caso, quando terminasse, você ia querer que fôssemos amigos, não ia? Esperaria que fôssemos.

— Lógico.

— Então, como nosso "caso" terminou, podemos ser amigos agora? — A voz saiu trêmula quando ela acrescentou: — Eu... eu gostaria realmente de pensar em você como um amigo.

Nick assentiu, mas não falou nada. Ficou ali, apenas a observando com seus enigmáticos olhos cinzentos.

Mais tarde, Lauren se dirigiu ao carro, parabenizando-se pela maturidade com que tratara a situação. Havia sido honesta e direta; resistira à tentação e defendera seus princípios. Tinha feito a coisa "certa", e era uma pessoa mais forte e melhor por isso.

Cruzou os braços sobre o volante e desatou a chorar.

Capítulo 14

Lauren passou o restante da semana trabalhando como uma louca no escritório. Em casa, quando não pensava em Nick, se preocupava com a situação financeira do pai. O hospital vinha exigindo a metade do pagamento à vista. A única possibilidade seria vender o esplêndido piano da mãe, mas a ideia cortava seu coração. Também era seu o piano, e ali no Michigan sentia falta dele. Sentia falta de tocá-lo, de extravasar as frustrações e decepções no teclado, como havia se habituado a fazer. Por outro lado, seu pai não estava bem, longe disso, e se precisasse se internar outra vez, ela não podia correr o risco de o recusarem porque a última conta não fora paga.

Na tarde da última sexta-feira, Susan Brook a chamou no departamento de Relações Públicas.

— O aniversário de Jim é na quinta-feira da semana que vem — informou. — É mais ou menos um costume aqui trazer um bolo para nosso chefe. — Bolo com cafezinho é uma desculpa esplêndida para deixar o trabalho quinze minutos mais cedo.

— Eu trarei o bolo. — Lauren se apressou em tranquilizá-la.

Olhou o relógio, desejou boa noite a Susan e apressou o passo em direção à sua mesa. Philip Whitworth telefonara e a convidara para jantar naquela noite, e não queria chegar atrasada.

A caminho do apartamento para trocar de roupa, ela cogitou contar a Philip sobre o negócio com Curtis. Mas ela se sentia apreensiva em relação a isso. Antes que se intrometesse na reputação e no trabalho de alguém, devia ter certeza do que realmente sabia. Ocorreu a ela que Philip poderia considerar "informação valiosa" a notícia do projeto Rossi e que talvez lhe pagasse os dez mil dólares que tinha oferecido, mas a consciência protestava por até mesmo pensar na ideia. Decidiu escrever ao hospital e oferecer três mil dólares. Talvez conseguisse pegar emprestado esse valor de um banco.

Durante o jantar, mais tarde, Philip lhe perguntou se gostava do emprego na Sinco. Quando ela respondeu que sim, ele disse:

— Você ouviu mencionarem algum dos nomes que lhe dei?

Ela hesitou.

— Não, não ouvi.

Philip suspirou, decepcionado.

— O deadline para as mais importantes concorrências que já avaliamos é em poucas semanas. Antes disso, preciso saber quem está vazando a informação para a Sinco. *Preciso* desses contratos.

Lauren logo se sentiu culpada por não lhe contar sobre Curtis ou Rossi. Mais que nunca, se achava confusa, dividida entre a lealdade a Philip e o desejo de fazer o que era certo.

— Eu disse a você que ela não ia conseguir ajudar — interveio Carter.

Lauren não sabia sequer como se deixara envolver nessa confusão. Em defesa própria, alegou:

— É cedo demais para saber, na verdade. Fui designada para trabalhar num projeto especial no octogésimo andar, por isso só trabalhei em horário integral para a Sinco desde ontem, quando Nick, o sr. Sinclair, pegou um voo para a Itália.

O nome de Nick disparou um raio de eletricidade por toda a sala e os três Whitworth enrijeceram visivelmente.

Os olhos de Carter se iluminaram de excitação.

— Lauren, você é fantástica! Como conseguiu fazer com que a designassem para ele? Nossa, terá acesso a todo o tipo de projeto confidencial.

— Não consegui nada — interrompeu ela. — Estou lá porque, por acaso, incluí no meu currículo que falo italiano, e ele precisava de uma secretária temporária fluente na língua para trabalhar num projeto especial.

— Que tipo de projeto? — perguntaram Philip e Carter em uníssono.

Lauren olhou aflita para Carol, que a encarava com seriedade por cima do aro dos óculos. Então dirigiu o olhar aos dois homens.

— Philip, você prometeu, quando concordei em trabalhar para a Sinco, que só me pediria para lhe dizer se ouvisse um daqueles seis nomes. Por favor, não me peça outra coisa. Se eu fizer isso, não serei em nada melhor do que a pessoa que está espionando você.

— Você tem razão, lógico, minha cara — concordou ele de imediato.

Mas uma hora depois, quando Lauren foi embora, Philip se virou para o filho:

— Ela disse que Sinclair voou ontem para a Itália. Ligue para aquele piloto amigo seu e descubra se consegue acesso ao plano de voo. Quero saber o lugar exato na Itália para onde ele foi.

— Acha que é realmente importante?

Philip examinou o conhaque na taça.

— É óbvio que Lauren considera muito importante. Se não, teria nos dito, sem nenhum escrúpulo. — Após uma pausa, acrescentou: — Se conseguirmos encontrá-lo, quero que você mande uma equipe de espiões para segui-lo. Meu palpite é de que ele está trabalhando em algo grande.

LAUREN OLHOU O PEQUENO TERMÔMETRO do lado de fora da janela do banheiro enquanto vestia um suéter amarelo e uma calça folgada. Apesar da ensolarada tarde outonal de domingo, do apartamento mobiliado com luxo, sentia-se solitária. Decidiu que comprar o presente de aniversário de Jim lhe daria alguma coisa para fazer. Pensava no que comprar para ele quando o repentino toque estridente da campainha interrompeu os seus pensamentos.

Ao abrir a porta, encarou em total perplexidade o homem cuja alta silhueta parecia ocupar o vão da porta. Vestindo uma camisa creme, o colarinho aberto e uma jaqueta de camurça ferrugem pendurada com negligência no ombro, Nick exibia uma beleza tão insuportável que quase a fez chorar. Ela se obrigou a parecer composta e apenas um pouco curiosa.

— Oi. O que faz aqui?

Nick franziu as sobrancelhas.

— Quisera eu saber.

Sem conseguir reprimir o sorriso, ela disse:

— A resposta comum é que por acaso estava na vizinhança e decidiu aparecer.

— Ora, por que não pensei nisso? — zombou ele num tom seco. — Bem, vai me convidar para entrar?

— Não sei — respondeu Lauren com sinceridade. — Devo?

O olhar de Nick passeou por todo o seu corpo, subiu para os lábios e, por fim, os olhos.

— Eu não convidaria se fosse você.

Embora ofegante por causa daquele olhar abertamente sensual, Lauren decidiu se manter fiel à decisão de evitar qualquer envolvimento pessoal com ele. A julgar pela maneira como acabara de a olhar, o motivo de Nick ter ido ali era muito, muito pessoal. Com relutância, tomou a decisão.

— Até logo, Nick — disse, começando a fechar a porta. — E obrigada por aparecer.

Ele aceitou a decisão com uma leve inclinação da cabeça, e Lauren se obrigou a fechar a porta. Forçou-se a se afastar com pernas que pareciam de chumbo, e lembrou ao mesmo tempo a loucura que seria deixá-lo se aproximar. Mas no meio da sala de estar, perdeu a batalha interior. Girando nos calcanhares, disparou até a porta, escancarou-a e se chocou contra o peito dele. Apoiado com uma das mãos na moldura da porta, Nick olhava para o rosto afogueado de Lauren com um sorriso astuto e satisfeito.

— Olá, Lauren. Por acaso eu estava realmente na vizinhança e decidi aparecer.

— O que você quer, Nick? — suspirou, os olhos azuis perscrutando os dele.

— Você.

Determinada, ela começou a fechar a porta novamente, mas Nick usou a mão para detê-la.

— Quer mesmo que eu vá embora?

— Eu disse a você na quarta-feira que o que eu *quero* não tem nada a ver com isso. O importante é o que é melhor para mim e...

Ele a interrompeu com um sorriso travesso.

— Prometo que jamais usarei suas roupas, nem roubarei sua mesada e tampouco os namorados. — Lauren não pôde impedir uma risada quando ele concluiu: — E se você jurar jamais me chamar de Nicky não a morderei.

Ela se afastou para o lado e o deixou entrar, depois pegou a jaqueta e a pendurou no cabide. Quando se virou, viu-o encostado na porta fechada, os braços cruzados.

— Pensando melhor, retiro parte da última promessa. Eu adoraria morder você.

— Pervertido! — rebateu Lauren, provocando-o, o coração martelando com tamanha excitação que mal sabia o que dizia.

— Chegue mais perto e mostrarei até que ponto posso ser pervertido — convidou ele, tranquilo.

Cautelosa, Lauren recuou um passo.

— Em hipótese alguma. Gostaria de um café ou uma Coca?

— Qualquer uma das duas coisas seria ótima.

— Vou fazer um pouco de café.

— Me beije primeiro.

Lauren se virou, o fuzilando com o olhar, e seguiu para a cozinha.

Enquanto preparava o café, tinha profunda consciência de que ele estava parado na porta da cozinha e a observava.

— Eu lhe pago o suficiente para manter este apartamento? — perguntou ele, displicente.

— Não. Houve um arrombamento aqui recentemente; por isso, em troca de cuidar da casa, passei a morar aqui de graça.

Ela o ouviu se aproximar e se virou apressada para a mesa, arrumando as xícaras e os pires. Quando se endireitou, percebeu que ele se achava parado bem atrás dela, não teve outra opção senão dar meia-volta e enfrentá-lo.

— Sentiu saudade de mim? — perguntou Nick.

— O que você acha? — Ela se esquivou, controlada, mas não controlada o bastante, porque ele riu.

— Bom. Quanto?

— Seu ego está carente de elogios hoje? — reagiu Lauren rindo.

— Está.

— Verdade? Por quê?

— Porque fui fulminado por uma linda garota de vinte e três anos, e parece que não consigo tirá-la da cabeça.

— Isso é péssimo — argumentou ela, tentando, sem sucesso, ocultar a alegria na voz.

— Não é — brincou ele. — É como um espinho no dedo, uma bolha no calcanhar. Tem os olhos de anjo, um corpo que me faz delirar, o vocabulário de uma professora de inglês e uma língua que parece um bisturi.

— Obrigada, acho.

Nick deslizou as mãos pelos braços de Lauren, depois as pousou nos ombros dela, apertando-os conforme a puxava para perto do próprio peito.

— E — acrescentou — eu gosto dela.

Descia vagarosamente a boca, e Lauren esperou, impotente, o impacto dos lábios cobrindo os seus. Em vez disso, ele ignorou os lábios e começou a explorar a suave pele do pescoço e ombro, roçando a área sensível com a boca cálida, depois subiu devagar pelo pescoço até a orelha. Com a mesa da cozinha atrás e ele na frente, Lauren não tinha condições de fazer nada, além de continuar parada ali, um feixe de vibrantes sensações. A boca de Nick deixou uma trilha ardente de beijos até a têmpora, quando começou, devagar, a baixar em direção aos lábios. Pairando a milímetros, recuou e repetiu o comando anterior:

— Me beije, Lauren.

— Não — sussurrou ela, trêmula.

Nick deu de ombros e começou a lhe beijar indolentemente a outra face, detendo-se com sensualidade na orelha, traçando cada curva e cavidade com a língua, e mordiscou o lóbulo. Ela se lançou para a frente num sobressalto, colou seus corpos. Uma corrente elétrica percorreu a ambos, que se enrijeceram com o delicioso choque.

— Santo Deus! — grunhiu ele, e começou a deslizar os lábios pelo pescoço de Lauren até o ombro.

— Nick, por favor — sussurrou, debilmente.

— Por favor o quê? — murmurou ele contra a garganta de Lauren. — Por favor, acabe com isso?

— Não!

— Não? — repetiu ele, com voz suave, e ergueu a cabeça. — Quer que eu a beije, tire sua roupa e faça amor com você? — Tinha os lábios numa torturante proximidade, e Lauren quase desfaleceu com o desejo de senti-los esmagando os seus. Em vez disso, Nick curvou a cabeça e roçou-lhe a boca com os lábios, primeiro numa direção, e depois na outra. — Por favor, me beije — persuadiu-a, rouco. — Sonho com o modo como me beijou em Harbor Springs, com a doçura e o calor de senti-la em meus braços.

Com um silencioso gemido de entrega, ela subiu as mãos por aquele peito musculoso e o beijou. Sentiu o tremor percorrer o corpo de Nick, o arquejo da respiração contra os seus lábios segundos antes de envolvê-la nos braços e abrir a boca com paixão sobre a sua.

O desejo invadia Lauren como uma fúria ensandecida quando ele finalmente desgrudou a boca da sua.

— Onde é o quarto? — sussurrou rouco.

Inebriada, ela recuou, afastando-se dos braços que ainda a envolviam e ergueu os olhos para os dele, que tinha o rosto sombrio de paixão, os olhos cinzentos ardentes de desejo. Lembrou a última vez que olhara dentro daqueles olhos insistentes e se entregara à violenta paixão. Outras lembranças assaltaram sua mente em arrepiante sequência: ele fizera amor com ela em Harbor Springs, a abraçara e acariciara como se não conseguisse se saciar, e depois a mandara embora friamente. Lauren havia aprendido para a própria vergonha e angústia que ele era completamente capaz de fazer amor de forma terna, apaixonada e comovente com uma mulher pelo puro prazer físico, sem o mínimo envolvimento emocional.

Lauren percebia que Nick a desejava mais agora do que em Harbor Springs. Ela podia sentir. Estava quase convencida de que ele sentia por ela mais que apenas desejo, mas também tinha tolamente acreditado que ele nutria sentimentos por ela em Harbor Springs. Dessa vez, queria ter certeza. O orgulho não lhe permitiria deixar que Nick a usasse mais uma vez.

— Nick — disse, nervosa —, acho que seria melhor se nos conhecêssemos um pouco mais antes.

— Nós já nos conhecemos — lembrou ele. — Intimamente.

— Mas eu quero dizer, gostaria que nos conhecêssemos melhor antes de... começar alguma coisa.

— Já começamos alguma coisa, Lauren — retrucou ele com um tom impaciente na voz. — E quero terminar isso. Você também.

— Não, eu...

Ela arquejou quando sentiu as mãos nos seus seios, os polegares começando a circular os botões endurecidos dos mamilos.

— Sinto com que ardor você me quer — declarou Nick, agarrando-a pelos quadris, apertando Lauren contra si e a deixando vigorosamente consciente da rígida masculinidade que se esfregava contra ela. — E você pode sentir o quanto a quero. Agora, o que mais precisamos fazer para conhecer um ao outro? O que mais importa?

— O que mais importa? — sibilou Lauren, se desvencilhando daqueles braços. — Como pode me perguntar isso? Eu disse que não poderia manter uma relação casual, sem envolvimento com você. O que está tentando fazer comigo?

Nick rangeu os dentes.

— Estou tentando fazer você entrar naquele quarto para podermos aliviar a dor que vem assomando dentro de nós há semanas. Quero fazer amor com você o dia inteiro, até ficarmos fracos demais para nos mexer. Ou, se preferir que eu seja mais direto, quero...

— E depois o quê? — Lauren exigiu saber ardentemente. — Eu quero saber as regras, droga! Hoje fazemos amor, mas amanhã não passamos de conhecidos, é isso? Amanhã você pode fazer amor com outra mulher se quiser, e eu não devo me importar, certo? E amanhã posso deixar outro homem fazer amor comigo, e *você* não vai dar a mínima, *é isso* mesmo?

— É — disparou ele.

Ela teve a resposta... Nick não se importava mais com ela do que antes. Apenas a desejava mais. Exausta, declarou:

— O café está pronto.

— *Eu* estou pronto — rebateu ele, com grosseria.

— Bem, eu não! — Lauren irrompeu em uma fúria crescente. — Não estou pronta para ser sua companheira de diversão nas tardes de sábado. Se por acaso se sentir entediado, vá fazer seus joguinhos com alguém que saiba lidar com sexo sem compromisso.

— Que diabos você quer de mim? — perguntou ele, friamente.

Quero que você me ame, pensou ela.

— Não quero nada de você. Quero apenas que vá embora e me deixe em paz.

Os insolentes olhos de Nick a avaliaram.

— Antes de ir, quero lhe dar um pequeno conselho — avisou, friamente. — Cresça!

Ela sentiu como se Nick tivesse lhe dado um tapa. Enfurecida além da razão, revidou com um golpe no ego.

— Você tem absoluta razão! — exclamou. — É o que devo fazer. A partir de hoje, vou crescer e começar a praticar o que *você* prega! Vou dormir com qualquer homem que me atraia. Mas não com você, pois é velho e cínico demais para meu gosto. Agora dê o fora daqui!

Nick retirou uma caixinha de veludo do bolso e largou-a com força na mesa da cozinha.

— Eu devia a você um par de brincos — disse ele, já saindo a passos largos do aposento.

Lauren ouviu a porta da frente bater atrás dele e, com dedos trêmulos, pegou a pequena caixa e a abriu. Esperava encontrar as pequenas argolas de ouro da mãe, mas, em vez disso, encontrou um par de pérolas cintilantes num engaste tão frágil que fazia as gemas parecerem duas grandes e luminosas gotas de chuva suspensas no ar. Fechou a tampa com um golpe. Qual das namoradas dele perdera aqueles em sua cama? Ou seria o "presente" que ele lhe trouxera da Itália?

Subiu marchando pela escada, a fim de pegar a bolsa e um suéter mais quente para cobrir os ombros. Ia sair e comprar o presente de aniversário de Jim exatamente como planejara, e afastar essa última hora com Nick dos pensamentos, para sempre. Nick Sinclair nunca mais a assombraria. Ia apagá-lo da mente de uma vez por todas. Abriu a última gaveta e ficou olhando o lindo suéter cinza-prateado que tricotara para aquele... canalha!

Ela o tirou da gaveta. Jim era quase do mesmo tamanho de Nick, e sem dúvida muito o apreciaria. Daria o suéter a ele, decidiu, ignorando a aguda punhalada de angústia que a perfurou.

Capítulo 15

Lauren entrou no escritório na manhã seguinte com um sofisticado conjunto de camurça vinho e um sorriso determinado e radiante. Jim só precisou de um olhar e sorriu.

— Lauren, você está deslumbrante, mas não devia se apresentar para o trabalho lá em cima?

— Não mais — respondeu, entregando a ele a correspondência.

Ela supunha que, como terminaram seu "joguinho", Nick não ia mais querer sua presença no último andar pelas manhãs.

Enganara-se. Cinco minutos depois, enquanto discutiam um relatório no qual ela trabalhava, o telefone na mesa de Jim tocou.

— É Nick — disse ele, passando o fone para Lauren.

A voz soou como o estalar de um chicote.

— Suba! Eu disse que a queria aqui o dia inteiro e falei sério. Agora mexa-se!

Desligou na cara dela, e Lauren fitou o telefone como se tivesse acabado de mordê-la. Não esperava que Nick falasse com ela dessa maneira. Jamais ouvira ninguém falar assim.

— A-acho que é melhor eu subir — disse ela, se levantando às pressas.

A expressão de Jim era de pura incredulidade.

— Eu gostaria de saber o que diabos deu nele.

— Acho que eu sei.

Ela notou o sorriso perspicaz que aos poucos tomou o rosto atraente de Jim, mas não tinha tempo para examiná-lo com atenção.

Apenas poucos minutos depois, bateu à porta de Nick e, aparentando uma calma que não sentia, entrou no escritório. Esperou dois intermináveis minutos até que ele tomasse conhecimento de sua chegada, mas depois do escândalo para que ela subisse, Nick continuava escrevendo, ignorando sua presença. Com um irritado dar de ombros, Lauren acabou por se aproximar da mesa e lhe estendeu a caixinha aveludada de joias.

— Estes não são os brincos de minha mãe, e não os quero — declarou ao perfil de granito de Nick. — Os da minha mãe são argolas de ouro comuns, não pérolas. Não valem uma fração do que valem estes; o único valor é sentimental. Mas para mim são inestimáveis. *Significam algo* para mim e eu os quero de volta. Você é capaz de entender isso?

— Totalmente capaz — respondeu, gélido, sem erguer os olhos. Estendeu o braço e apertou o botão do interfone para chamar Mary à sala. — Contudo, os seus sumiram. Como não consegui reavê-los, dei a você uma coisa que tinha valor sentimental para mim. Esses brincos pertenceram à minha avó.

Lauren sentiu o estômago se revirar e o ressentimento desapareceu da voz quando disse em voz baixa:

— Mesmo assim, não posso aceitar.

— Então deixe aí.

Indicou a quina da escrivaninha com um brusco aceno da cabeça.

Lauren largou a caixa e voltou para seu escritório temporário. Mary seguiu-a um minuto depois, fechou a porta de acesso ao escritório do chefe atrás de si e se aproximou da mesa. Com um sorriso bondoso, transmitiu as instruções que Nick obviamente lhe passara:

— A qualquer hora nos próximos dias, ele espera um telefonema do sr. Rossi. E quer você disponível para atuar como tradutora sempre que o homem decidir ligar. Enquanto isso, eu ficaria muito grata se me ajudasse com parte de meu serviço. Se ainda sobrar tempo, poderia trazer algum trabalho de Jim para fazer aqui em cima.

Durante os três dias seguintes, Lauren conheceu facetas de Nick que apenas tinha imaginado existirem. O homem provocador que a tinha beijado e perseguido de forma tão implacável havia desaparecido. Um executivo poderoso, dinâmico, que a tratava com uma enérgica e distante formalidade e que a intimidava por completo tomara o seu lugar. Quando não se encontrava ao telefone ou em reuniões, ditava-lhe textos ou trabalhava em sua mesa. Chegava antes dela de manhã e continuava lá quando Lauren ia embora, à noite. Na função de assistente, a ideia de desagradá-lo de algum modo a deixa em pânico. Tinha a sensação de que ele apenas esperava que cometesse um erro e lhe desse um motivo legítimo para demiti-la.

Na quarta-feira, cometeu o erro que vinha temendo: deixou um parágrafo inteiro fora de um contrato detalhado que Nick lhe ditara. Assim que ele a convocou, ríspido, pelo interfone, Lauren soube que chegara a sua hora, e entrou no escritório com as pernas trêmulas e as mãos suadas. Mas, em vez de esfolá-la viva — dava para perceber que era o que gostaria de fazer —, apontou o erro e empurrou os contratos em sua direção.

— Refaça tudo — Ele a repreendeu. — E, desta vez, direito.

Lauren relaxou um pouco depois disso. Se não fora demitida por aquele erro crasso, era óbvio que ele não procurava uma desculpa para se livrar dela. Precisava tê-la disponível para o tal telefonema de Rossi, por mais insatisfatório que fosse seu desempenho.

— Sou Vicky Stewart — anunciou uma voz murmurante, mais tarde, ao meio-dia. Lauren ergueu os olhos e se deparou com uma mulher de cabelos castanhos incrivelmente glamourosa parada à sua frente. — Por acaso estava no centro e decidi passar por aqui e ver se Nicky, o sr. Sinclair, está livre para almoçar — explicou. — Não precisa me anunciar, vou entrando.

Alguns minutos depois, os dois saíram juntos do escritório e se dirigiram aos elevadores. Ele, com a mão pousada em um gesto íntimo na curva das costas da mulher, ria de qualquer coisa que ela lhe contava.

Lauren girou na cadeira e retornou à datilografia. Detestou aquela fala arrastada de Vicky Stewart; detestou a forma possessiva como olhava para ele; detestou a risada ofegante. De fato, tudo na outra lhe causava aversão, e ela sabia o exato motivo, estava desesperada, total e irremediavelmente apaixonada por Nick Sinclair.

Adorava tudo naquele homem, desde a aura de poder e autoridade que o circundava, à enérgica confiança nas longas passadas, até a aparência que assumia quando absorto em pensamentos. Adorava a elegância com que usava as roupas caras, o jeito de girar, distraído, a caneta de ouro na mão quando escutava alguém ao telefone. Era — ela chegou à conclusão com uma dolorosa sensação de atormentada desesperança — o homem mais poderoso, cativante e dinâmico do mundo. E jamais lhe parecera tão além de seu alcance.

— Não se preocupe demais, minha querida — disse Mary Callahan, ao se levantar para ir almoçar. — Já houve muitas Vicky Stewart na vida dele antes. Não duram muito tempo.

O consolo apenas fez com que Lauren se sentisse pior. Desconfiava que Mary não apenas ficara sabendo de tudo o que acontecera entre ela e o chefe, mas também sabia exatamente como se sentia em relação a ele agora.

— Não me interessa o que ele faz! — respondeu com orgulho ferido.

— Não mesmo? — retorquiu Mary, com um sorriso, e saiu para almoçar.

Nick só retornou no fim da tarde, e Lauren se perguntou, furiosa, para qual cama os dois haviam ido, a dele ou a de Vicky.

Quando deixou o escritório, sentia-se tão esgotada pelo ciúme e tão humilhada por amar um inescrupuloso devasso, que sentiu dor de cabeça. Em casa, ficou vagando sem rumo pela elegante sala de estar.

O fato de estar perto dele a magoava mais a cada dia. Tinha de sair da Sinco, não suportava ficar tão perto de Nick, amá-lo como o amava e ser obrigada a vê-lo com outras mulheres. Não aguentava que ele a tratasse como se fosse uma peça de engrenagem do escritório, cuja presença o ofendia, mas a necessidade o obrigava a mantê-la por perto.

Lauren sentiu um repentino e louco desejo de mandar Nick Sinclair e Philip Whitworth para o inferno, de arrumar as malas e regressar ao encontro do pai, dos amigos. Mas lógico que não podia fazer isso. Eles precisavam.

De repente parou de andar, a mente se agarrando a uma solução que devia ter lhe ocorrido antes. Existiam outras grandes empresas em Detroit que necessitavam de boas assistentes e pagavam altos salários. Quando comprasse os ingredientes para o bolo de Jim naquela noite, também compraria um jornal. Iria começar a procurar outro emprego.

Enquanto isso, Lauren telefonaria a Jonathan Van Slyke, com quem estudara durante o último ano, e lhe ofereceria o piano de cauda. O professor o quisera assim que pusera os olhos no instrumento.

Apesar da dor que a atingiu diante da perspectiva de vendê-lo, sentiu paz pela primeira vez em semanas. Procuraria um pequeno apartamento, mais barato, e se mudaria daquele lugar. Até lá, realizaria o melhor trabalho possível na Sinco, e se por acaso ouvisse algum dos nomes que Philip lhe passara, o esqueceria imediatamente. Philip teria de fazer o próprio trabalho sujo. Ela não podia e não queria trair Nick.

Capítulo 16

Na manhã seguinte, Lauren atravessou o saguão de mármore, equilibrando com todo o cuidado a caixa com o bolo de Jim, além de uma caixa embrulhada para presente, que continha o suéter cinza. Sentia-se relaxada e despreocupada, e sorriu quando um senhor de terno marrom recuou no elevador para lhe dar mais espaço.

O elevador parou no trigésimo andar e as portas se abriram. Ela notou que bem em frente, do outro lado do corredor, uma porta de escritório exibia uma placa de identificação em que se lia: Divisão de Segurança — Global Industries.

— Com licença — pediu o senhor de terno marrom. — Este é o meu andar.

Ela se afastou para um lado, abrindo passagem, e o viu atravessar o corredor até o escritório da segurança.

A principal função da Divisão de Segurança era proteger as instalações industriais da Global Industries, sobretudo as instalações periféricas espalhadas pelo país, em que a verdadeira pesquisa se encontrava em andamento, onde contratos com o governo aconteciam. A maior parte da atividade realizada pela divisão ali na sede, porém, era relativa ao processamento de trabalho administrativo. Como diretor da divisão de Detroit, Jack Collins se sentia muito entediado, mas a saúde em declínio e a idade avançada o haviam obrigado a abandonar o trabalho de campo e aceitar esse emprego burocrático.

Quando Jack entrou no escritório, encontrou seu assistente, um rapaz de rosto redondo superentusiasmado chamado Rudy, sentado com os pés apoiados em cima da mesa.

— O que houve? — perguntou o mais jovem, se apressando a se sentar direito.

— Provavelmente, nada. — Jack deslizou a pasta por cima da mesa e retirou um arquivo rotulado como "RELATÓRIO DE INVESTIGAÇÃO DE SEGURANÇA/LAUREN E. DANNER/FUNCIONÁRIA Nº 98753". Jack não gostava muito de Rudy, mas parte de seu trabalho antes de se aposentar era treiná-lo. Com relutância, explicou: — Acabei de receber o relatório de uma investigação que fizemos sobre uma assistente no prédio.

— Uma assistente? — A voz do jovem soou desapontada. — Não imaginei que investigássemos assistentes.

— Em geral, não fazemos. Nesse caso, a designaram para um projeto confidencial de prioridade máxima, e o computador automaticamente a reclassificou e emitiu um atestado de "nada-consta".

— Então, qual é o problema?

— O problema é que quando os investigadores no Missouri a checaram com o ex-empregador, o sujeito disse que ela trabalhou para ele em regime de meio expediente durante cinco anos, enquanto frequentava a faculdade. Não em tempo integral, como supôs Weatherby na Sinco.

— Então ela mentiu na ficha de emprego, é isso? — perguntou Rudy, interessado.

— É, mas não sobre isso. Na verdade, a candidata não disse que trabalhou lá em expediente integral. O negócio é o seguinte: ela disse que não tinha curso superior. Os investigadores do Missouri checaram com a universidade, e a moça não apenas se formou, como também fez mestrado.

— Por que ela disse que não frequentou a faculdade se frequentou?

— Essa é uma das coisas que me incomodam um pouco. Eu entenderia se ela tivesse mentido que havia cursado a faculdade quando, na verdade, não o fez. Talvez achasse que um diploma universitário a ajudaria a conseguir o emprego.

— Quais são as outras coisas que o incomodam?

Jack ergueu os olhos para o rosto redondo de Rudy, os olhos ávidos, e encolheu os ombros.

— Nada — mentiu. — Eu só queria esclarecer o assunto para minha própria paz de espírito. Tenho de ir ao hospital fazer alguns exames este fim de semana, mas na segunda-feira começarei a trabalhar no caso.

— Por que não me deixa investigá-la, enquanto você está no hospital?

— Se decidirem me internar para mais exames, eu telefono e digo como proceder.

— É MEU ANIVERSÁRIO — anunciou Jim, quando Lauren entrou no escritório. — Em geral, a assistente traz um bolo para o chefe, mas imagino que você não trabalhe aqui tempo suficiente para saber desse costume.

A voz dele soou um pouco triste.

Lauren desatou a rir. Só agora percebia como a promessa que fizera a Philip Whitworth a oprimia. De repente, o peso desapareceu.

— Não apenas fiz um bolo, como também tenho um presente para você — revelou ela, com um sorriso. — Que eu mesma fiz.

Jim desembrulhou o pacote que ela lhe entregou, e parecia um menino encantado com o suéter.

— Você não devia — riu, erguendo o agasalho —, mas me alegra que tenha feito.

— Era para desejar feliz aniversário e agradecer por me ajudar com as... coisas — concluiu ela, sem graça.

— Por falar em "coisas", Mary me contou que Nick parece um barril de pólvora prestes a explodir à primeira centelha. E que você tem resistido maravilhosamente à tensão. Conquistou a sincera aprovação dela — acrescentou em voz baixa.

— Eu também gosto dela — confessou Lauren, os olhos se entristecendo à menção de Nick.

Jim esperou Lauren sair, depois pegou o telefone e apertou quatro números.

— Mary, como anda a atmosfera aí em cima esta manhã?

— Sem a menor dúvida, explosiva — respondeu ela, rindo.

— Nick vai estar no escritório à tarde?

— Vai, por quê?

— Porque decidi acender um fósforo e ver o que acontece.

— Jimmy, não faça isso! — disse Mary, em tom incisivo.

— Vejo você um pouco antes das cinco, minha linda. — O aniversariante riu, ignorando a advertência.

Quando Lauren retornou do almoço, duas dúzias de deslumbrantes rosas vermelhas se destacavam num vaso sobre a sua mesa. Retirou o cartão do envelope e o fitou em muda perplexidade. Nele se viam escritas as palavras "Obrigado, querida", seguidas pela inicial J.

Quando ergueu os olhos, avistou Nick parado sob o vão da porta, parecendo despreocupado, apoiado com o ombro no batente. Mas, ao examiná-lo com mais atenção, viu que nada havia de despreocupado nos maxilares tensos nem no brilho gélido que se desprendia dos olhos cinzentos.

— De um admirador secreto? — perguntou, sarcástico.

Era o primeiro comentário pessoal que lhe dirigia em quatro dias.

— Não muito secreto — desconversou ela.

— Quem é?

Lauren ficou tensa. Nick parecia tão furioso que ela julgou que não seria sensato dizer o nome de Jim.

— Não tenho certeza.

— Não tem certeza? — grunhiu Nick. — Quantos homens com a inicial J você tem encontrado? Quantos deles acham que você merece mais de cem dólares em rosas como forma de agradecimento?

— Cem dólares? — repetiu ela, tão estarrecida com a quantia que esqueceu por completo que ele obviamente tinha aberto o envelope e lido o cartão.

— Você deve estar ficando melhor nisso — ironizou Nick, com crueldade.

Em seu íntimo, Lauren hesitou, mas ergueu o queixo.

— Tenho professores muito melhores agora!

Com um olhar gélido que a varreu da cabeça aos pés, Nick girou nos calcanhares e tornou a entrar no escritório. Pelo restante do dia, ele a deixou em completa paz.

Faltando cinco minutos para as cinco horas, Jim entrou no escritório de Mary, com o suéter cinza e equilibrando quatro pedaços de bolo em dois pratos. Largou-os na mesa vazia de Mary e olhou para a porta da sala de Nick.

— Onde Mary está? — perguntou ele.

— Saiu há quase uma hora — respondeu Lauren. — Ela me pediu para avisar a você que o extintor de incêndio mais próximo fica ao lado dos elevadores, seja lá o que isso queira dizer. Eu volto já. Tenho de levar estas cartas para Nick.

Quando ela se levantou e contornou a mesa, tinha os olhos fixados na correspondência em suas mãos, e o que aconteceu em seguida a deixou tão perplexa que a imobilizou.

— Sinto sua falta, querida — declarou Jim, puxando-a para seus braços.

Um momento depois, ele a soltou tão de repente que a fez recuar, cambaleando.

— Nick! — exclamou ele. — Veja o suéter que Lauren me deu de aniversário. Ela própria tricotou. E eu também trouxe um pedaço de bolo para você, também feito por ela. — Parecendo alheio ao tempestuoso semblante do amigo, riu e acrescentou: — Preciso retornar lá para baixo. — Para Lauren, disse: — Até mais tarde, amor.

E saiu porta afora.

Em estado de choque, Lauren manteve os olhos fixos em Jim ao sair. Continuava com o olhar perplexo, quando Nick a virou para encará-la.

— Sua vaca vingativa, você deu o meu suéter a ele! O que mais Jim recebeu que pertence a mim?

— O que mais? — repetiu ela, elevando a voz. — Do que você está falando? Nick a apertou com mais força.

— Seu delicioso corpo, meu docinho. É disso que estou falando.

A perplexidade de Lauren deu lugar à compreensão, depois à fúria.

— Como se atreve a me julgar, seu hipócrita! — explodiu, ofendida demais para sentir medo. — Desde que eu o conheci, você não parou de me dizer que não há nada de promíscuo em uma mulher satisfazer os próprios desejos com qualquer homem que deseje. E agora — disse quase sufocada pela raiva —, e agora, quando acha que eu fiz isso, você me julga. Logo você, você, o representante dos Estados Unidos nos Jogos Olímpicos da Cama!

Ele a soltou como se ela o tivesse queimado. Em voz baixa, perigosamente controlada, ordenou:

— Saia daqui, Lauren.

Depois que ela saiu, ele se encaminhou até o bar e serviu-se de um uísque puro enquanto a fúria e a angústia lhe contorciam o íntimo como uma centena de serpentes.

Lauren tinha um amante. Na certa, vários.

O remorso lhe corroía as veias como ácido. Ela deixara de ser aquela jovem ingênua de olhar sonhador que acreditava que as pessoas deviam estar apaixonadas para fazer amor. Aquele lindo corpo tinha sido minuciosamente explorado por outros. Sua mente logo evocou imagens torturantes de Lauren deitada, nua, nos braços de Jim.

Entornou a bebida de um gole e logo serviu outra dose para bloquear a dor e as imagens. Levando o copo até o sofá, ele se sentou e apoiou os pés na mesa.

A bebida aos poucos fez seu número mágico de entorpecimento, e a raiva abrandou. Em seu lugar, nada restou, apenas um doloroso vazio.

— O QUE FOI QUE deu em você? — perguntou Lauren a Jim na manhã seguinte.

Ele riu.

— Chame de um impulso incontrolável.

— Eu chamo de insanidade! — explodiu ela. — Você não pode imaginar como ele ficou furioso. Nick me xingou de coisas horríveis! Eu acho... que ele está louco.

— Está sim — concordou Jim, com complacente satisfação. — Está louco por você. Mary também acha.

Lauren revirou os olhos.

— Vocês *todos* estão loucos. Tenho de trabalhar com ele lá em cima. Como vou fazer isso?

Jim deu uma risadinha.

— Com muita, muita cautela — aconselhou.

Bastou uma hora para ela entender exatamente o que Jim queria dizer, e durante os dias que se seguiram ela começou a se sentir como se andasse numa corda bamba. Nick passou a trabalhar num ritmo demoníaco, que mantinha todos, desde os executivos de alto escalão aos contínuos, em frenética correria para acompanhá-lo e tentar evitar seus ataques de raiva.

Quando os esforços de alguém o satisfaziam, tratava-o com fria cortesia. Mas, se não ficasse satisfeito — o que em geral acontecia —, desancava o transgressor com uma selvageria que gelava o sangue de Lauren. Com democrática imparcialidade, Nick espalhava o desprazer por todos, desde telefonistas até vice-presidentes, retalhando-os com um sarcasmo cáustico que fazia os últimos suar e as primeiras chorar. Executivos de alto nível conversavam em tom confidencial no seu escritório, apenas para se retirarem às escondidas alguns minutos depois, e trocar olhares de advertência com auditores, que, por sua vez, saíam apressados, agarrados a folhas de contabilidade e documentos protegidos junto ao peito.

Na quarta-feira da semana seguinte, o clima no octogésimo andar deteriorara para um pânico tumultuado, tenso, que estendia seus tentáculos de uma divisão à outra, de um andar a outro. Ninguém ria mais nos elevadores ou fofocava junto às copiadoras. Apenas Mary Callahan exibia serena impermeabilidade à tensão crescente. De fato, parecia a Lauren que ela ficava cada vez mais exultante a cada hora cruciante que passava. Mas também Mary escapava da navalha cortante da língua de Nick, enquanto os outros, não.

Com Mary, ele era sempre educado, e com Vicky Stewart, que lhe telefonava no mínimo três vezes por dia, era decididamente um encanto. Por mais ocupado que estivesse, não importava o que estivesse fazendo no momento, sempre tinha tempo para ela. E todas as vezes que a namorada ligava, ele pegava o telefone e se recostava na cadeira. Da sua mesa, Lauren ouvia a rouquidão que vibrava na profunda voz de Nick quando falava com a outra, e o coração sempre se comprimia.

Na noite daquela quarta-feira, Nick tinha uma viagem marcada para Chicago, e Lauren ansiava por vê-lo partir. Após tantos dias de tensão, de ser tratada como se a visão dela o repugnasse, Lauren sentia a compostura desmoronar, e reprimia o próprio temperamento e as lágrimas apenas por pura força de vontade.

Às quatro da tarde, duas horas antes da hora de partir, Nick a chamou até a sala de conferências para que ajudasse Mary a tomar notas durante uma reunião da equipe financeira. Esta já seguia bem avançada quando a voz furiosa varou os procedimentos:

— Anderson! — disse ele, num tom assassino. — Se você conseguir tirar os olhos dos seios da srta. Danner, o restante de nós terá condições de terminar esta reunião.

Lauren logo corou, porém o homem mais velho ficou roxo, talvez um indicativo de um iminente derrame.

Tão logo o último membro da equipe se retirou em fila da sala de conferências, Lauren ignorou o olhar de advertência de Mary e se dirigiu, furiosa, a Nick.

— Espero que esteja satisfeito! — sibilou, enfurecida. — Você não apenas me humilhou, mas quase provocou um ataque cardíaco no coitado daquele senhor. O que mais planeja fazer?

— Demitir a primeira mulher que abrir a boca — retrucou Nick em tom frio.

Ele se desviou dela e saiu a passos largos da sala de conferências.

Mais que indignada, Lauren começou a segui-lo, mas Mary a deteve.

— Não discuta com ele — disse, olhando para ele com um sorriso devotado no rosto. Parecia que tinha acabado de testemunhar um milagre. — No atual humor, Nick despediria você e depois se arrependeria pelo resto da vida. — Quando Lauren hesitou, ela acrescentou com um ar bondoso: — Ele só vai voltar de Chicago na noite de sexta-feira, o que nos dá dois dias para nos recuperar. Amanhã vamos sair para um longo almoço, talvez no Tony's. Nós merecemos.

SEM A IMENSA VITALIDADE DE Nick, o escritório executivo parecia assustadoramente vazio na manhã seguinte. Embora Lauren dissesse a si mesma que parecia felizmente tranquilo e que gostava do ambiente assim, não era verdade.

Ao meio-dia, ela e Mary foram de carro ao restaurante de Tony, onde Lauren fizera uma reserva por telefone. Um maître, com o traje preto formal, achava-se parado à entrada do salão, mas Tony as viu e correu ao encontro das duas. Lauren recuou surpresa quando ele envolveu Mary num abraço de urso que quase a levantou dos calçados confortáveis.

— Eu preferia quando você trabalhava para o pai e o avô de Nick na garagem no fundo da nossa casa — disse o ítalo-americano. — Nos velhos tempos, pelo menos sempre via você e Nick.

Virou-se para Lauren com um radiante sorriso:

— Então, minha Laurie, agora já conhece Nick *e* Mary *e* Tony. Está se tornando parte da família. — Ele as levou até a mesa, depois tornou a sorrir para a jovem. — Ricco cuidará de você. Ele a acha linda, cora quando seu nome é mencionado.

Ricco anotou o pedido das duas e colocou uma taça de vinho diante de Lauren. Mary deu-lhe uma piscadela, mas, quando o rapaz se afastou, olhou direto para a colega e perguntou sem preâmbulos:

— Gostaria de conversar sobre Nick?

Lauren se engasgou com o vinho.

— Por favor, não vamos arruinar um almoço adorável. Já sei mais do que o suficiente sobre ele.

— O quê, por exemplo? — insistiu Mary, com gentileza.

— Sei que é um tirano, egoísta, arrogante e mal-humorado!

— E você o ama.

Não era uma pergunta, mas uma afirmação.

— Sim — concordou Lauren, furiosa.

Via-se que Mary se esforçava para ocultar sua diversão com o tom de Lauren.

— Eu tinha certeza de que você o amava. Também desconfio que ele a ame.

Tentando abafar a angustiada esperança que lhe irrompeu no coração, Lauren virou o rosto para a janela de vitral perto da mesa.

— O que a faz pensar assim?

— Para começar, Nick não a trata da maneira como trata as mulheres da vida dele.

— Eu sei disso. Aquele tirano é gentil com as outras — disse ela, ressentida.

— Exatamente! — concordou Mary. — Sempre tratou as mulheres com uma atitude de divertida indulgência, e tolerante indiferença. Enquanto dura um caso, é atencioso e encantador. Quando uma mulher começa a aborrecê-lo, ele a descarta com toda a cortesia, mas também com firmeza. Nem sequer uma vez, a julgar pelo que sei, alguma delas lhe causou emoção mais profunda que afeição ou desejo. Já as vi tentarem provocar ciúmes das formas mais criativas possíveis, mas ele reagia com nada mais que divertimento, ou, de vez em quando, exasperação. O que nos traz de volta a você.

Lauren enrubesceu pelo fato de Mary incluí-la, com razão, na categoria das outras mulheres que Nick levara para a cama, mas sabia que era inútil negar.

— Você — continuou Mary, em voz baixa — despertou genuína raiva em Nick. Está furioso com você e consigo mesmo. Mas não a descarta da vida dele; nem a despacha lá para baixo. Não lhe parece estranho o fato de ele não permitir que trabalhe para Jim, e simplesmente mandar que suba para trabalhar como tradutora quando o telefonema de Rossi afinal chegar?

— Acho que tem me mantido lá por vingança — concluiu Lauren, de semblante fechado.

— Também acho que seja por isso. Talvez esteja tentando punir você pelo que o faz sentir. Ou é possível que esteja tentando encontrar defeitos em você, para não se sentir mais assim. Nick é um homem complexo. Jim, Ericka, Nick e eu somos muito íntimos, e, apesar disso, ele mantém cada um de nós a certa distância. Ele não compartilha uma parte de sua intimidade com outras pessoas, nem sequer conosco... Por que me olha assim com tanta estranheza? — Mary se interrompeu para perguntar.

Lauren suspirou.

— Se está bancando a casamenteira, e acho que está, escolheu a mulher errada. Devia conversar com Ericka, não comigo.

— Não seja tola.

— Você viu a matéria sobre a festa em Harbor Springs algumas semanas atrás? — Lauren desviou o olhar encabulado do rosto de Mary ao acrescentar: — Eu estava em Harbor Springs com Nick, e ele me mandou embora por causa da chegada de Ericka. Ele a descreveu como um "parceiro de negócios".

— Ora, ela é! — confirmou Mary, estendendo o braço sobre a mesa e apertando a mão de Lauren. — Eles são amigos íntimos e parceiros de negócios... e isso é *tudo* que são. Nick faz parte do conselho de diretores da empresa do pai dela, que faz parte do conselho de diretores da Global. Ela queria comprar de Nick a casa no Abrigo. Sempre adorou o lugar, e é provável que tenha ido até lá para fechar o negócio.

O coração de Lauren ficou leve com repentino alívio e felicidade, embora a mente a advertisse de que não havia esperança para sua situação com Nick. Pelo menos, ele não a levara para a cama da namorada na casa da namorada! Esperou enquanto Ricco servia a comida, depois perguntou:

— Há quanto tempo você o conhece?

— A vida toda. Aos vinte e quatro anos, fui trabalhar como contadora para o pai e o avô de Nick. Ele tinha quatro. O pai morreu seis meses depois.

— Como ele era quando criança?

Lauren sentia um desesperado anseio por saber tudo que pudesse sobre o homem enigmático e vigoroso que se apoderara de seu coração, e não parecia querê-lo.

Mary sorriu, nostálgica.

— A gente o chamava de Nicky. Era o mais charmoso diabinho de cabelos escuros que já existiu, orgulhoso como o pai e mimado de vez em quando. Forte, alegre e brilhante... exatamente o tipo de menino que qualquer mãe se orgulharia de ter. Exceto a dele — acrescentou, a expressão triste.

— E como era a mãe dele? — insistiu Lauren, lembrando-se de como ele tinha relutado em falar da mãe em Harbor Springs. — Nick não falou muito sobre ela.

— Fico surpresa de que tenha até mesmo falado. *Nunca* fala. — O olhar de Mary divagou um pouco quando ela levou seu pensamento ao passado. — Era uma mulher de extraordinária beleza, além de rica, mimada, indisciplinada e mal-humorada. Parecia um enfeite de árvore de Natal... lindo de admirar, mas frágil e oco por dentro. Nicky a adorava, apesar de todos os defeitos.

"Logo após a morte do pai de Nicky, ela o abandonou e o deixou com os avós. Por meses depois de sua partida, o pequeno continuava olhando pela janela, à espera de que a mãe voltasse. Sabia que o pai estava morto e que nunca mais o veria, mas se recusava a acreditar que a mãe tampouco voltaria. Nunca perguntava por ela, apenas a *esperava*. Eu julguei erroneamente que os avós não a tinham deixado voltar e, com toda a franqueza, os culpei por isso, fui injusta, como se constatou mais tarde.

"Então um dia, dois meses antes do Natal, Nicky parou de esperar à janela e de repente se tornou um redemoinho de atividade. Àquela altura, fazia quase um ano que o pai havia morrido. A mãe havia se casado de novo, acabara de ter um bebê. De qualquer modo, o menino se tornou um feixe de energia; fazia qualquer tarefa que imaginava que lhe rendesse um centavo. Economizou todo o dinheiro que ganhou e, uns quinze dias antes das festas, me convenceu a levá-lo às compras para um presente extraespecial.

"Achei que ele procurava um presente para a avó, pois me arrastou pela loja, em busca de alguma coisa que fosse 'simplesmente perfeita para uma dama'. Só mais tarde descobri que ele queria comprar um presente de Natal para a mãe.

"Na seção de saldos de uma enorme loja de departamentos no centro da cidade, Nicky encontrou afinal o tal 'presente extraespecial', uma linda caixinha esmaltada para comprimidos, o preço remarcado para uma pequena fração do original. Ficou extasiado, e aquele entusiasmo era contagiante. Em cinco minutos, havia seduzido o vendedor para que a embrulhasse, e *me* convencido a levá-lo até a casa da mãe para lhe entregar o presente."

Mary encarava Lauren com olhos marejados de lágrimas.

— Ele... ele pretendia *subornar* a mãe, a fim de fazê-la voltar para ele, só que eu não percebi isso. — Engoliu em seco e continuou: — Tomamos o ônibus para Grosse Pointe, e Nick ficou tão nervoso que mal conseguia se sentar quieto. Ele me pediu para verificar se tinha os cabelos e as roupas bem arrumados. "Estou bem apresentado, Mary?", continuou a me perguntar sem parar.

"Encontramos a casa sem a menor dificuldade, um palacete que havia sido magnificamente decorado para o Natal. Eu ia tocar a campainha, mas Nicky pôs a mão em meu braço. Baixei os olhos e jamais vi uma criança com a aparência tão desesperada. 'Mary', disse, 'tem *certeza* de que estou legal para ver minha mãe?'"

Mary virou o rosto para a janela do restaurante e sua voz saiu trêmula:

— Parecia tão vulnerável, e era um menino tão bonito. Com toda a honestidade, acreditei que, se a mãe o visse, perceberia que a criança precisava dela e pelo menos o visitaria de vez em quando. De qualquer modo, um mordomo nos fez entrar e nos levou a uma linda sala de estar com uma enorme árvore de Natal, que parecia ter sido decorada para a vitrine de uma loja de departamentos. Mas Nick nem notou. Só fitava a brilhante bicicleta vermelha com o grande laço de fita ao lado da árvore, e o seu rosto se iluminou. "Está vendo, Mary? Eu sabia que minha mãe não ia se esquecer de mim. Só estava esperando que *eu* viesse *visitá-la*." Estendeu a mão para tocar o presente, e a empregada, que tirava a poeira da sala, quase arrancou a cabeça do menino com um tapa. A bicicleta, disse, era para o bebê. Nicky retirou a mão como se a tivesse queimado.

"Quando a mãe desceu afinal, suas primeiras palavras para o filho foram: 'O que você quer, Nicholas?' Nicky lhe deu o presente e explicou que o havia escolhido sozinho. Quando a viu colocá-lo embaixo da árvore, ele insistiu que o abrisse logo."

Mary precisou enxugar os olhos para concluir:

— A mãe abriu o pacote, olhou a elegante caixinha e declarou: "Não tomo comprimidos, Nicholas, você sabe disso." Entregou-a à empregada que espanava a sala e disse: "Mas a sra. Edwards, sim. Sei que fará bom uso." Nicky viu o presente ir para o bolso da empregada, e então desejou com toda a educação: "Feliz Natal, sra. Edwards." Olhou a mãe e avisou: "Mary e eu temos de ir agora."

"Nada disse até chegarmos ao ponto do ônibus. Eu vinha segurando as lágrimas o caminho todo, mas o rosto de Nicky estava... sem expressão. Enquanto esperávamos o ônibus, virou-se para mim e retirou a mão da minha. Numa solene voz infantil, declarou: "Não preciso mais dela, Mary. Já sou um menino grande. Não preciso de mais ninguém.'"

A voz de Mary tremia.

— Foi a última vez que ele me deixou segurar sua mão. — Após um momento de doloroso silêncio, continuou: — Daquele dia em diante, que eu saiba, jamais comprou um presente para uma mulher, a não ser para a avó e para mim. Segundo o que Ericka tem ouvido das namoradas de Nick, ele é de uma extravagante generosidade com o seu dinheiro, mas nunca lhes dá presentes, não importa qual seja a ocasião. Dá dinheiro, em vez disso, e manda que escolham algo de que gostem; não se importa que sejam joias, peles ou qualquer outra coisa. Mas não os compra sozinho.

Lauren se lembrou dos lindos brincos que ele lhe dera, e da forma cheia de desprezo com que informou a ele que não os queria. Sentiu o coração dar uma cambalhota.

— Por que a mãe iria querer esquecê-lo, fingir que ele não existia?

— Só posso imaginar. Ela era de uma das famílias mais proeminentes de Grosse Pointe: uma aclamada beldade, a rainha do baile de debutantes. Para pessoas assim, a linhagem significa tudo. Todos têm dinheiro; portanto, o status social se baseia no prestígio das ligações familiares. Quando se casou com o pai de Nick, passou a ser uma proscrita entre seus pares. Hoje, isso mudou, o dinheiro abre portas. Nick frequenta os círculos sociais da mãe e a ofusca, a ela e ao marido. Óbvio, ser bonito, além de bilionário, ajuda um bocado.

"De qualquer modo, nos primeiros dias, Nick devia ter sido um lembrete vivo de sua desgraça social. Ela não o queria perto, nem o padrasto o queria. Você teria de conhecer a mulher para compreender tanta falta de compaixão, tão completo egoísmo. A única pessoa que importa para ela, além de si mesma, é o meio-irmão de Nick, a quem, sem a menor dúvida, ela ama cegamente."

— Ver a mãe deve ser doloroso para Nick.

— Não creio. No dia em que ela deu o presente dele à empregada, seu amor pela mãe morreu. Ele próprio o matou, cuidadosa e completamente. Mesmo com apenas cinco anos, já tinha a força e a determinação que lhe permitiram fazer isso.

Lauren sentiu um desejo simultâneo e intenso de estrangular a mãe de Nick e de encontrá-lo e o cobrir de amor, quisesse ele ou não.

Justo nesse momento, Tony se materializou à mesa e entregou a Mary um pequeno pedaço de papel com um nome.

— Você recebeu um telefonema desse homem. Disse que precisa de alguns documentos que se encontram no seu escritório.

Mary deu uma espiada no bilhete.

— Acho que terei de voltar, minha querida; você fica e termina seu almoço.

— Por que não comeram a massa? — Ele dirigiu às duas uma expressão acusadora. — Não está saborosa?

— Não é isso, Tony — explicou Mary, colocando o guardanapo na mesa e estendendo o braço para pegar a bolsa. — Eu estava contando a Lauren sobre Carol Whitworth, e isso arruinou nosso apetite.

O nome rugiu nos ouvidos de Lauren e latejou em seu cérebro. Um grito silencioso de negação subiu pela garganta, cortando sua respiração assim que tentou falar:

— Laurie? — Preocupado, Tony lhe apertou o ombro enquanto ela continuava a olhar fixo, em paralisado horror, para as costas de Mary.

— Quem? — sussurrou frenética. — Quem Mary disse?

— Carol Whitworth. A *mama* de Nick.

Lauren ergueu os perplexos olhos azuis para ele.

— Ah, meu Deus — sussurrou, rouca. — Ah, meu Deus, não!

LAUREN TOMOU UM TÁXI DE volta ao prédio. O choque cedera um pouco, deixando no lugar um frio entorpecimento. Entrou no saguão de mármore e foi até a mesa da recepção, onde pediu para usar o telefone.

— Mary? — disse, quando a outra atendeu. — Não estou me sentindo bem, vou para casa.

Enrolada no roupão naquela noite, ela ficou sentada, fitando a lareira vazia do apartamento. Apertou mais em volta dos ombros o xale de lã que tricotara no ano anterior, tentando se proteger do frio, mas este vinha de dentro. Estremecia da cabeça aos pés toda vez que pensava na última visita à casa dos Whitworth: Carol Whitworth presidindo com aquele ar sereno uma pequena reunião íntima em que três pessoas tramavam contra o próprio filho. O filho dela. O lindo e magnífico Nick Sinclair. Santo Deus, como ela podia fazer isso?

Lauren tremeu de fúria vã e agarrou o xale com dedos que desejavam arranhar e ferir o rosto régio daquela mulher, o rosto lindo, altivo, fútil e impassível.

Teve certeza de que, se havia algum tipo de espionagem, era por parte de Philip, e não de Nick. Mas se fosse Nick, se de fato ele pagava alguém para vazar informação sobre os lances das Empresas Whitworth, não o culpava. Se estivesse a seu alcance, faria desabar todas as Empresas Whitworth para que a família caísse em desgraça.

Nick talvez a amasse; Mary acreditava que sim. Mas Lauren jamais saberia. Tão logo ele descobrisse que era parente dos Whitworth, mataria os sentimentos que tinha por ela, exatamente como aqueles que nutria pela mãe. Exigiria saber por que se candidatara a um emprego na Sinco, e nunca acreditaria que fora uma coincidência, mesmo se ela mentisse para ele.

Ressentida, lançou um olhar de desprezo ao sedoso ninho de amor onde se achava abrigada. Vinha vivendo como a amante paparicada de Philip Whitworth. Não mais, porém. Voltaria para casa. Se fosse necessário, pegaria dois empregos e daria aulas de piano para compensar pela diferença de salário. Mas não podia continuar em Detroit. Enlouqueceria esperando por um vislumbre de Nick em todos os lugares, se perguntando se ele continuava a pensar nela.

— SENTE-SE MELHOR? — PERGUNTOU Jim na manhã seguinte, e acrescentou num tom seco: — Mary disse que contou a você sobre Carol Whitworth, e isso a fez passar mal.

Lauren tinha o rosto pálido, mas composto, ao fechar a porta do escritório do chefe e lhe entregar a folha de papel que acabara de tirar da máquina de escrever.

Ele a desdobrou e examinou as quatro frases simples.

— Está se demitindo por motivos pessoais, que diabos quer dizer isto? Que motivos pessoais?

— Philip Whitworth é um parente distante. Só soube ontem que Carol Whitworth é a mãe de Nick.

O choque o fez se empertigar na cadeira. Encarou-a com furiosa confusão e depois perguntou:

— Por que está me contando isso?

— Porque você perguntou o motivo de minha demissão.

Jim a estudou em silêncio, as feições rígidas relaxando aos poucos.

— Então é parente do segundo marido da mãe dele — argumentou ele, por fim. — E daí?

Lauren não esperava uma discussão. Exausta, afundou numa cadeira.

— Jim, quando vai lhe ocorrer que, como parente de Philip Whitworth, eu poderia ser uma espiã?

Ele a encarou com olhos cor de âmbar intensos e penetrantes.

— E é, Lauren?

— Não.

— Whitworth pediu que fizesse isso?

— Pediu.

— E você concordou? — perguntou, ríspido.

Lauren não julgava possível se sentir tão infeliz.

— Pensei a respeito, mas quando vinha para a entrevista concluí que não poderia fazer isso. Jamais esperei ser contratada, e não teria sido... — De forma resumida, contou a ele como conhecera Nick naquela noite. — E no dia seguinte você me entrevistou e ofereceu um emprego. — Ela se recostou e fechou os olhos. — Eu queria ficar perto dele. Sabia que trabalhava neste prédio, então aceitei sua oferta. Mas nunca passei informação alguma a Philip.

— Não acredito — declarou Jim, sem rodeios, esfregando os dedos na testa, como se começasse a sentir uma insuportável dor de cabeça. Os minutos transcorreram em vagaroso silêncio. Desolada demais para notar ou se importar, Lauren apenas ficou ali sentada, esperando que ele declarasse a sentença. — Não tem importância — disse afinal. — Você não vai se demitir. Não permitirei que faça isso.

Lauren o encarou, boquiaberta.

— Do que está falando? Não o incomoda o fato de que eu poderia dizer a Philip tudo que sei?

— Você não fará isso.

— Como pode ter certeza? — Ela o desafiou.

— Bom senso. Se você fosse nos espionar, não entraria aqui para se demitir e me dizer que é parente de Whitworth. Além disso, está apaixonada por Nick, e acho que ele está apaixonado por você.

— Não acredito que esteja — afirmou Lauren, com tranquila dignidade.

— E mesmo que isso seja verdade, tão logo descubra de quem sou parente, não vai querer nada comigo. Insistirá em saber por que eu me candidatei a um emprego na Sinco, e jamais acreditará que foi coincidência, mesmo que eu quisesse mentir para ele, e não quero.

— Lauren, uma mulher pode confessar quase tudo a um homem se escolher o momento certo para tal. Espere Nick chegar, e então...

Quando ela se recusou com um firme aceno de cabeça, Jim ameaçou:

— Se você se demitir assim, sem aviso prévio, não lhe darei uma boa carta de referência.

— Não espero que o faça.

Jim a viu sair do escritório. Por vários minutos, ficou imóvel, franzindo as sobrancelhas numa expressão pensativa. Depois estendeu devagar a mão e pegou o telefone.

— Sr. Sinclair. — A secretária se curvou ao lado de Nick, baixando a voz para evitar perturbar os sete outros importantes empresários americanos sentados ao redor da mesa de conferências, discutindo um acordo de comércio internacional. — Lamento incomodá-lo, mas um tal de sr. James Williams está ao telefone, querendo falar com o senhor.

Nick assentiu com a cabeça, já deslizando a cadeira para trás, sem trair a ansiedade que lhe causava a inconveniente interrupção de emergência. Não imaginava que desastre poderia ter ocorrido para justificar que Mary fizesse com que Jim telefonasse para ele ali. A secretária o conduziu até uma sala privada, e Nick pegou o telefone.

— Jim, o que houve?

— Nada, eu apenas preciso de certa orientação.

— Orientação? — repetiu Nick, em furiosa descrença. — Estou no meio de uma reunião de comércio internacional e...

— Eu sei, por isso serei breve. O novo gerente de vendas que contratei pode vir trabalhar para nós daqui a três semanas, em 15 de novembro.

Nick praguejou de irritação.

— E daí? — vociferou.

— Bem, o motivo de eu ligar é porque queria saber se teria algum problema de ele se apresentar ao trabalho logo em novembro, ou se você prefere que ele espere e só comece em janeiro, como havíamos combinado. Eu...

— Eu não acredito! — interrompeu Nick, irritado. — Não dou a mínima para quando ele começa, e você sabe disso. Quinze de novembro, perfeito. Que mais?

— É só isso — respondeu Jim, impassível. — Como está Chicago?

— Ventoso! — rosnou Nick. — Juro, se você me tirou dessa reunião só para me perguntar essa...

— Tudo bem, foi mal. Ah, por falar nisso, Lauren se demitiu esta manhã — revelou.

O anúncio atingiu Nick como um tapa na cara.

— Falo com ela na segunda-feira, quando eu voltar.

— Não vai conseguir, a demissão vai ser efetivada imediatamente. Acho que ela planeja partir para o Missouri amanhã mesmo.

— Você deve estar perdendo a lábia. — Nick rangeu os dentes com sarcasmo. — Em geral, elas se apaixonam por você, e é *você* que tem de transferi-las para outra divisão, a fim de que o deixem em paz. Lauren lhe poupou o trabalho.

— Ela não está apaixonada por mim.

— Isso é problema seu, não meu.

— Óbvio que é! Você quis levá-la para a cama e, quando ela não concordou, então a obrigou a trabalhar até que ficasse exausta. Lauren está apaixonada por você, e você fez com que anotasse recados de outras mulheres, mandou...

— Lauren não dá a mínima para mim! — Nick rebateu furioso. — E não tenho tempo para discutir minha assistente com você. — Bateu o telefone e voltou com um andar arrogante para a sala de conferências. Sete homens o olharam com uma mistura de educada preocupação e indolente acusação. Por acordo mútuo, nenhum deles atenderia telefonemas, a não ser de extrema urgência. Nick se sentou na cadeira e disse num tom curto e ríspido: — Peço desculpas pela interrupção. Minha secretária superestimou a importância de um problema e transferiu a ligação.

178

Embora tentasse se concentrar nos negócios e em mais nada, visões de Lauren não paravam de invadir sua mente. No meio de uma acalorada discussão sobre direitos de marketing, ele a visualizou rindo, o rosto erguido para o sol, os cabelos esvoaçantes ao redor dos ombros enquanto velejavam no lago Michigan.

Lembrou-se de quando admirava as encantadoras feições.

"O que me acontece se esta sandália servir?"

"Eu o transformo num belo sapo."

Em vez disso, ela o transformara num louco furioso! O ciúme vinha o deixando ensandecido havia duas semanas.

Toda vez que o telefone de Lauren tocava, ele se perguntava qual dos amantes estava na linha. Toda vez que um homem a olhava no escritório, sentia uma violenta compulsão de fazê-lo engolir os dentes.

No dia seguinte, Lauren já teria ido embora. Na segunda-feira, ele não a veria mais. Seria melhor para ambos. Melhor para toda a maldita empresa; seus próprios executivos andavam se esquivando quando o viam se aproximar!

A reunião durou até as sete da noite e, ao término do jantar, Nick se desculpou, pediu licença para retirar-se e subiu para a suíte. Ao atravessar o corredor do elegante hotel em direção aos elevadores, passou pela vitrine de uma joalheria exclusiva. Um magnífico pingente de rubi, rodeado de cintilantes diamantes, atraiu seu olhar e o fez parar. Olhou os brincos combinando. Talvez se comprasse o pingente para Lauren. De repente, sentiu-se mais uma vez como um menino, em pé ao lado de Mary, comprando uma caixinha esmaltada.

Virou-se e marchou pelo corredor. Enfurecido, lembrou a si mesmo que o suborno era a forma mais humilhante de súplica. Não iria implorar a ela que mudasse de ideia. Não iria implorar nada a ninguém.

Passou uma hora na suíte, retornou telefonemas e tratou de questões profissionais que haviam surgido em sua ausência. Quando desligou, eram quase onze horas. Foi até a janela e contemplou a reluzente silhueta dos edifícios contra o céu de Chicago.

Lauren estava de partida. Jim dissera que ela parecia exausta. E se tivesse adoecido? E se tivesse engravidado? Diabos, e se estivesse grávida? Ele não poderia nem ter certeza de que o filho era seu ou de outro homem.

Uma vez poderia ter tido. Uma vez fora o único homem que ela conhecera. Agora era provável que ela pudesse ensinar coisas a *ele,* pensou, com amargura.

Nick se lembrou da tarde de domingo, quando havia ido ao apartamento de Lauren para lhe dar os brincos. Quando quisera levá-la para a cama, viera a explosão. A maioria das mulheres teria ficado satisfeita com o que ele oferecia, mas não ela, pois queria que a amasse, assumisse um compromisso emocional, não apenas sexual. Queria algum tipo de promessa da parte dele.

Nick se deitou na cama. Era melhor mesmo que Lauren partisse, decidiu enfurecido. Que voltasse logo para casa e encontrasse algum imbecil provinciano que se arrastasse aos seus pés, dissesse que a amava e assumisse qualquer compromisso que quisesse.

A CONFERÊNCIA PROSSEGUIU ÀS DEZ horas em ponto, na manhã seguinte. Como todos os presentes eram gigantes empresariais, cujo tempo era valiosíssimo, cada participante se revelou pontual. O presidente do comitê estudou os seis homens sentados em volta da mesa e avisou:

— Nick Sinclair não estará presente. Pediu-me que explicasse que foi chamado de volta a Detroit esta manhã, para tratar de um assunto urgente.

— Todos nós temos assuntos urgentes — resmungou um dos membros. — Qual é o problema de Nick que o impede de estar aqui?

— Disse que se tratava de um problema de relações trabalhistas.

— Isso não serve como desculpa! — explodiu outro membro. — Todos temos problemas de relações trabalhistas.

— Eu o lembrei disso — respondeu o presidente.

— O que ele alegou?

— Explicou que *ninguém* tem um problema de relações trabalhistas como o dele.

LAUREN LEVOU OUTRO PUNHADO DE pertences até o carro e parou para olhar o nublado céu de outubro. Iria chover ou nevar, concluiu com desânimo.

Voltou ao apartamento, deixando a porta entreaberta para poder escancará-la com um chute ao fazer outra viagem com suas coisas. Tinha os pés molhados de chapinhar nas pequenas poças da calçada e se curvou mecanicamente para descalçar os tênis de lona. Planejava usá-los ao conduzir o carro na viagem até sua casa, por isso precisavam secar logo. Levou-os até a cozinha, enfiou o par dentro do forno, que acendeu em fogo baixo, deixando a porta aberta.

No andar de cima, calçou outro par de sapatos e fechou a última mala. Agora só lhe restava apenas escrever um bilhete para Philip Whitworth, depois poderia partir. Lágrimas ardiam em seus olhos e ela as limpou, impaciente, com as pontas dos dedos. Pegando a mala, ela a levou para baixo.

No meio da sala de estar, ouviu passadas na cozinha. Deu meia-volta, surpresa, então ficou imóvel ao ver Nick sair do cômodo. Notando o brilho agitado nos olhos dele enquanto se aproximava, a mente de Lauren gritou um aviso: ele havia descoberto sobre Philip Whitworth.

Em pânico, largou a mala e começou a recuar. Na pressa, bateu com a parte de trás dos joelhos no braço do sofá, perdeu o equilíbrio e caiu estatelada nas almofadas.

Com um brilho de diversão nos olhos, Nick estudou a linda jovem convidativamente esparramada no sofá.

— Sinto-me lisonjeado, docinho, mas eu gostaria de algo para comer antes. O que vai servir, além de sapatos assados?

Com cautela, Lauren se esforçou para se levantar. Apesar do tom bem-humorado, havia uma severidade férrea na curva daquele maxilar, e cada músculo do corpo vigoroso parecia tenso. Ela deu um passo para trás, para longe do seu alcance.

— Parada — ordenou ele em voz baixa.

Lauren congelou de novo.

— Por que... por que você não está na conferência de comércio internacional?

— Na verdade — respondeu Nick, com um tom arrastado —, eu me fiz a mesma pergunta várias vezes esta manhã. Me fiz essa pergunta ao largar sete homens que exigem meu voto em questões de vital importância. Me fiz essa pergunta a caminho daqui, quando a mulher no assento ao meu lado vomitou num saco.

Lauren engoliu uma risada nervosa. Ele estava tenso, irritado, mas não furioso. Portanto, nada sabia sobre Philip.

— Me fiz essa pergunta — continuou, avançando um passo — quando quase arranquei um senhor do táxi, que então peguei, porque temia chegar aqui tarde demais.

Lauren tentou em desespero decifrar o estado de espírito de Nick, e não conseguiu.

— Agora que chegou aqui — falou, trêmula —, o que você quer?

— Você.

— Eu disse...

— Sei o que você disse — cortou, impaciente. — Sou velho e cínico demais para você. Certo?

Ela assentiu.

— Lauren, sou apenas dois meses mais velho do que era em Harbor Springs, embora me *sinta* muito mais velho do que então. A verdade, porém, é que você não me considerava velho demais antes, nem de fato acha isso hoje. Agora, vou descarregar aquele carro e você pode começar a desempacotar suas coisas.

— Vou voltar para casa, Nick — revelou ela, com tranquila determinação.

— Não, não vai não — declarou Nick, implacável. — Você pertence a mim e, se me forçar, eu a carregarei até o quarto e farei você admitir isso na cama.

Ela sabia que Nick seria capaz de fazer exatamente aquilo. Recuou mais um passo.

— Você só iria provar que pode me dominar fisicamente. Nada que eu admitisse na cama contaria. O que de fato importa é que não quero pertencer a você... de maneira alguma.

Nick sorriu, com um ar melancólico.

— Eu quero pertencer a você, de todas as maneiras.

Lauren sentiu o coração martelar contra as costelas. O que ele queria dizer com pertencer? Soube, por instinto, que não lhe oferecia casamento, mas ao menos oferecia a si mesmo. Que aconteceria se ela lhe contasse agora sobre Philip Whitworth?

Nick continuou a falar, a voz persuasiva tingida de desespero:

— Pense no cínico amoral, sem princípios que sou, pense em todas as melhorias que você poderia fazer em meu caráter.

A simultânea compulsão de rir e chorar estilhaçou o controle de Lauren. Seus cabelos caíram para a frente como uma pesada cortina quando curvou a cabeça e lutou contra as lágrimas. Faria isso; se permitiria tornar-se aquele sórdido clichê, a assistente apaixonada pelo chefe, vivendo um caso amoroso secreto. Apostaria o orgulho e o respeito próprio em troca da chance de fazê-lo se apaixonar. Arriscaria enfrentar seu ódio quando enfim lhe contasse sobre Philip Whitworth.

— Lauren — disse Nick, rouco —, eu te amo.

Ela ergueu a cabeça. Sem poder acreditar nos próprios ouvidos, encarou-o com olhos marejados de lágrimas.

Nick viu aquelas lágrimas e sentiu o coração pesado com ressentida derrota.

— Não se atreva a chorar — advertiu, seco —, eu jamais disse isso a uma mulher antes, e também...

As palavras morreram quando Lauren se lançou subitamente nos braços dele, os ombros trêmulos. Hesitante, Nick lhe ergueu a ponta do queixo e fitou seu rosto. Lágrimas se acumulavam nos cílios espessos e lhe inundavam os olhos. Ela tentou falar e Nick ficou tenso, preparando-se para a rejeição que temera desde Chicago.

— Acho você tão lindo — sussurrou Lauren com voz embargada. Acho você o homem mais lindo.

Um gemido baixo rasgou o peito de Nick, que abafou a boca de Lauren com a sua. Devorando os lábios femininos com o insaciável desejo que o vinha torturando havia semanas, pressionou o corpo dócil e vulnerável contra os contornos rígidos e famintos do seu. Beijava-a de modo feroz, tempestuoso e terno, e mesmo assim não conseguia se satisfazer. Por fim, afastou a boca, refreando as enlouquecidas exigências do próprio corpo, e a manteve nos braços, junto ao coração, que martelava.

Como Nick não se mexeu por vários minutos, ela se reclinou nos braços que a prendiam e ergueu o rosto para o dele. Ele viu a pergunta naqueles olhos azuis e o sim para a decisão que ele tomara. Lauren se deitaria ao seu lado ali ou em qualquer outro lugar que ele escolhesse.

— Não — murmurou Nick, cheio de ternura. — Assim, não. Não vou entrar aqui e fazê-la correr para a cama. Fiz algo semelhante em Harbor Springs.

A atrevida mulher que tinha nos braços abriu um daqueles sorrisos fascinantes.

— Você está mesmo com fome? Eu poderia preparar meias salteadas na manteiga para acompanhar os sapatos assados. Ou prefere alguma coisa mais convencional, como uma omelete?

Nick riu e depositou um beijo na testa macia.

— Pedirei a minha governanta que prepare algo para mim enquanto tomo um banho. Depois vou dormir um pouco. Não dormi nada ontem à noite — acrescentou, sugestivo.

Lauren lhe lançou um olhar de fingida solidariedade, que lhe rendeu mais um beijo.

— Sugiro que você também durma, pois quando voltarmos da festa esta noite, vamos para a cama, e eu pretendo mantê-la acordada até de manhã.

Em quinze minutos, ele havia descarregado a mudança do carro de Lauren.

— Pego você às nove horas — disse ele, quando se preparava para partir. — É uma festa black-tie; tem alguma roupa formal?

Lauren detestava usar as roupas que haviam pertencido à amante de Philip Whitworth, mas para aquela noite não tinha outra opção.

— Aonde vamos?

— Ao baile beneficente do hospital pediátrico, no Hotel Westin. Sou um dos patrocinadores e por isso recebo ingressos todo ano.

— Não parece uma ocasião muito discreta — disse Lauren, apreensiva. — Alguém pode nos ver juntos.

— Todo mundo vai nos ver juntos. Trata-se de um dos eventos sociais do ano, motivo pelo qual quero levá-la. O que há de errado nisso?

Se o baile beneficente era uma sofisticada solenidade social, seria improvável que algum dos outros empregados da Global comparecesse. Assim, não precisariam se preocupar com fofocas.

— Nada de errado. Eu adoraria ir — disse ela, erguendo-se na ponta dos pés para se despedir com um beijo. — Eu iria a qualquer lugar com você.

Capítulo 17

Nick estava incrivelmente elegante com o lustroso smoking preto, a camisa pregueada e a gravata borboleta formal quando Lauren abriu a porta naquela noite.

— Você está esplêndido — elogiou ela, em voz baixa.

Ele deslizou o próprio olhar cheio de franca admiração pelas feições vívidas, pelos cabelos brilhantes, presos em intricadas e sofisticadas tranças atrás da cabeça, então hesitou por um segundo ao se deparar com a tentadora visão dos seios suaves que se erguiam acima do decote do longo vestido de veludo preto, antes de explorar a saia reta, com uma fenda até o joelho.

— Não gosta? — perguntou ela, entregando a ele uma capa de veludo preto forrada de cetim branco.

— Sou apaixonado por eles — respondeu, fazendo-a enrubescer quando percebeu a que ele se referia.

O hotel Westin ficava no magnífico Centro Renascença, na área comercial de Detroit. Em homenagem ao baile, um tapete vermelho fora estendido do meio-fio até a entrada principal do hotel. Câmeras de televisão se achavam posicionadas nos dois lados do tapete. Quando o motorista de Nick encostou a limusine, os paparazzi avançaram aos empurrões com suas câmeras erguidas.

Um porteiro se adiantou e abriu a porta de Lauren. Quando Nick a seguiu e saltou da limusine, tomando seu cotovelo, flashes explodiram nos dois lados e câmeras de televisão acompanharam a caminhada do casal pelo tapete vermelho.

A primeira pessoa que Lauren viu no lotado salão de baile foi Jim, que também os viu e acompanhou a aproximação do casal com uma expressão de alegria muito mal disfarçada. Mas quando ele estendeu a mão, ela notou a hesitação de Nick antes de retribuir o cumprimento.

— Você voltou de Chicago antes do previsto — observou Jim, parecendo alheio à fria reserva do amigo. — Gostaria de saber por quê.

— Você sabe muito bem por quê — replicou Nick, de cara fechada.

Jim ergueu as sobrancelhas, porém dirigiu os olhos castanho-dourados a Lauren.

— Eu diria que você está deslumbrante, mas no momento seu acompanhante mal está contendo o impulso de me esmurrar até meus dentes descerem goela abaixo.

— Por quê? — perguntou Lauren, o olhar atraído para as feições de granito de Nick.

Jim respondeu com uma risadinha:

— Tem a ver com duas dúzias de rosas vermelhas e um beijo que ele testemunhou. Meu amigo se esqueceu de uma garota por quem já fui apaixonado, mas que não conseguia reunir coragem para pedir em casamento. Ele se cansou de esperar que eu tivesse um ímpeto de ousadia e enviou a Ericka duas dúzias de...

O suspiro de Nick irrompeu em uma gargalhada.

— Seu patife — disse bem-humorado, e dessa vez o aperto de mãos foi sincero.

Para Lauren, foi uma noite de magia, uma noite cheia do perfume de flores, de candelabros reluzentes e música gloriosa. Passou a noite dançando nos braços de Nick e permaneceu ao lado dele, que a apresentava aos conhecidos... e parecia conhecer todo mundo. Os convidados o cercavam tão logo saíam da pista de dança ou paravam para tomar uma taça de champanhe. Ficou óbvio para Lauren o grande respeito e a grande estima que as pessoas lhe demonstravam, e também se sentiu imensamente orgulhosa de Nick. Ele, por sua vez, exibia igual orgulho, evidente no sorriso caloroso quando a apresentava aos conhecidos, e na maneira possessiva com que envolvia a cintura de Lauren.

— Lauren?

Já passava da meia-noite. Ela inclinou a cabeça para trás e sorriu enquanto dançavam.

— Hum?

— Eu gostaria de ir embora agora.

O desejo nos olhos cinzentos traía o motivo.

Ela assentiu e, sem protestos, seguiu-o para fora da pista de dança.

Acabara de chegar à conclusão de que aquela havia sido a mais perfeita noite de sua vida, quando uma voz conhecida fez o pânico disparar por todo o seu sistema nervoso.

— Nick — disse Philip Whitworth, erguendo de leve a voz, o rosto congelado em uma máscara de cordialidade. — É um prazer ver você.

Lauren sentiu o sangue gelar nas veias. *Ai, não! Aqui não, assim não!...* rezou enlouquecida.

— Creio que não conhecemos essa jovem dama — acrescentou Philip, e ergueu as sobrancelhas em direção à acompanhante de Nick, de uma forma educada e curiosa que a deixou tonta de alívio.

Ela desgrudou o olhar de Philip e encarou Carol Whitworth, depois Nick. Mãe e filho se cumprimentaram como estranhos civilizados; uma mulher majestosa, loura e esguia, e um homem alto, com uma beleza sombria e os olhos cinzentos da mãe. Com fria cortesia, Nick os apresentou.

— Philip Whitworth e sua esposa, Carol.

Na limusine, alguns minutos depois, Lauren percebeu Nick a observando.

— O que houve? — perguntou ele, afinal.

Ela tomou fôlego, trêmula.

— Carol Whitworth é sua mãe. Mary me contou há poucos dias.

A expressão de Nick não se alterou.

— Sim, é.

— Se eu fosse sua mãe — disse Lauren num suspiro sufocado, virando a cabeça para o outro lado —, ficaria muito orgulhosa de você. Toda vez que o olhasse, pensaria: que homem bonito, poderoso e elegante é o meu...

— Meu amor — sussurrou Nick, puxando-a para seus braços e a beijando com ardente ternura.

Lauren deslizou os dedos pelos volumosos cabelos escuros, prendendo a boca na sua.

— Eu te amo — sussurrou ela.

Um suspiro de alívio pareceu percorrer o corpo de Nick.

— Eu começava a achar que você jamais diria isso.

Lauren se aconchegou naqueles braços, mas seu contentamento teve vida curta. O alívio que sentira por Philip Whitworth não a ter desmascarado aos poucos deu lugar à inquietação. Fingindo não conhecer Philip e Carol diante de Nick, ela participara de uma flagrante encenação que, de certa forma, havia o feito de bobo. Sentiu o pânico se avolumar no peito. Contaria a ele naquela noite, depois de fazerem amor. Tinha de confessar antes que a teia de mentiras a enredasse ainda mais.

Após chegarem ao apartamento, Nick tirou a capa de veludo dos seus ombros e a estendeu sobre uma poltrona. As mãos encontraram os botões do paletó do smoking e, quando começou a despi-lo, Lauren sentiu um arrepio de excitação. Virou-se e seguiu para as janelas, tentando se acalmar. Ouviu-o se aproximar por trás.

— Gostaria de um drinque? — perguntou ela, numa voz trêmula.

— Não.

Ele passou o braço pela cintura de Lauren e a puxou para si, curvando a cabeça e pousando um irresistível beijo na sua têmpora. A respiração de Lauren tornou-se ofegante quando ele lhe tocou a orelha, depois a nuca, com lábios cálidos, e começou a deslizar as mãos indolentes pela região do ventre. Descia uma delas enquanto subia a outra e, delicadamente, a fechava sobre um seio coberto de veludo. Seu toque era puro deleite e, quando deslizou os dedos sob o corpete do vestido para provocar e possessivamente lhe acariciar o seio sensível, Lauren sentiu o calor exigente da paixão crescente pressionado contra si.

Quando as mãos de Nick chegaram a seus ombros, a virando para tomá-la nos braços, sucessivos golpes de desejo apunhalaram todo o seu corpo. Ele tocou com os lábios abertos os dela, e com os braços a puxou com delicadeza contra o seu membro intumescido. Beijou-a de uma forma vagarosa, lânguida, que se aprofundou momento após momento numa ardente insistência, depois explodiu em voraz urgência. Então mergulhou a língua na boca de Lauren num beijo profundo e brutal.

Impelida por uma mistura de amor e medo de perdê-lo, Lauren se curvou na febril necessidade de partilhar e estimular aquela paixão explosiva. Sentiu contra a boca o sopro da respiração de Nick quando provocou os lábios quentes com a língua, sentiu o aperto das mãos dele em suas costas e em seus quadris conforme lhe acariciava a carne dura e musculosa das costas e ombros.

Em algum lugar nos recessos da mente inebriada de paixão, Nick se deu conta de que ela o beijava como nunca antes, e movia com muita sensualidade os quadris contra a rígida ereção, incitando de propósito as imensas ondas de desejo que o engolfavam. Mas, na verdade, não comparou a desinibida mulher que tinha nos braços com a tímida e hesitante garota de Harbor Springs até que Lauren se afastou e começou a desabotoar sua camisa.

Ele baixou o olhar para as mãos graciosas e imediatamente sua mente traiçoeira reviveu o mesmo instante em Harbor Springs — exceto que naquela ocasião ele precisara colocar a mão de Lauren em sua camisa e a encorajar a abri-la. Naquela noite, ela fora tímida e inexperiente. Sem a menor dúvida, ganhara muita experiência desde então.

Remorso e decepção o inundaram, fazendo Nick cobrir-lhe os dedos com as mãos para detê-la.

— Prepare uma bebida para mim, sim? — pediu ele, odiando-se pelo que pensava e como se sentia em relação a ela.

Pega de surpresa pela abatida amargura na voz de Nick, ela deixou as mãos caírem. Foi até o bar, preparou um uísque com gelo e água e o levou até ele. Ela o viu curvar os lábios num sorriso sem graça quando notou que ela se lembrara do seu drinque favorito, mas, sem nenhum comentário, Nick levou-o aos lábios e bebeu.

Lauren ficou perplexa com essa atitude, porém as palavras seguintes deixaram-na inteiramente atônita.

— Vamos acabar logo com isso para que eu possa parar de fantasiar. Quantos foram?

Ela o encarou.

— Quantos o quê?

— Amantes — esclareceu ele, num tom ressentido.

Ela mal acreditava no que ouvia. Após tratá-la como se seus padrões de moralidade fossem infantis, após agir como se promiscuidade fosse uma virtude, após lhe dizer que os homens preferiam mulheres experientes, ele sentia ciúmes. Porque Nick agora se importava.

Lauren não sabia se o agredia, desatava a rir ou o abraçava. Em vez disso, decidiu exigir apenas uma minúscula partícula de vingança por toda a infelicidade e incerteza pelas quais ele a fizera passar.

— Por que o número deveria fazer alguma diferença? — perguntou ela, simulando inocência. — Você me disse em Harbor Springs que os homens não valorizam mais a virgindade, não esperam nem desejam que a mulher seja inexperiente. Certo?

— Certo — respondeu ele, fuzilando com os olhos os cubos de gelo no copo.

— Você também disse — continuou Lauren, com um sorriso reprimido — que as mulheres têm os mesmos desejos físicos que os homens, e que também temos o direito de satisfazê-los com quem desejarmos. E foi muito enfático a respeito.

— Lauren — advertiu ele em voz baixa —, eu lhe fiz uma pergunta simples. Não me importo com a resposta, só quero saber para poder parar de me perguntar. Diga quantos foram. Diga se gostava deles, se não dava a mínima ou se fez isso para ficarmos quites. Apenas me diga. Não vou me ressentir de você por isso.

É claro que vai!, pensou ela, alegremente, enquanto lutava para abrir a garrafa de vinho.

— É óbvio que não se ressentirá de mim — disse rindo. — Você afirmou em termos específicos que...

— Eu sei o que afirmei — respondeu Nick, a voz ríspida. — Agora, quantos?

Ela lhe lançou um olhar, insinuando que ficara perplexa com aquele tom de voz.

— Só um.

Arrependimento feroz lampejou nos olhos de Nick, que retesou o corpo como se tivesse acabado de sofrer um golpe físico.

— Você... se importava com ele?

— Achei que o amava na época — respondeu Lauren alegremente, forçando o saca-rolhas mais fundo na cortiça.

— Tudo bem. Vamos esquecer esse cara — disse Nick, curto e grosso.

Notou, afinal, os esforços de Lauren com a garrafa de vinho e foi ajudá-la.

— Vai conseguir esquecer? — perguntou Lauren, admirando a facilidade com que ele cuidava da rolha.

— Vou... depois de algum tempo.

— O que quer dizer com depois de algum tempo? Você disse que nao tinha nada de errado em uma mulher satisfazer as suas necessidades biológicas...

— Eu sei o que disse, droga!

— Então por que está tão furioso? Não mentiu para mim, mentiu?

— Não menti — respondeu ele, batendo a garrafa no bar e estendendo a mão para pegar uma taça no armário. — Eu acreditava nisso na época.

— Por quê? — incitou ela.

— Porque era *conveniente* acreditar nisso — respondeu, mordendo as palavras.

Lauren o amou mais que nunca nesse momento.

— Gostaria que eu lhe contasse sobre ele?

— Não — respondeu Nick, com frieza.

Os olhos de Lauren brilharam, mas ela recuou com cautela para fora do alcance de Nick.

— Você o teria aprovado. Era alto, sombrio e lindo, como você. Também era muito elegante, sofisticado e experiente. Minou minha resistência em dois dias, e depois...

— Pare com isso! — gritou Nick, em genuína fúria.

— O nome dele é John.

Ele apoiou as mãos no armário de bebidas, de costas para ela.

— Não quero ouvir!

— John Nicholas Sinclair — esclareceu Lauren.

O alívio que Nick sentiu foi tão intenso que ele mal soube lidar com a informação. Então se endireitou e virou-se para ela, que se encontrava parada no centro da sala, um anjo num longo e sedutor vestido preto, uma linda jovem de rara sensualidade e inconsciente elegância em cada graciosa linha do corpo. Tinha em si mesma uma delicadeza, um tranquilo orgulho, que a impedira de se tornar um alvo conveniente para as paixões de garotos e homens.

E estava apaixonada por ele.

Nick podia torná-la sua amante ou esposa. No íntimo, sabia que o lugar dela era ao seu lado como sua noiva; qualquer coisa menos que isso iria lhe destruir o orgulho e envergonhá-la. Aquele belo corpo fora oferecido apenas a ele. Não poderia aceitar aquele presente e o amor dela, e em troca lhe oferecer alguma coisa tênue, obscura, chamada "relacionamento sério". Embora Lauren fosse muito jovem, ele a amava, e ela era sensata o suficiente para não fazer jogos com a vida dele. Também era obstinada, voluntariosa e de uma coragem desafiadora, como Nick aprendera às custas de intensa fúria e frustração durante as semanas anteriores.

Examinou-a em silêncio, e então inspirou longa e profundamente.

— Lauren — começou num tom grave —, eu gostaria de quatro filhas com olhos azuis estrábicos e estudiosos óculos de tartaruga nos narizinhos. Também me tornei muito parcial em relação à cor de mel dos seus cabelos; portanto, se você puder dar um jeito de... — Viu lágrimas de jubilosa descrença encherem os olhos dela e a puxou para seus braços, esmagando-a contra o peito, vibrando com as mesmas emoções que a abalavam. — Por favor, querida, não chore. Por favor, não... — sussurrou com a voz embargada, beijando-lhe a testa, o rosto e, por fim, os lábios. Lembrando-se de que se tratava apenas da sua segunda experiência sexual, e que não pretendia apressá-la, curvou-se, ergueu-a nos braços e a levou para o quarto no andar de cima.

Ainda com a boca presa à de Lauren, retirou devagar a mão de sob os joelhos dela. A deliciosa sensação daquelas pernas deslizando por suas coxas o fez prender a respiração com força. Enquanto ele retirava as próprias roupas, ela se despia diante do seu olhar ardente. E quando a calcinha de renda foi afinal ao chão, ergueu o rosto para o de Nick e ficou ali diante dele, sem o menor pudor.

Um dilacerante sentimento de ternura fez as mãos de Nick vacilarem quando tomou o rosto de Lauren entre as palmas, os dedos trêmulos sobre as delicadas feições. Após semanas o desafiando, obstinada, e o recusando com total frieza, ela o encarava agora com indisfarçável entrega. O amor brilhava em seus olhos, um amor de tão serena intensidade que Nick se sentia ao mesmo tempo submisso e profundamente orgulhoso.

— Lauren — disse, a voz grave rouca com as novas e desconhecidas emoções. — Eu também te amo.

Em resposta, ela deslizou as mãos pelo peito dele, lhe envolvendo o pescoço, e se apertou contra toda a extensão daquele corpo nu, completamente excitado, fazendo fluir incontroláveis chamas de desejo pela corrente sanguínea de Nick. Tentando conter a paixão explosiva, Nick curvou a cabeça e a beijou. Lauren separou os lábios; ele mergulhou a língua entre eles para uma doce e excitante amostra, e a retirou... faminto, tomado por violento desejo, mergulhou a língua mais uma vez, e de repente perdeu o controle. Com um gemido baixo, a puxou mais para baixo na cama, rolou-a de costas, comprimindo-a nos travesseiros, as mãos e a boca impacientes enquanto a beijava e acariciava.

Em algum lugar no tumulto de sensações vertiginosas, Lauren percebeu que ele fazia amor de forma diferente naquela noite. Em Harbor Springs, tratara o seu corpo como um maestro trata um instrumento conhecido, as mãos destras, hábeis; agora, havia uma delicadeza atormentada, uma sutil reverência no jeito de acariciá-la e excitá-la com as mãos. Em Harbor Springs, Nick controlara e contivera a paixão com todo o cuidado; agora, parecia tão desesperado por ela quanto ela por ele.

Seus lábios e língua tocavam seus seios, circulavam os mamilos intumescidos, e Lauren perdeu a capacidade de pensar. Ela cerrava os dedos em movimentos convulsivos nos volumosos cabelos castanhos, prendia a cabeça de Nick junto aos seios, depois deslizava as mãos pelos músculos dos ombros e braços.

— Quero você — sussurrou ele, rouco. — Quero demais!

As roucas palavras de paixão de Nick a inflamaram, e os sussurrados termos carinhosos a excitaram até a alma. Cada toque dos dedos que a procuravam, cada roçar de lábios e língua a faziam alçar voo, sempre mais alto, para um universo onde nada existia, além da beleza selvagem do ato sexual.

Quando ele lhe separou as coxas com as mãos, Lauren soltou um gemido gutural e arqueou os quadris para recebê-lo. O controle de Nick se estilhaçou: os lábios capturaram os dela num beijo brutal e profundo, e ele mergulhou no incrível calor feminino.

— Se mexa comigo, amor — incentivou, rouco, e, quando ela obedeceu, ele a penetrou com um só movimento.

A feroz fome daquelas poderosas estocadas e a urgência de cada investida fizeram ondas de trêmulo êxtase invadirem o corpo de Lauren, um êxtase que acabou por explodir com tamanha força que lhe arrancou um grito rouco da garganta. Nick estreitou os braços em volta dela, esmagando-a contra si, e, com um mergulho final, se juntou a ela em abençoado esquecimento.

BEM CEDO NA MANHÃ SEGUINTE, o toque estridente do telefone a despertou com um sobressalto. Estendendo a mão sobre o peito nu de Nick, ela pegou o fone e atendeu a ligação.

— É Jim... para você — disse ela, entregando a ele o telefone.

Após uma breve conversa, Nick desligou, se sentou na cama e penteou os cabelos com as mãos.

— Tenho de pegar um avião para Oklahoma hoje — explicou, com uma mistura de pesar e resignação. — Alguns meses atrás, comprei uma companhia de petróleo cujo dono vinha ignorando seus funcionários ao longo dos anos. Meu pessoal tem tentado negociar novos contratos com esses mesmos funcionários, mas eles estão acostumados com promessas não cumpridas. Exigem falar comigo, caso contrário entrarão em greve.

Já vestia a calça e enfiava a camisa.

— Até amanhã no escritório — prometeu ele, poucos minutos depois, na porta da frente. Nick a tomou nos braços para um longo e inebriante beijo, depois a soltou com relutância. — Nem que eu tenha de voar a noite toda para chegar aqui, voltarei amanhã. Prometo.

Capítulo 18

Dezenas de rostos atentos e especulativos se voltaram para assistir ao avanço de Lauren pelo escritório na manhã de segunda-feira. Perplexa, pendurou o casaco e continuou até sua mesa, onde encontrou Susan Brook e meia dúzia de outras mulheres reunidas.

— O que está acontecendo? — perguntou, sentindo uma radiante felicidade; Nick telefonara-lhe duas vezes de Oklahoma e em algum momento do dia tornaria a vê-lo.

— É você que tem o que contar — disse Susan, rindo. — Esta não é você? Jogou o jornal na mesa de Lauren e o alisou.

Lauren arregalou os olhos. Uma página inteira dedicada ao baile beneficente do hospital pediátrico. No centro, destacava-se uma foto colorida de Lauren... com Nick. Os dois dançavam, e ele sorria. Seu rosto estava de perfil, inclinado para trás, o encarando. A legenda dizia: "O empresário de Detroit J. Nicholas Sinclair e acompanhante."

— Parece mesmo comigo, não? — desconversou ao ver os rostos animados, cheios de ávida curiosidade ao redor da mesa. — Não é uma coincidência impressionante?

Não queria que o relacionamento com Nick fosse de conhecimento público até chegar o momento certo, e sem dúvida não queria que os colegas de trabalho a tratassem de maneira diferente.

— Quer dizer que não é você? — perguntou uma das mulheres num tom decepcionado.

Nenhuma delas notou a súbita calmaria, o silêncio que tomou o escritório enquanto as pessoas emudeciam e as máquinas de escrever paravam por completo.

— Bom dia, senhoras. — A voz grave de Nick soou por trás de Lauren. Seis mulheres, atônitas, se puseram em posição de sentido, olhando, em fascinada reverência, Nick se curvar sobre Lauren por trás e apoiar as mãos na mesa. — Oi — cumprimentou ele, com os lábios tão próximos da sua orelha que ela receou virar a cabeça e acabar beijada na frente de todo mundo. Ele olhou o jornal aberto na mesa. — Você está linda, mas quem é esse cara horroroso com quem dançava?

Sem esperar resposta, endireitou o corpo, lhe despenteou os cabelos no alto da cabeça afetuosamente e se dirigiu sem pressa para o escritório de Jim, fechando a porta atrás de si.

Lauren queria que o chão se abrisse. Susan Brook ergueu as sobrancelhas.

— Que coincidência impressionante — provocou-a.

Nick saiu do escritório de Jim alguns minutos depois, e pediu a Lauren que subisse com ele. Tão logo chegaram a sua sala, ele a puxou para os braços, a fim de lhe dar um longo e prazeroso beijo.

— Senti saudade de você — sussurrou, depois suspirou, soltando-a com relutância, e cruzou as mãos nas costas. — Vou sentir ainda mais, tenho de partir para Casano em uma hora. Rossi não conseguiu me localizar, então ligou para Horace Moran, em Nova York. Parece que alguns americanos andam bisbilhotando na aldeia, fazendo perguntas sobre ele. Mandei uma equipe de segurança investigar. Enquanto isso, Rossi foi para um esconderijo, onde não há telefone.

"Vou levar Jim comigo. O pai de Ericka entrou em pânico e a mandou ir até Casano para tentar acalmar Rossi. Ela fala um pouco de italiano. Voltarei na quarta ou, no mais tardar, quinta-feira."

Ele franziu o cenho.

— Lauren, eu nunca expliquei a você sobre Ericka...

— Mary explicou — respondeu ela, conseguindo parecer alegre, embora se sentisse infeliz com aquela partida repentina. Além de sentir saudades, também passaria três ou quatro dias de ansiedade, à espera de contar a ele sobre Philip. Certamente, não podia fazer isso agora, quando ele estava prestes a partir. A raiva de Nick iria fermentar e ferver em silêncio durante dias. Tinha de lhe contar quando pudesse estar ao seu lado para acalmá-lo.

— Por que vai levar Jim?

— Quando o presidente da Sinco se aposentar, no mês que vem, Jim vai assumir o lugar dele. Levando-o comigo, poderemos discutir as metas imediatas e os planos de longo prazo para a Sinco. — Nick deu uma risadinha. — E também — admitiu — estou me sentindo muito grato ao meu amigo pela interferência em nossas vidas, e decidi interferir na dele. Levando-o para a Itália, onde está Ericka, vejo que entende aonde quero chegar — disse, quando ela começou a sorrir.

Com um último abraço, Nick a soltou, foi até a sua mesa e começou a enfiar papéis na pasta.

— Eu disse a Mary que, se Rossi telefonar de novo, transferisse a ligação para onde você estiver. Garanta a ele que estou a caminho e que não tem com o que se preocupar. Quatro de nossos laboratórios já estão testando agora mesmo a fórmula. Em duas semanas saberemos se ele é um gênio ou um impostor, e até lá vamos imaginar que não seja um impostor e paparicá-lo.

Lauren ouviu esse monólogo apressado com um sorriso interno de admiração. Ser casada com Nick seria como viver próxima a um furacão, e ela acabaria presa no redemoinho.

— Aliás — continuou, tão descontraído que Lauren logo se pôs em guarda —, a repórter de uma revista me telefonou esta manhã. Sabem quem você é e que vamos nos casar. Quando a matéria for publicada, receio que a imprensa vá começar a persegui-la.

— Como descobriram? — perguntou, ofegante.

Nick abriu um sorriso radiante.

— Eu contei.

Tudo vinha acontecendo tão rápido que ela se sentia atônita.

— Por acaso você contou a eles quando e onde vamos nos casar? — Ela o censurou.

— Eu disse que em breve. — Nick fechou a pasta e puxou-a da cadeira em que ela acabara de se sentar. — Você quer um casamento numa grande igreja, com centenas de pessoas... ou se casaria comigo numa pequena capela em um canto qualquer, com apenas sua família e alguns amigos? Quando voltarmos da lua de mel, poderíamos oferecer uma enorme festa, e isso satisfaria nossas obrigações sociais com todos que conhecemos.

Lauren imediatamente pensou no fardo que um casamento em uma igreja grande representaria para a saúde e as inexistentes reservas financeiras do pai, e na muitíssima desejável alternativa de logo se tornar a esposa de Nick.

— Você e uma capela — respondeu.

— Ótimo. — Ele riu. — Porque eu iria enlouquecer à espera de torná-la minha. Não sou um homem paciente.

— É mesmo? — Lauren endireitou o nó da gravata a fim de ter um pretexto para tocá-lo. — Eu não havia reparado.

— Moleca — disse ele com carinho, e em seguida acrescentou: — Fiz um cheque e o entreguei a Mary. Deposite na sua conta, tire alguns dias de folga e use o dinheiro para comprar o enxoval enquanto eu estiver fora. Não vai conseguir gastar tudo em roupas. Use o restante para comprar alguma coisa especial como lembrança de nosso noivado. Uma joia — sugeriu — ou alguma pele.

Depois que Nick saiu, Lauren se recostou na mesa dele, o sorriso tingido de pensativa tristeza ao se lembrar das palavras de Mary durante o almoço: "Daquele dia em diante, Nick jamais comprou um presente para uma mulher... dá a elas dinheiro, em vez disso, e manda que escolham algo de que gostem, não se importa que sejam joias, peles ou qualquer outra coisa..."

Afastou o pensamento triste. Um dia, talvez, ele mudasse. Até isso acontecer, tinha de sentir-se mais agradecida que qualquer mulher. Conferiu a hora no relógio de pulso. Eram dez e quinze, e ela ainda não tinha começado a trabalhar.

JACK COLLINS FIXOU OS OLHOS no grande relógio redondo na parede diante da cama de hospital onde se encontrava, lutando contra o estupor em que sempre mergulhava após as injeções hipodérmicas que lhe aplicavam antes de o levarem para os exames no primeiro andar. Tentava focar, se concentrar. O relógio mostrava dez e trinta. Era segunda-feira. Rudy deveria telefonar com os resultados da investigação sobre a secretária bilíngue que fora designada para Nick Sinclair.

Como se houvesse invocado a ligação, o telefone ao lado da cama começou a tocar.

— Jack — disse a voz —, aqui é Rudy.

O diretor da Segurança compôs devagar uma imagem do rosto redondo do rapaz, os olhos pequenos e brilhantes.

— Você investigou a tal Lauren Danner? — perguntou.

— Investiguei, sim, como você mandou. Está morando num condomínio elegante em Bloomfield Hills, e um homem bem mais velho paga o aluguel. Falei com o porteiro, e ele disse que o velho mantém o lugar para a amante. A última dona que morava lá era uma ruiva. O velho Whitworth chegou para visitá-la uma noite e, quando a encontrou recebendo outro homem, botou a dona para fora. O porteiro disse ainda que Lauren Danner leva uma vida tranquila e decente, consegue ver o apartamento dela do portão.

Rudy soltou uma risadinha maliciosa.

— Ele também disse que Whitworth não está ganhando nada em troca de manter a casa, porque só esteve lá uma vez desde que ela se mudou. Imagino que Whitworth esteja ficando velho para...

Jack lutou contra o nevoeiro que parecia lhe ofuscar os sentidos.

— Quem?

— Whitworth — respondeu Rudy. — Philip A. Whitworth. Acho que ele já não consegue...

— Ouça bem e cale essa boca! — repreendeu Jack. — Vão me levar para fazer exames e me deram uma injeção para dormir. Procure Nick Sinclair e diga a ele o que me disse. Entendeu bem? Diga a Nick — a vertigem o inundava em ondas —, diga a ele que acho que foi ela a responsável pelo vazamento de informação no projeto Rossi.

— Ela o quê? É ela? Você só pode estar brincando! Aquela garota é... — O tom de Rudy passou de desdém a firmeza militar: — Cuidarei disso, Jack, deixe tudo comi...

— Cale a boca, porra, e me ouça! — enfureceu-se Jack. — Se Nick Sinclair estiver fora, procure Mike Walsh, o principal advogado da empresa, e diga a ele o que descobri. Não fale com mais ninguém sobre isso. Depois quero que a investigue. E que monitore os telefonemas dela no escritório. Quero que fique de olho em cada movimento dela. Arranje outro homem para ajudá-lo.

LAUREN FITAVA O ESPAÇO COM uma expressão sonhadora quando o telefone tocou na manhã de terça-feira. Sentia-se tão feliz e excitada que mal conseguia se concentrar nas tarefas mundanas de sua função. Mesmo se quisesse afastar seus pensamentos de Nick, o que não queria, seria impossível parar de pensar nele, porque o pessoal do escritório não parava de provocá-la. Atendeu o telefone e sem querer notou o pequeno clique que ocorria todas as vezes que o usava desde a véspera.

— Lauren, minha cara — disse Philip Whitworth, com toda a tranquilidade —, acho que devíamos almoçar juntos hoje.

Não era um convite, mas uma ordem. Com cada fibra do seu ser, Lauren desejou desligar na cara dele, mas não se atrevia. Se o enfurecesse, sempre havia o risco de o sujeito contar a Nick quem e o que ela era, antes que a própria tivesse a chance de o fazer. Além disso, também, continuava morando no apartamento de Philip, e não poderia se mudar enquanto Nick estivesse fora, pois ele não teria como encontrá-la. Se ligasse para o escritório, Lauren poderia dizer a ele que se mudara para um hotel, mas teria de inventar um motivo, e não queria acrescentar mais uma mentira a seu histórico.

— Tudo bem — concordou ela, sem entusiasmo. — Mas não posso me ausentar do escritório por muito tempo.

— Dificilmente poderíamos almoçar no seu prédio, Lauren. — Philip lembrou num tom sarcástico.

Aquele tom de voz lhe causou um tremor de inquietação. Lauren ficou preocupada com o fato de ficar a sós com ele, inquieta em relação ao que ele queria dizer a ela. Então se lembrou do restaurante de Tony e se sentiu melhor.

— Eu o encontrarei no restaurante do Tony ao meio-dia. Sabe onde fica?

— Sei, mas esqueça. Não se consegue uma mesa lá, a não ser que...

— Farei a reserva. — Ela se apressou a interrompê-lo.

O restaurante estava apinhado de pessoas à espera de uma mesa quando Lauren chegou. Tony a viu e esboçou um sorriso aflito do outro lado do salão, mas foi Dominic quem a levou até a mesa. O rapaz corou intensamente diante do discreto sorriso de saudação de Lauren.

— Sua mesa não é muito boa, Lauren. Sinto muito. Se ligar com mais antecedência da próxima vez, terá uma melhor.

Ela entendeu o que ele quis dizer quando a conduziu em direção às mesas nos fundos do salão contíguo ao bar. Com iluminação suave, era separado do restaurante por nada além de treliças de madeira colorida cobertas por trepadeiras. Um ruído constante de conversa pontuada de risos vinha do bar superlotado, e os garçons corriam de um lado para o outro até as cafeteiras, que eram mantidas num cantinho ao lado da mesa.

Philip Whitworth já se achava sentado, girando com indolência os cubos de gelo no copo, quando Lauren chegou à mesa. Levantou-se, educado, esperou até Dominic acomodá-la, e então lhe ofereceu uma taça de vinho. Parecia muito calmo, muito composto, muito... satisfeito, pensou ela, ao estudar sua expressão.

— Muito bem, agora espero que me diga como andam de fato as coisas entre você e nosso amigo em comum.

— Você quer dizer seu enteado! — corrigiu Lauren, ressentida e furiosa ao ver que Philip continuava com a intenção de enganá-la.

— Sim, minha cara — respondeu logo Philip —, mas é melhor não usarmos o nome dele em um lugar público como este.

Lembranças de como o sujeito e a mulher haviam tratado Nick invadiram a sua mente, até a deixarem fervilhando de raiva. Lauren também tentou se lembrar, porém, de que ele, na verdade, não a tratara mal, e falou com cuidadosa moderação:

— Daqui a um ou dois dias, você vai ler nos jornais; portanto, eu devo avisá-lo desde já de que vamos nos casar.

— Parabéns — disse ele, satisfeito. — Já contou a ele sobre sua... relação comigo? Era óbvio que ele nada sabia a respeito quando nos encontramos no baile beneficente.

— Vou falar muito em breve.

— Acho que não é uma boa ideia, Lauren. Ele sente certa hostilidade contra minha esposa e eu.

— Por um motivo muito justo! — Ela deixou escapar antes de conseguir se conter.

— Ah, vejo que já conhece a história. Visto que sabe de tudo, pense em como ele reagirá quando descobrir que tem vivido como minha amante, usando as roupas que comprei para ela.

— Não seja ridículo! Não sou sua amante.

— *Nós* sabemos, mas será que *ele* vai acreditar?

— Eu farei com que acredite — respondeu Lauren, numa voz baixa e tensa.

O sorriso que Philip esboçou foi de fria e calculista astúcia.

— Receio que você descubra ser impossível convencê-lo disso se ele também achar que foi você quem me contou sobre o projeto em Casano.

O pânico invadia Lauren em ondas paralisantes, e campainhas de alarme disparavam em sua mente angustiada.

— Eu não contei nada sobre Casano a você, absolutamente nada! Jamais lhe contei nada confidencial.

— Ele acreditará que me deu a informação sobre o projeto do italiano.

Lauren juntou as mãos na mesa para fazê-las parar de tremerem. De forma lenta e vagarosa, o medo desenrolava os seus sedosos tentáculos e se apoderava dela.

— Philip, está... ameaçando contar a ele que eu fui sua amante, contar outras mentiras?

— Não bem ameaçando — respondeu ele sem se alterar. — Você e eu estamos prestes a fazer um acordo, e apenas quero que entenda que não se acha em posição confortável para contestar meus termos.

— Que acordo? — perguntou ela, mas que Deus a ajudasse, já sabia.

— Em troca do meu silêncio, de vez em quando lhe pedirei informações.

— E você acha que eu vou aceitar? — respondeu Lauren com desprezo choroso. — Acredita mesmo nisso? — Lágrimas ardiam em seus olhos e lhe embargavam a voz. — Prefiro morrer a fazer qualquer coisa para prejudicar Nick, está me entendendo?

— Que reação mais exagerada — disse Philip, agressivo, curvando-se para a frente. — Não quero tirar o sujeito do mercado, só estou tentando salvar minha própria empresa, ameaçada pela concorrência da Sinco.

— Que coisa baixa! — sibilou Lauren.

— Talvez não signifique nada para você, mas as empresas Whitworth são um direito nato de Carter, sua herança, e muito importante para minha esposa. Agora, vamos parar de discutir se você vai ou não ajudar, porque não tem opção. Sexta-feira é o prazo final para apresentar as propostas da concorrência de quatro importantes contratos. Quero saber o valor do lance que a Sinco vai oferecer. — Apresentou um pequeno pedaço de papel com os nomes de quatro projetos, abriu os dedos de Lauren, colocou o papel na mão dela e lhe deu um tapinha amistoso, paternal. — Receio ter de voltar ao escritório — disse, empurrando a cadeira para trás.

Lauren o encarou, tão tomada pela raiva que não sentia mais nada, nem sequer medo.

— Esses lances são muito importantes para você? — perguntou ela.

— Muito.

— Porque sua esposa quer preservar a companhia para Carter? Isso é muito importante para ela?

— Mais importante do que você pode imaginar. Entre outras coisas, se eu tentasse vender a empresa agora, que é minha única alternativa, nossas finanças se tornariam uma questão de domínio público. Seria muitíssimo humilhante.

— Entendo — disse Lauren com extrema calma. Para convencê-lo de que pretendia cooperar, acrescentou cuidadosamente: — E você promete não contar nenhuma dessas mentiras a Nick se eu ajudar?

— Tem minha palavra de honra — prometeu ele.

LAUREN ENTROU NO ESCRITÓRIO NUM estado de raiva fria, assassina. Carol Whitworth queria conseguir a "herança" do adorado segundo filho destruindo o que o primeiro construíra. Pior, esperavam que ela ajudasse. Estava sendo chantageada, e ela sabia que a chantagem jamais teria um fim. Os Whitworth eram ambiciosos, grosseiros e inescrupulosos. Antes de serem liquidadas, as indústrias da Global se tornariam mais uma parte da herança de Carter.

Alguns minutos depois, o telefone na sua mesa tocou. Automaticamente, ela atendeu.

— Detesto apressá-la, minha cara — chegou a voz suave de Philip —, mas quero essa informação ainda hoje. Você tratará de descobrir os lances que precisa em algum lugar no departamento de Engenharia. Se eu puder ter a folha de rosto, isso nos seria de imensa ajuda.

— Farei o melhor que puder — respondeu ela, com a voz neutra.

— Excelente. Muito sensato. Encontro-a na frente do prédio, às quatro da tarde. Desça até o saguão; vou estar esperando você no carro. Toda a missão lhe tomará apenas dez minutos.

Lauren desligou o telefone e atravessou os escritórios até o departamento de Engenharia. Por enquanto, não tinha qualquer preocupação com atitudes suspeitas. Tão logo Jim retornasse, ela própria lhe contaria o que acontecera. Talvez ele até a ajudasse com Nick.

— O sr. Williams gostaria dos arquivos desses quatro projetos — disse à secretária do departamento.

Em questão de minutos, tinha todos os papéis em mãos. Levou-os de volta para a sua mesa. Na frente de cada arquivo, a folha de rosto mostrava o nome do projeto, um resumo do equipamento técnico que seria fornecido se o contrato fosse concedido à Sinco, e a quantia que a empresa oferecia.

Ela retirou as folhas e foi até a copiadora, depois levou as cópias e os originais de volta à mesa. Devolveu os originais aos arquivos e, com um corretivo, com todo o cuidado e calma, mudou os valores que a Sinco oferecia, aumentando cada número em vários milhões de dólares. Embora o corretivo fosse visível nas cópias com que trabalhava, quando tirou outras cópias, ele ficou invisível, e as mudanças, impossíveis de serem detectadas. Lauren se afastava da copiadora quando um rapaz de rosto redondo se adiantou.

— Com licença, senhorita — disse ele. — Sou da empresa que presta serviços de manutenção a essa fotocopiadora, que parece ter tido problemas o dia todo. A senhorita se importaria de passar de novo os originais pela máquina para eu ver se está funcionando direito?

Uma vaga inquietação se agitou dentro de Lauren, mas a máquina realmente vinha apresentando defeitos com regularidade, por isso fez o que lhe foi pedido. O rapaz retirou as cópias na bandeja assim que saíram, as examinou e assentiu com a cabeça.

— Parece que desta vez consertaram mesmo — disse.

Lauren o viu jogar as cópias na cesta de lixo ao se afastar.

Mas não o viu se abaixar para pegá-las um segundo depois.

Enquanto Lauren atravessava o saguão, um Cadillac parou junto ao meio-fio. A janela ao seu lado baixou automaticamente e ela se curvou para entregar o envelope a Philip.

— Espero que você entenda como isso é importante para nós — começou ele — e...

A fúria rugia através de Lauren, latejando em seus ouvidos. Então deu meia-volta e correu para o prédio. Quase se chocou com o rapaz de rosto redondo, que escondeu às pressas uma câmera fotográfica às costas.

Capítulo 19

— Graças a Deus você voltou! — desabafou Mary no fim da tarde de quarta-feira, quando Nick entrou apressado no escritório, seguido por Ericka e Jim. — Mike Walsh precisa falar com você imediatamente. Disse que é uma emergência.

— Mande-o subir — respondeu Nick, tirando o paletó. — E depois venha se juntar a nós para um brinde. Vou levar Lauren a Las Vegas para nos casarmos. O avião está sendo reabastecido e inspecionado neste instante.

— Lauren sabe disso? — perguntou Mary, franzindo a testa. — Ela está lá embaixo, no escritório de Jim, mergulhada em trabalho.

— Eu a convencerei da sensatez do plano.

— Depois que o avião alçar voo, ela não terá mais opção — se intrometeu Ericka, com um sorriso experiente.

— Isso mesmo. — Nick riu, bem-humorado. Sentira tanta saudade de Lauren que lhe telefonara três vezes por dia, como um adolescente apaixonado. — Fiquem à vontade — acrescentou, virando-se para trás. Estendeu o braço até um extenso armário que continha várias mudas de roupa e tirou de lá uma camisa limpa.

Cinco minutos depois, saiu recém-barbeado do banheiro e deu uma espiada em Mike Walsh e no rapaz de rosto redondo em pé perto do sofá, onde se achavam sentados Jim e Ericka.

— O que houve, Mike? — perguntou Nick, caminhando até o bar e pegando uma garrafa de champanhe, de costas para os outros.

— Há um vazamento de informações no projeto Rossi — começou o advogado, cauteloso.

— Certo. Eu disse isso a *você*.

— Os sujeitos em Casano que tentavam encontrar Rossi são homens de Whitworth.

Apenas uma momentânea pausa da mão de Nick enquanto ele desenroscava o arame da rolha de plástico do champanhe denunciou a tensão ao ouvir o nome de Whitworth.

— Continue — insistiu sem se alterar.

— É evidente — prosseguiu o advogado — que uma mulher na nossa folha de pagamentos está espionando para Whitworth. Tomei providências para que Rudy escutasse na extensão do telefone do escritório dela e a mantivesse sob vigilância.

Nick pegou quatro taças de champanhe do bar; sua mente passeou pelo sorriso de Lauren, seu lindo rosto. Aquela seria a noite do casamento dos dois. E depois, ele, apenas ele, teria o direito de tomá-la nos braços, unir o corpo faminto ao dela, beijá-la e acariciá-la.

— Estou ouvindo — mentiu. — Continue.

— Ontem ela foi fotografada passando a ele cópias de quatro das propostas de concorrência da Sinco. Temos um conjunto das cópias que ela passou a Whitworth para usarmos no processo.

— Aquele filho da... — Nick conteve a explosão, tentando não deixar a animosidade por Philip Whitworth estragar seu bom humor. Era o dia de seu casamento. Friamente, disse: — Jim, vou fazer o que devia ter feito há cinco anos. Vou tirá-lo do mercado. De agora em diante, quero que a Sinco entre nas mesmas concorrências e apresente uma quantia abaixo do custo. Fui claro? Quero que aquele canalha pare de me importunar!

Depois que Jim murmurou um assentimento, Mike continuou:

— Podemos emitir um mandado de prisão para a moça. Já discuti a questão com o juiz Spath, e ele se prontificou a fazer isso assim que você der a ordem.

— Quem é ela? — perguntou Jim, quando Nick pareceu mais interessado em servir champanhe nas taças.

— É a amante de Whitworth! — irrompeu Rudy, entusiasmado, a voz soou com pomposa presunção. — Investiguei pessoalmente. A dama mora como uma rainha, num elegante condomínio em Bloomfield Hills, cujos custos Whitworth banca. Também se veste como uma modelo e...

O horror explodiu no peito de Nick e todo o seu corpo se retesou contra a agonizante certeza que já lhe martelava o cérebro. Formulou em sua mente a pergunta, mas antes de conseguir forçar as palavras a saírem, teve de apoiar as mãos no balcão do bar. Com as costas ainda voltadas para eles, sussurrou:

— Quem é ela?

— Lauren Danner — respondeu o advogado, impedindo mais uma descritiva efusão do impulsivo rapaz da segurança. — Nick, sei que ela tem trabalhado para você pessoalmente e que é a jovem que praticamente caiu na nossa frente naquela noite. A publicidade envolvida na prisão vai, sem sombra de dúvida, desencorajar qualquer outra pessoa que pense em nos espionar, mas esperei para falar com você antes de dar seguimento à acusação formal. Devo...?

A voz de Nick saiu sufocada de fúria e dor:

— Volte para o seu escritório — ordenou — e espere lá. Chamarei você. — Sem se virar, lançou a cabeça na direção de Rudy: — Suma com ele e o mantenha fora daqui... para sempre!

— Nick... — falou Jim às suas costas.

— Fora! — vociferou Nick, a voz como um golpe de chicote, depois assumindo um tom perigosamente controlado: — Mary, ligue para Lauren e avise que esteja aqui em dez minutos. Depois vá para casa. São quase cinco horas.

No silêncio sepulcral que se seguiu à partida de todos, Nick endireitou o corpo diante do bar e jogou fora o champanhe que servira para comemorar seu casamento com um anjo. Uma princesa de risonhos olhos azuis que havia entrado em sua vida e a virado de cabeça para baixo. Lauren o espionava, ela o traía com Whitworth. Era a amante de Whitworth.

Do coração veio um grito de negação, mas a mente sabia que era verdade. Isso explicava a forma como a jovem vivia, as roupas que usava.

Lembrou-se de que a apresentara a Whitworth na noite de sábado e, ao recordar a maneira como Lauren fingira não o conhecer, sentiu como se fosse se estilhaçar em milhões de pedaços. Fúria e angústia corriam em suas veias como ácido. Queria apertá-la nos braços e ouvi-la dizer que não era verdade; queria despejar em Lauren todo o amor que tinha dentro de si até não haver mais espaço no coração e no seu corpo para ninguém além dele.

Queria estrangulá-la pela traição, matá-la com as próprias mãos.

Queria morrer.

LAUREN OLHOU DE RELANCE PARA os três guardas da segurança parados na área de recepção privada enquanto apertava o passo até a sala de Nick. Os homens a observavam, com uma expressão de alerta e desconfiança. Ela abriu um leve sorriso ao passar por eles, mas apenas um retribuiu o cumprimento, acenou, uma curta e inamistosa inclinação de cabeça.

Na porta do escritório de Nick, parou para ajeitar os cabelos. A mão tremia com uma mistura de prazer por vê-lo e medo de como ele reagiria quando contasse do envolvimento com Philip. A intenção era só lhe contar à noite, depois que ele houvesse tido tempo para relaxar, mas agora que Philip começara a chantageá-la, precisava contar sem demora.

— Bem-vindo de volta — disse ela, entrando no escritório.

Em pé diante da janela, com uma das mãos apoiada na moldura e de costas para a porta, Nick contemplava a cidade. As cortinas estavam fechadas sobre o restante da parede de vidro e nenhuma das luzes fora acesa para dissipar a escuridão de uma prematura noite sombria e chuvosa.

— Feche a porta — disse ele em voz baixa. A voz pareceu estranha, mas, como ele estava de costas, ela não conseguia ver seu rosto. — Sentiu saudades de mim, Lauren? — perguntou, sem se virar.

Ela sorriu ao ouvir a pergunta que ele sempre fazia quando passava algum tempo longe.

— Senti — respondeu, deslizando com ousadia os braços pela cintura dele.

O corpo de Nick pareceu enrijecer ao toque e, quando ela esfregou o rosto contra aquelas costas largas e musculosas, sentiu-as duras como ferro.

— Quanta saudade sentiu de mim? — sussurrou Nick com voz sedosa.

— Vire-se que eu mostro a você — provocou ela.

Ele baixou a mão da janela e se virou. Sem encará-la, foi até o sofá e se sentou.

— Venha cá — convidou com voz calma.

Obediente, Lauren foi até o sofá, parou diante de Nick e baixou os olhos para o bonito rosto anuviado, tentando entender aquele humor estranho.

Nick tinha a expressão impassível, quase alheia, mas quando ela ia se sentar ao seu lado, ele lhe tomou o pulso e a puxou para o colo.

— Mostre o quanto você me quer — pediu ele.

O estranho tom na voz de Nick causou um inexplicável arrepio na espinha de Lauren, logo reprimido pela dominante insistência da boca na sua. Ele a beijou de forma minuciosa, hábil, e, sentindo-se impotente, Lauren se rendeu à tórrida exigência daqueles lábios. Nick sentira sua falta. Seus dedos ágeis já lhe desabotoavam a blusa de seda, abrindo o sutiã para expor os seios, conforme a deitava no sofá e cobria o corpo seminu com o dele. A perícia da língua, os seios intumescidos e mamilos endurecidos a excitou, e ele insinuou a mão sob a saia e baixou a calcinha de renda.

— Você me quer agora?

— Quero — arquejou Lauren, contorcendo-se sob o corpo dele.

Ele enfiou a mão livre em seus cabelos e apertou.

— Então abra os olhos, docinho — ordenou em voz baixa. — Quero ter certeza de que sabe que sou eu em cima de você, não Whitworth.

— Nick...!

O grito frenético de Lauren foi sufocado quando Nick se levantou de um salto, torceu a mão nos cabelos dela e cruelmente a ergueu consigo.

— Por favor, me escute! — gritou Lauren, aterrorizada com a raiva sombria, o virulento ódio nos olhos ardentes. — Posso explicar tudo, eu...

Um grito baixo de dor rompeu da sua garganta quando Nick intensificou o aperto nos cabelos, girou sua cabeça e a abaixou.

— Explique isto — ordenou ele, num sussurro apavorante.

O olhar dela se fixou, aterrorizado, nos papéis espalhados na mesa de centro: cópias das quatro propostas de projetos que dera a Philip, fotografias em preto e branco ampliadas a mostravam curvada sobre a janela do carro de Philip, a placa na traseira do Cadillac e o registro do estado de Michigan apontando Philip A. Whitworth como o dono do veículo.

— Por favor, eu te amo! Eu...

— Lauren... — Ele a interrompeu com voz ameaçadoramente baixa. — Continuará me amando daqui a cinco anos, quando você e seu amante saírem da prisão?

— Ah, Nick, por favor, me escute — implorou ela, arrasada. — Philip não é meu amante, é um parente. Ele me enviou à Sinco para que eu me

209

candidatasse a uma vaga, mas juro que jamais contei nada a ele. — A raiva deixou o rosto de Nick, substituída por um terrível desprezo que a angustiou de tal modo que as palavras saíram num desconexo frenesi: — Até... até nos encontrarmos no baile, ele me deixou em paz, mas agora está tentando me chantagear. Ameaçou mentir para você se eu não...

— Seu parente — repetiu ele, com gélido sarcasmo. — Seu parente está tentando chantagear você.

— Sim! — Lauren tentava explicar de maneira febril. — Philip estava certo de que você pagava a alguém para o espionar; por isso me mandou aqui para descobrir quem era e...

— Whitworth é o único a pagar um espião — zombou, em tom mordaz.

— E a única espiã aqui é você! — Ele a soltou e tentou empurrá-la, mas ela o agarrou.

— Por favor, me escute — implorou, ensandecida. — Não faça isso conosco!

Nick se desvencilhou com força, e Lauren caiu no chão, os ombros castigados por soluços intensos, engasgados.

— Eu te amo tanto — chorou, beirando a histeria. — Por que não quer me escutar? Por quê? Estou *implorando* que apenas ouça o que tenho a dizer.

— Levante-se! E abotoe a blusa — ordenou Nick com rispidez, a caminho da porta.

O peito ofegante com soluços convulsivos e silenciosos, Lauren endireitou as roupas, apoiou a mão na mesa de centro e lentamente se levantou.

Nick escancarou a porta e os seguranças se adiantaram.

— Levem ela daqui — ordenou, com a voz gélida.

Lauren arregalou os olhos, paralisada de terror, para os homens que se aproximavam decididos. Iam levá-la para a cadeia. Disparou o olhar para Nick, implorando em silêncio pela última vez, que a ouvisse, acreditasse nela, impedisse aquilo.

Com as mãos nos bolsos, ele lhe retribuiu o olhar sem pestanejar; nas feições cinzeladas, uma máscara de pedra, os olhos como lascas cinzentas de gelo. Apenas o músculo contraído na mandíbula tensionada traía o fato de que sentia alguma emoção.

Os três guardas a cercaram, armados, e um deles a segurou pelo cotovelo. Lauren se soltou com um gesto brusco.

— Não me toque!

Sem olhar para trás, acompanhou os seguranças para fora do escritório e atravessou a deserta e silenciosa área de recepção.

Quando a porta se fechou atrás dela, Nick retornou ao sofá. Sentou-se com os antebraços apoiados nos joelhos e encarou a foto em preto e branco ampliada de Lauren entregando a Whitworth as cópias roubadas das propostas.

Era muito fotogênica, pensou com uma pontada de dor. Ventava muito, mas ela não se preocupara em vestir um casaco. A foto captara as delicadas feições de perfil com o vento lhe açoitando os cabelos em glorioso abandono.

Era uma foto de Lauren o traindo.

Sentiu um músculo latejar na garganta quando engoliu em seco. A fotografia devia ter sido feita com filme colorido, concluiu. Simples preto e branco não capturava a pele rosada, os reflexos dourados nos belos cabelos, nem o brilho dos vívidos olhos turquesa.

Nick cobriu o rosto com as mãos.

OS GUARDAS ESCOLTARAM LAUREN PELO saguão de mármore, ainda repleto de funcionários que saíam atrasados. No meio de tantas pessoas, ela foi poupada da humilhação de espectadores curiosos. Todos os demais voltavam para casa, absortos nos próprios pensamentos. Não que Lauren se importasse particularmente com quem testemunhasse aquela vergonha; no momento, nada lhe importava.

Escurecera e chovia, mas ela mal sentia o tamborilar gelado das gotas de chuva contra a fina blusa de seda. Desinteressada, olhou em volta, à procura de um carro de polícia à espera no meio-fio, mas não viu nenhum. O guarda à esquerda e o de trás recuaram. O da direita também se virou para partir, depois hesitou e perguntou:

— Não tem casaco, senhorita?

Lauren o encarou com olhos entorpecidos de dor.

— Tenho — respondeu, tolamente.

Tinha um casaco; estava na bolsa que deixara no escritório de Jim.

O guarda olhou hesitante o meio-fio, como se esperasse que alguém fosse encostar e oferecer uma carona a ela.

— Vou pegar para a senhorita — disse, e regressou ao prédio com os companheiros.

Lauren ficou na calçada, a chuva molhando seus cabelos e ferindo seu rosto como agulhas de gelo. Parecia que não a levariam para a prisão, afinal. Não sabia para onde ir, nem como voltar para casa sem dinheiro ou chaves. Numa espécie de transe, virou-se e saiu andando a esmo pela Avenida Jefferson, e logo uma figura conhecida saiu apressada do prédio em sua direção. Por um instante, a esperança lampejou e se acendeu com um doloroso brilho.

— Jim! — chamou ela, quando ele e Ericka quase passaram por ela sem vê-la.

Jim virou-se de repente, e Lauren sentiu um frio no estômago ao ver a fúria acusadora no olhar fulminante que ele lhe dirigiu.

— Não tenho nada a dizer a você — disparou ele.

Toda a esperança morreu no íntimo de Lauren, e com essa morte veio um abençoado torpor. Girou nos calcanhares, enfiou as mãos geladas nos bolsos da saia de tweed e continuou a seguir pela rua. Seis passos depois, Jim a agarrou pelo braço e a virou.

— Aqui — disse, com a expressão tão hostil quanto antes. — Fique com meu casaco.

Cuidadosamente, Lauren se desvencilhou de seu braço.

— Não me toque — disse, com toda a calma. — Nunca mais quero ser tocada.

O alarme lampejou no olhar de Jim antes que o extinguisse.

— Fique com meu casaco — repetiu, seco, já começando a despi-lo. — Você vai morrer congelada.

Ela não via nada desagradável na perspectiva de morrer congelada. Ignorando a mão estendida de Jim, ergueu o olhar para ele.

— Você acredita no que Nick acredita?

— Em cada palavra — declarou.

Com os cabelos colados na cabeça e a chuva golpeando-lhe o rosto virado para cima, Lauren disse com grande dignidade:

— Neste caso, não quero seu casaco. — Prestes a se virar, parou. — Mas pode dar a Nick um recado quando ele enfim descobrir a verdade. — Os dentes tiritavam quando disse: — Di-diga a ele que jamais torne a se aproximar de mim. Di-diga a ele para ficar longe de mim!

Sem pensar para onde ia, percorreu automaticamente as oito quadras ao encontro das únicas pessoas que a receberiam sem segundas intenções. Foi ao restaurante de Tony.

Com os nós dos dedos congelados, bateu na entrada dos fundos. A porta se abriu e Tony a fitou, o smoking em contraste com o barulho e o vapor da cozinha às suas costas.

— Laurie? — disse ele. — Laurie! *Dio mio!* Dominic, Joe — gritou —, venham rápido!

LAUREN ACORDOU NUMA CONFORTÁVEL CAMA quente e abriu os olhos para um quarto encantadoramente pitoresco, mas desconhecido. Sentiu a cabeça latejar com fúria quando se esforçou para se levantar, apoiando-se nos cotovelos, e olhar em volta. Estava na casa acima do restaurante, e a jovem esposa de Joe a pusera na cama após um banho e uma refeição quentes. Não morrera de hipotermia, percebeu. Que decepção... que anticlímax, concluiu com humor mórbido. O corpo doía como se tivesse sido espancada.

Perguntou-se quando Nick iria descobrir que ela mudara os números nas propostas. Se qualquer um dos quatro contratos fosse concedido à Sinco, Nick sem sombra de dúvida se perguntaria como isso podia ter acontecido. Iria se perguntar por que Whitworth não entrara na concorrência com uma quantia menor do que a da Sinco, e talvez comparasse as cópias que ela dera a Philip com os originais.

Por outro lado, também existia sempre a possibilidade de que outras empresas além da Sinco e da Whitworth ganhassem a concorrência, assim Nick continuaria acreditando que ela o traíra.

Lauren empurrou as pesadas mantas e saiu vagarosamente da cama. Sentia-se enjoada demais para se importar com o que quer que acontecesse.

Sentiu-se ainda pior quando, alguns minutos depois, entrou na cozinha da família e ouviu Tony ao telefone. Todos os filhos se achavam sentados à mesa.

— Mary — dizia o homem, o rosto vincado em linhas severas —, aqui é Tony. Me deixe falar com Nick.

O coração de Lauren disparou, mas era tarde demais para impedi-lo, porque Tony já se lançava num monólogo sem fim.

— É melhor você vir até aqui. Alguma coisa aconteceu a Laurie. Chegou aqui ontem quase congelada. Não tinha casaco, bolsa, nada. Não quis dizer o que houve. Não deixou que nenhum de nós a tocasse, a não ser... Como? — A expressão dele ficou furiosa. — Não use esse tom de voz comigo, Nick! Eu... — Ficou imóvel por um momento, ouvindo fosse lá o que Nick dizia, depois afastou o fone do ouvido e o olhou como se tivessem acabado de nascer dentes no aparelho. — Nick desligou na minha cara — informou aos filhos.

O olhar pasmo de Tony encontrou Lauren parada, hesitante, no vão da porta.

— Nick disse que você roubou informações da empresa, que você é amante do padrasto — contou. — Nunca mais quer ouvir o seu nome, e se eu tentar falar com ele sobre você de novo, vai mandar o banco cobrar o empréstimo que contraí para a reforma do restaurante. Nick disse tudo isso a mim, falou comigo assim! — repetiu, a expressão incrédula.

Lauren se adiantou, o rosto pálido de remorso.

— Tony, você não sabe o que aconteceu. Não entende.

— Mas entendo a forma como ele falou comigo — respondeu, com os maxilares cerrados. Ignorando-a, se virou para o telefone e discou com furiosa decisão. — Mary — disse ao aparelho —, ponha Nick de novo na linha já. — Parou, enquanto parecia que Mary dirigia uma pergunta a Nick. — É — respondeu —, pode apostar a vida que é sobre Laurie. Como? Sim, ela está aqui.

Entregou o telefone a Lauren, a expressão tão furiosa e magoada que ela se sentiu mal.

— Nick não quer falar comigo — explicou ele —, mas Mary quer falar com você.

Com uma mistura de esperança e medo, Lauren disse:

— Alô, Mary?

A voz de Mary parecia um pingente de gelo.

— Lauren, já fez muito mal àqueles de nós que foram tolos o bastante para confiar em você. Se tem alguma decência, mantenha Tony fora disso. Nick não faz ameaças vazias, pretende cumprir o que prometeu a Tony. Fui clara?

Lauren engoliu em seco, desolada.

— Perfeitamente.

— Ótimo. Então sugiro que fique onde está durante a próxima hora. Nosso advogado lhe entregará suas coisas e explicará sua situação legal.

Íamos notificá-la por intermédio de Philip Whitworth, mas assim será bem melhor. Adeus, Lauren.

Lauren afundou numa cadeira à mesa, envergonhada demais para olhar os homens que agora iriam encará-la com a mesma ressentida condenação que Jim e Mary lhe haviam demonstrado.

Tony apertou seu ombro com uma das mãos, para reconfortá-la, e ela inspirou trêmula e profundamente.

— Partirei assim que o advogado chegar com minha bolsa — declarou, erguendo com dificuldade o olhar.

Em vez de desprezá-la, os rapazes e Tony a olhavam com impotente compaixão. Após tudo que lhe acontecera, sentia-se mais preparada para encarar animosidade que bondade, e a solidariedade da família oprimiu seu coração, enfraquecendo o muro que represava suas emoções.

— Não me peçam para explicar — sussurrou ela. — Se eu fizesse isso, vocês não iam acreditar em mim.

— Acreditaríamos em você sim! — respondeu Dominic com tímida indignação. — Eu estava parado atrás da divisória onde deixamos os bules de café e ouvi cada palavra que... aquele porco disse a você no almoço, mas não sabia o nome dele. Papa o reconheceu e veio ficar ao meu lado, pois queria saber por que você estava almoçando com alguém que Nick odeia.

Lauren perdeu mais um pouco da compostura, os olhos marejados de lágrimas, mas piscou para impedi-las de cair, e disse com um sorriso trêmulo:

— O serviço deve ter sido terrível com vocês dois cuidando de mim.

Antes de conhecer Nick, havia anos que não chorava. Depois da última noite não haveria mais lágrimas. Nunca mais. Chorara aos pés dele, implorando para que a ouvisse. Só pensar nisso já a fazia se encolher de aflição e fúria.

— Tentei telefonar para Nick depois que você saiu naquele dia — explicou Tony —, para dizer que Whitworth vinha a ameaçando e que você estava em apuros, mas ele estava na Itália. Disse a Mary para obrigá-lo a me ligar assim que retornasse, mas nunca acreditei que você fosse mesmo dar a informação ao padrasto dele.

Lauren percebeu a reprovação na voz do amigo e deu de ombros, exausta.

— Eu não dei o que ele queria. Mas Nick acha que sim.

Meia hora depois, Tony e Dominic a acompanharam até o restaurante, no andar de baixo, que ainda não havia sido aberto para o almoço, e se mantiveram numa postura protetora atrás de sua cadeira. Lauren logo reconheceu Mike Walsh como o homem que estava com Nick na noite em que caíra, literalmente, aos pés dos dois. Ele apresentou o homem que o acompanhava como Jack Collins, chefe da Divisão de Segurança da Global, em Detroit. Depois, os recém-chegados se sentaram diante dela.

— Sua bolsa — disse Mike, entregando-a. — Gostaria de conferir o conteúdo?

Lauren teve o cuidado de manter o rosto totalmente impassível.

— Não.

— Muito bem — disse ele, sem rodeios. — Vou direto ao assunto. Srta. Danner, a Global Industries tem provas suficientes para acusá-la de roubo, conspiração para fraude e vários outros crimes graves. Nesse momento, a empresa não vai insistir em sua prisão. Porém, se algum dia você tornar a ser vista no prédio da Global Industries, ou de qualquer das suas subsidiárias, a empresa pode e vai processá-la pelos crimes que acabei de citar. Um mandado judicial de prisão já foi preparado. Se for vista em nossas instalações, esse mandado será assinado e você será presa. Se estiver em outro estado, insistiremos na extradição.

Ele abriu um grande envelope de papel pardo e retirou dele várias folhas.

— Esta é uma carta declarando os termos que acabei de expor. — Ele lhe entregou uma cópia da carta, assim como um documento de aparência legal. — Isto... — indicou o documento — ... é uma proibição, assinada pelo tribunal, que torna ilegal que até mesmo ponha o pé em qualquer propriedade da Global de agora em diante. Entendeu?

— Perfeitamente — respondeu Lauren, erguendo o queixo em rebeldia silenciosa.

— Você tem alguma pergunta?

— Sim, duas. — Ela se levantou e se virou para dar um beijo afetuoso no rosto de Tony e outro no de Dominic. Sabia que desmoronaria sob a tensão de uma despedida sentimental; se despedia dos dois amigos agora, quando era mais fácil. Tornou a se virar para o advogado e perguntou: — Onde está meu carro?

Mike indicou com a cabeça a porta do restaurante.

— O sr. Collins o trouxe até aqui. Está estacionado na porta. Qual é a outra pergunta?

Lauren ignorou o advogado e perguntou a Jack Collins:

— Foi o senhor que descobriu todas essas "provas" contra mim?

Apesar da palidez, Jack Collins tinha olhos curiosos e incisivos.

— Um homem que trabalha para mim realizou as investigações enquanto eu estava no hospital. Por que pergunta, srta. Danner? — quis saber, encarando-a com muita atenção.

Lauren pegou a bolsa na mesa.

— Porque não fez um trabalho muito bom. — Desviou os olhos de Jack Collins e conseguiu dar um breve sorriso triste a Tony e Dominic. — Até logo — disse em voz baixa. — E obrigada.

Saiu do restaurante e não olhou sequer uma vez para trás.

Os dois homens da Global Industries a observaram partir.

— Jovem de beleza estonteante, não é? — comentou o advogado.

— Linda — concordou Jack Collins, franzindo as sobrancelhas numa expressão pensativa.

— Mas tão traiçoeira e ardilosa quanto linda.

O diretor da Segurança uniu ainda mais as sobrancelhas.

— Será mesmo? Observei os olhos dela o tempo todo. Parecia furiosa e magoada. Não parecia culpada.

Mike Walsh se levantou impaciente da cadeira.

— É culpada. Se não pensa assim, vá ver as provas que seu assistente reuniu contra ela.

— Acho que vou mesmo — disse Jack.

— Faça isso! — se intrometeu Tony, indignado e escutando às escondidas sem o menor pudor. — Depois venha conversar comigo e *eu contarei* a você a verdade. Whitworth a obrigou!

Capítulo 20

Nick se recostou na cadeira, atento, enquanto Jack Collins, Mary, Jim e Tony invadiam seu escritório. Havia concordado com a reunião sobre Lauren apenas porque Jack insistira que era de suma importância para o bem da empresa, caso ela decidisse processá-los.

Processá-los por quê?, pensou Nick, cheio de amargura. Quem dera estar em outro lugar naquele momento. Em qualquer outro lugar. Falariam sobre ela, e ele teria de ouvir. Lauren fora embora havia um mês e ainda não conseguira arrancá-la dos pensamentos.

Não parava de imaginar erguer os olhos e vê-la entrando ali, o bloco de estenografia e a caneta na mão, pronta para anotar as suas instruções.

Na semana anterior, achava-se profundamente absorto no novo balanço financeiro da empresa, quando, de repente, uma mulher na recepção rira. Soara como a risada baixa e musical de Lauren, o que o impulsionou a se levantar de um pulo da cadeira, com a intenção de arrastá-la até seu escritório e avisar a ela, pela última vez, que se mantivesse afastada. Mas ao chegar à recepção e ver que se tratava de outra mulher, sentira o coração afundar.

Precisava de um descanso, disse a si mesmo, de um pouco de tranquilidade e do tipo certo de diversão. Vinha se esforçando demais, tentando expulsá-la dos pensamentos, trabalhando até ficar física e mentalmente esgotado. Tudo aquilo ia mudar agora. Em poucas horas, viajaria até Chicago para participar da reunião do comitê de comércio internacional, a reunião que abandonara para correr atrás dela, agora remarcada a fim de que os membros do comitê concluíssem os negócios que não puderam resolver sem seu voto. No domingo, dali a três dias, quando a reunião chegasse ao fim, Vicky o encontraria em Chicago, os dois pegariam um avião até a Suíça e lá passariam três semanas. Três semanas esquiando durante o dia e fazendo amor à noite deveriam solucionar de forma magnífica todos os seus problemas. Passar mais uma vez o Natal na Suíça, como fizera três anos antes, também era uma ideia muitíssimo atraente.

Com quem passara a data havia três anos? Ele tentou lembrar.

— Nick — disse Jack Collins —, posso começar?

— Sim — respondeu, virando a cabeça para as janelas.

Quanto tempo ainda seria necessário para fazê-lo conseguir apagar a lembrança de Lauren chorando aos seus pés? "Por favor, não faça isso conosco", soluçara. "Eu te amo tanto."

Indolente, girou a caneta de ouro entre os dedos, consciente de que Tony o encarava furioso, à espera de qualquer oportunidade para defender Lauren.

Defender Lauren, pensou Nick, com sarcasmo. Que defesa? Como a jovem tinha origem italiana, Tony não conseguia ser imparcial. Por causa de sua beleza extraordinária, Tony ficara cego à traiçoeira natureza de Lauren. Não podia culpá-lo, porque ele mesmo ficara igualmente cego e idiota! Lauren o havia cativado, fascinado e encantado. Desde o início, fora enfeitiçado por ela, seu incontrolável e violento desejo por ela o fizera perder a razão...

— Entendo — dizia Jack Collins — que Lauren Danner é um assunto bastante desagradável para todos, mas os cinco nesta sala já conhecem uns aos outros há muitos anos e não existe nenhum motivo que nos impeça de falar abertamente, existe?

Como ninguém respondeu, o diretor da Segurança suspirou, frustrado.

— Ora, para mim também Lauren é um assunto bastante difícil de ser discutido. A investigação sobre ela era tecnicamente responsabilidade minha, e confesso agora que isso foi feito de forma muito ineficiente. O rapaz que cuidou do controle da segurança quando eu me encontrava no hospital era, para ser delicado, inexperiente e superprecipitado. Se eu não tivesse precisado voltar ao hospital duas vezes desde então, teria examinado o problema antes.

"Agora que o fiz", prosseguiu com obstinada determinação, "confesso que ainda não consigo entender a mulher, pelo menos não completamente.

Já falei com cada um de vocês em separado. Agora espero que, reunidos, possamos resolver algumas das contradições que continuam me incomodando. Talvez cada um de nós tenha uma peça do quebra-cabeça e juntos possamos encaixá-las. Tony, por enquanto eu vou me dirigir apenas a Nick, Mary e Jim. Gostaria que você não fizesse comentários até o fim."

Tony estreitou os olhos negros, impaciente, mas manteve a boca fechada e se recostou num dos sofás verdes.

— Agora, então — disse Jack, dirigindo a atenção a Nick, Jim e Mary. — Todos os três me disseram acreditar que Lauren Danner se candidatou a um emprego aqui a fim de espionar para Philip Whitworth. E todos os três insistiram que ela era uma jovem extremamente inteligente, com habilidades de estenografia e datilografia superiores. Certo?

Mary e Jim responderam que sim. Nick assentiu com um rude aceno da cabeça.

— Então a próxima pergunta que eu gostaria de fazer é por que uma secretária inteligente e competente iria sabotar cada um dos seus testes e afirmar jamais ter cursado faculdade quando, na verdade, tem um mestrado que indica que é uma talentosa pianista? — Como todos permaneceram calados, ele continuou: — E por que iria uma jovem inteligente, com boa formação acadêmica, em busca de um emprego com o intuito de espionar, fazer uma das coisas mais idiotas que eu já vi, escrever no formulário de inscrição, nos campos reservados aos cargos desejados, os de presidente e gerente de pessoal?

Jack observou as expressões reservadas dos ouvintes.

— A resposta óbvia é que ela *não* queria o emprego. De fato, fez tudo ao seu alcance para se certificar de que não lhe ofereceriam emprego algum, não fez? — Ninguém respondeu, e ele suspirou: — Pelo que sei, ela estava voltando para o seu carro depois da entrevista, quando conheceu Nick, que intercedeu em seu favor naquela mesma noite. No dia seguinte, Jim a entrevistou e, numa completa e radical mudança de atitude, a srta. Danner decidiu trabalhar para a Sinco e aceitou o trabalho proposto por Jim. Por quê?

Jim recostou a cabeça no sofá.

— Eu já disse a você e a Nick o que Lauren me contou. Ela explicou que conheceu Nick naquela noite, e aceitou o emprego porque queria trabalhar perto dele. E que achava que ele era um simples engenheiro da Global.

— E você acreditou? — perguntou Jack.

— Por que não acreditaria? — respondeu Jim, consternado. — Eu a vi chorando quando descobriu quem Nick realmente era. Sou o mesmo idiota que também acreditou que Whitworth era apenas um parente que, embora tivesse pedido a Lauren para nos espionar, ela não pretendia obedecer.

— Na verdade — continuou Jack, curvando a boca com sombria diversão —, Whitworth *é* parente de Lauren. Pesquisei e, segundo a árvore genealógica da família, que foi traçada há uns treze anos e se encontra registrada num livro usado sobretudo por esnobes da sociedade, os Danner são primos em sétimo ou oitavo grau dos Whitworth.

O incontrolável jorro de alegria que Nick sentiu foi instantaneamente esmagado. Primos ou não, Lauren continuava sendo amante do padrasto.

— Sei — disse Jack, massageando a têmpora como se tivesse uma dor de cabeça — que a srta. Danner não pediu para ser designada a você, Nick. De fato, sei por Weatherby que ela se opôs veementemente à ideia.

— Se opôs, sim — disse Nick, rangendo os dentes. Não ia aguentar por muito mais tempo continuar a discutir o assunto. Falar de Lauren deixava-o muito angustiado.

— Se ela quisesse de verdade espionar para Whitworth — insistiu Jack —, por que argumentaria contra ser designada a você, quando trabalhar com o presidente lhe teria dado muito mais acesso a informações confidenciais?

Nick pegou uma pasta na escrivaninha e começou a ler seu conteúdo.

— Ela não quis trabalhar para mim porque brigamos sobre um assunto pessoal. — *Não quis dormir comigo,* acrescentou, apenas em sua mente.

— Isso não faz sentido — insistiu Jack, com firmeza. — Se vocês haviam brigado, ela deveria ter adorado a oportunidade de retaliar, trabalhando aqui e o espionando.

— Nada sobre essa garota faz sentido — disse Mary, hesitante. — Quando lhe falei da mãe de Nick, ela ficou branca como uma...

— Eu não tenho tempo para isso! — cortou Nick, sem rodeios. — Estou de partida para Chicago. Jack, posso esclarecer tudo em poucas palavras. Lauren Danner veio à Sinco para espionar. É amante de Whitworth. Uma perfeita mentirosa e uma atriz magnífica.

Tony abriu a boca para argumentar, e Nick disse numa voz grave, estrondosa:

— Não a defenda, droga. Ela permitiu que eu a apresentasse à minha própria mãe e a meu padrasto! Ficou ali e me deixou passar por imbecil, apresentando-a aos cúmplices, um deles seu amante! Traiu a todos nós, não apenas a mim. Falou a Whitworth sobre Rossi e o fez espalhar os seus homens por toda Casano à procura dele. Forneceu informações de concorrências a Whitworth, o que vai custar à Sinco uma fortuna em lucros. Ela...

— Não era amante de Whitworth — interrompeu Jack, quando Tony se levantou de um pulo para protestar. — Sei que foi isso que meu investigador lhe disse, mas a verdade é essa: embora Whitworth seja, de fato, o proprietário do apartamento, só a visitou uma vez, na noite em que a moça chegou, por talvez trinta minutos.

— A idade de meu padrasto deve estar debilitando sua capacidade...

— Pare de falar de Laurie assim! — explodiu Tony, furioso. — Eu...

— Poupe seu fôlego, Tony — rebateu Nick, com rispidez.

— Tenho fôlego de sobra, e agora é minha hora de falar! Dominic e eu ouvimos o que Whitworth disse a ela no dia em que almoçaram no meu restaurante. Laurie logo o informou de que vocês iam se casar e que ia contar a você que eram parentes. Assim que disse isso, Whitworth começou a falar que você talvez achasse que eram amantes e acreditasse que foi ela quem deu a informação sobre Casano. Laurie ficou transtornada e respondeu que não tinha contado a ele sobre Casano e que tampouco eram amantes. Então perguntou se ele a estava chantageando. Whitworth disse em meias palavras que sim. E que ficaria calado se ela lhe passasse as informações...

— O que ela fez — disparou Nick —, em uma hora! Fez porque pretendia continuar mentindo para mim até Whitworth acabar por nos levar à falência.

— Não — berrou Tony. — Laurie disse que preferiria morrer a fazer qualquer coisa para prejudicar você. Ela...

Nick bateu a mão com força na mesa ao se levantar de um salto.

— Ela não passa de uma cadela traiçoeira e mentirosa. É tudo que preciso saber. Agora, saiam todos daqui!

— Eu já vou! — quase gritou Tony, marchando pelo escritório. — Mas você precisa saber de mais uma coisa. O que fez a ela a magoou mais do que já vi alguém ser magoado. Você a botou para fora sem casaco, dinheiro, sem nada, e ela telefonou para Whitworth? Não, andou oito quadras no frio e na chuva para desabar em meus braços. Portanto, ouça o que tenho a lhe dizer agora... — empertigou-se até a sua mais impressionante altura e enfiou o chapéu na cabeça — ... de agora em diante, você está fora da minha lista, Nick. Se quiser comer no meu restaurante, é melhor levar Laurie com você!

Capítulo 21

— Sr. Sinclair. — A secretária em Chicago se curvou ao lado de Nick e reduziu a voz até um sussurro para evitar incomodar os outros importantes empresários americanos sentados ao redor da mesa de conferências, discutindo os detalhes finais de um acordo de comércio internacional. — Lamento incomodá-lo, mas o sr. James Williams está ao telefone e quer falar com o senhor...

Nick assentiu e deslizou a cadeira para trás. Sete homens ergueram os olhos e o encararam com irritação. A não ser em questões de extrema urgência, nenhum deles recebia telefonemas. Durante o último encontro, e agora nesse, apenas Nick recebera uma ligação urgente, e na última vez a reunião teve de ser cancelada e reagendada porque ele os abandonara de repente.

Nick saiu da sala, oprimido pela lembrança da última vez que Jim o interrompera na mesma reunião. Naquela ocasião, Jim inventara uma desculpa muito tola para telefonar, com a intenção de dizer que Lauren se demitira.

— Sim, o que foi? — perguntou ele, furioso com a lembrança de Lauren, furioso com a dor que sempre o invadia ao pensar nela.

— Está rolando uma senhora comemoração aqui no departamento de Engenharia — começou Jim, a voz hesitante e confusa. — Nick, embora Lauren tenha dado a Whitworth as cópias de nossas quatro propostas, acabamos de ganhar dois dos quatro contratos. Os concorrentes com lances inferiores dos dois outros ainda não foram anunciados. — Parou, evidentemente à espera de resposta. — Não consigo entender o que houve. O que você acha?

— Acho — rosnou Nick — que aquele canalha idiota não é inteligente o bastante para ganhar uma rodada de pôquer nem com um baralho de cartas marcadas.

— Whitworth é desonesto, ardiloso, qualquer coisa, menos idiota — protestou Jim. — Acho que vou pegar o arquivo com Jack Collins na Segurança e verificar os números que Lauren...

— Eu já disse o que quero que você faça — interrompeu Nick, a voz baixa, letal. — Independentemente de quem ganhe os dois contratos restantes, quero que a Sinco entre nas mesmas concorrências que Whitworth, e quero que ofereça uma quantia inferior ao custo, se necessário. Quero aquele canalha fora do mercado em um ano!

Desligou o telefone e voltou à sala de conferências. O presidente do comitê o encarou com reprovação mal disfarçada pela interrupção.

— Agora, podemos recomeçar?

Nick balançou a cabeça numa brusca afirmativa. Votou com todo o cuidado nas três questões seguintes, mas conforme a manhã passava e a tarde se aproximava, e a tarde escurecia, dando lugar à noite, parecia cada vez mais difícil pensar em outra coisa senão em Lauren. A neve caía do lado de fora das janelas do arranha-céu de Chicago enquanto a reunião prosseguia, então a voz indignada de Tony soou em sua mente... "Você a botou para fora sem casaco, dinheiro, nada, e ela telefonou para Whitworth? Não! Andou oito quadras no frio e na chuva para desabar em meus braços."

Oito quadras! Por que os guardas não a haviam deixado voltar para pegar o casaco? Lembrou-se da fina blusa que ela vestia, porque a desabotoara com toda a intenção de a expor e degradar, exatamente como acontecera. Lembrou-se da absoluta perfeição dos seios macios, a incrível suavidade da pele, o delicioso gosto dos lábios, a forma como ela o beijara e se agarrara a ele...

— Nick — chamou o presidente, incisivo. — Suponho que seja a favor dessa proposta.

Nick desprendeu os olhos das janelas. Não tinha a menor ideia de qual proposta debatiam.

— Eu gostaria de mais informações antes de decidir — disfarçou.

Sete rostos surpresos se voltaram para ele.

— É a sua proposta, Nick — repreendeu o presidente. — Você a escreveu.

— Então é lógico que sou a favor — informou num tom frio.

O comitê jantou em grupo num dos mais elegantes restaurantes de Chicago. Tão logo terminou a refeição, Nick pediu licença para retornar ao hotel. A neve caía em flocos espessos, salpicando seu sobretudo de cashmere cor de canela, e se grudava na cabeça descoberta enquanto ele percorria a Avenida Michigan de Chicago, lançando olhares desinteressados às lojas exclusivas, cujas vitrines brilhantes haviam sido decoradas para o Natal.

Enfiou as mãos nos bolsos e amaldiçoou Jim por lhe telefonar naquela manhã para falar sobre Lauren, e a ela própria por entrar em sua vida. Por que ela não ligara para Whitworth para ir buscá-la quando os guardas a retiraram à força do prédio da Global? Por que, em nome de Deus, caminhara oito quadras naquela temperatura congelante para ir ao encontro de Tony?

Depois que a magoara e degradara, por que chorara aos seus pés como um anjo inconsolável? Nick parou para pegar um cigarro do maço e o enfiou na boca. Curvando a cabeça, envolveu as mãos em torno da chama e o acendeu. A voz de Lauren invadiu sua mente, sufocada por violentos soluços. "Eu te amo tanto", chorara. "Por favor, me escute... Por favor, não faça isso conosco..."

Fúria e dor o esmagavam. Ele não podia aceitá-la de volta, lembrou a si mesmo, com violência. Jamais a aceitaria de volta.

Estava disposto a acreditar que Whitworth a chantageara para que lhe passasse as quantias propostas. Disposto até a acreditar que ela não lhe contara sobre o projeto Rossi. Afinal, se tivesse contado, os homens de Whitworth não teriam varado toda a aldeia fazendo perguntas sobre Nick, teriam perguntado sobre Rossi. Parece que nem sabiam o nome do químico. Mesmo que o encontrassem, não teria importância. Os testes de laboratório haviam provado que a fórmula de Rossi tinha apenas uma fração da eficácia que afirmara o sujeito, além de irritar a pele e os olhos.

Nick parou no sinal da esquina, onde viu um homem vestido numa fantasia vermelha brilhante de Papai Noel parado ao lado de um pote de ferro preto, tocando um sino. O Natal nunca fora uma ocasião muito agradável para ele. Era uma festa que, sem exceção, fazia com que se lembrasse da visita que fizera à mãe, na infância; de fato, jamais pensava nela, a não ser na época natalina.

Carros passavam por ele, os pneus triturando a neve fresca. Aquele Natal poderia ter sido diferente; poderia ter sido um recomeço. Levaria Lauren à Suíça. Não... passaria a data em casa com ela. Acenderia um crepitante fogo na lareira e os dois poderiam iniciar as próprias tradições. Fariam amor diante do fogo, com as luzes da árvore de Natal refletidas na pele acetinada...

Furioso, Nick desligou a mente desses pensamentos e atravessou a rua de forma temerária, ignorando as buzinas que soavam em protesto e os faróis que avançavam em sua direção. Não haveria Natais com Lauren. Ele a desejava com bastante desespero para perdoá-la por quase tudo, mas não podia, não queria perdoar nem esquecer o fato de que ela o traíra com a mãe e o padrasto. Talvez com o tempo a perdoasse por ter conspirado contra ele, mas não com os Whitworth. Jamais com eles.

Nick enfiou a chave nas portas duplas da suíte no último andar.

— Onde diabos você andou? — perguntou Jim do sofá no qual se refestelara com os pés apoiados numa antiga mesa de centro. — Vim falar das propostas que Lauren passou a Whitworth.

Nick despiu o sobretudo, furioso por ter a suíte invadida, a intimidade violada e, em especial, por ser forçado — mesmo pelo momento que ia levar para fazer o amigo dar o fora dali — a falar mais uma vez sobre Lauren.

— Eu já disse — disse Nick em um tom de voz baixo, implacável — que quero Whitworth fora do mercado, e também já disse como quero que isso seja feito. Quando você explicou sua participação como cúmplice de Lauren, eu o desculpei, mas não vou...

— Não precisa se preocupar em pôr Whitworth fora do mercado — interrompeu Jim, tranquilo, quando o outro avançou em sua direção. — Lauren está fazendo isso por você. — No sofá ao lado, pegou as cópias das propostas originais e das que Lauren alterara para dar a Whitworth. — Ela mudou os números, Nick — declarou, sério.

A REUNIÃO DO COMITÊ DE comércio internacional reiniciou os debates às nove horas em ponto, na manhã seguinte. O presidente do comitê olhou para os seis homens sentados ao redor da mesa de conferências.

— Nick Sinclair não comparecerá hoje — informou ao grupo, com expressão tempestuosa. — Ele me pediu que expressasse seu pesar e explicasse que foi convocado para resolver um problema urgente.

Em uníssono, seis rostos indignados se voltaram para encarar com impotente hostilidade a cadeira vazia do membro ausente.

— Da última vez, foi um problema de relações trabalhistas. Qual diabos é o problema de Sinclair agora? — perguntou um homem de queixo duplo, irritado.

— Uma fusão de empresas — respondeu o presidente. — Ele disse que ia tentar negociar a mais importante fusão empresarial da sua vida.

Capítulo 22

Um novo tapete de neve cobria Fenster, no Missouri. Com as decorações de Natal penduradas em todos os cruzamentos, a cidadezinha tinha uma singularidade que se assemelhava à visão idealizada e sentimental da vida cotidiana retratada nas obras do famoso pintor e ilustrador americano Norman Rockwell. Esse cenário trouxe a Nick a lembrança muito dolorosa do pudor inicial de Lauren em relação ao sexo.

Ajudado pelas indicações que um velho taciturno lhe dera poucos minutos antes, ele não teve a menor dificuldade para encontrar a rua tranquila onde Lauren fora criada. Encostou diante de uma modesta casa de estrutura branca, com um balanço na varanda e um enorme carvalho no jardim da frente, e desligou a ignição do carro que alugara no aeroporto, cinco longas horas antes.

A viagem lenta e traiçoeira pelas rodovias cobertas de neve fora a parte fácil; enfrentar Lauren ia ser a difícil.

Bateu à porta e foi logo atendido por um jovem magro, porém musculoso, de vinte e poucos anos. Nick sentiu um peso no coração. Jamais, mesmo nos piores cenários imaginados durante o trajeto até ali, lhe passara pela mente a possibilidade de ela ter outro homem.

— Meu nome é Nick Sinclair — disse ele, e viu o curioso sorriso do jovem mudar para franca animosidade. — Eu gostaria de ver Lauren.

— Sou o irmão dela — respondeu o rapaz —, e ela não quer ver você.

Irmão! Ao momentâneo alívio de Nick, seguiu-se um impulso absurdo de esmagar o rosto do rapaz por ele ter roubado as mesadas de Lauren quando ela era menina.

— Vim vê-la — declarou num tom implacável — e se tiver de passar por cima de você para chegar até ela, farei isso.

— Acho que ele está falando sério, Leonard — interveio o pai de Lauren, chegando ao vestíbulo, o dedo num livro fechado que estivera lendo.

Por um longo momento, Robert Danner examinou o homem alto, indomável, no vão da porta, os penetrantes olhos azuis assimilando os vincos de angústia e tensão marcados nas feições do visitante. Um fraco e relutante sorriso suavizou a linha severa da boca do sr. Danner.

— Leonard — disse tranquilamente —, que tal darmos ao sr. Sinclair cinco minutos com Lauren para ver se ele consegue fazê-la mudar de ideia. Ela está na sala — acrescentou, inclinando a cabeça para trás, na direção dos alegres cânticos de Natal que saíam do aparelho de som.

— Cinco minutos e só — grunhiu Leonard, seguindo Nick, que se virou para ele:

— Sozinho — declarou, com determinação.

O rapaz abriu a boca para se opor, mas o pai interveio de novo:

— Sozinho, Leonard.

Nick fechou em silêncio a porta da alegre saleta, avançou dois passos e parou, o coração martelando descontrolado no peito.

Em cima do degrau de uma escada dobrável, Lauren pendurava enfeites cintilantes nos galhos superiores de uma árvore de Natal. Parecia tão jovem, de calça jeans justa, suéter verde-claro, tão linda, de uma maneira pungente e vulnerável, com os cabelos que lhe caíam em ondas cor de mel queimado sobre os ombros e as costas.

Ele ansiava por puxá-la da escada para seus braços, levá-la até o sofá e se perder nela, beijá-la, abraçá-la, e curar com o corpo, as mãos e a boca aquela dor.

Descendo da escada, Lauren se ajoelhou para pegar mais enfeites na caixa ao lado dos festivos pacotes embrulhados sob a árvore. Pelo canto do olho, vislumbrou um par de mocassins masculinos.

— Lenny, seu ritmo de trabalho é fantástico — provocou, em voz baixa. — Eu já terminei. A estrela ficou bonita como ponteira ou eu devo ir ao sótão pegar o anjo?

— Deixe a estrela no topo — respondeu uma voz grave, com dolorosa delicadeza. — Já tem um anjo na sala.

Lauren girou a cabeça de repente, o olhar se cravou no homem alto e solene parado a poucos passos. A cor se esvaiu de seu rosto quando sua mente registrou a determinação esculpida em cada feição masculina, desde as retas sobrancelhas escuras à dura projeção do queixo e do maxilar. Cada linha daquele corpo inesquecível emanava riqueza, poder e o mesmo magnetismo irresistível de que Lauren fugia nos sonhos à noite.

Aquelas feições lhe haviam ficado gravadas a fogo na mente; lembrava perfeitamente. Também lembrava a última vez que o vira: achava-se ajoelhada então como agora, chorando aos pés dele. Humilhação e fúria a fizeram se levantar de um salto.

— Saia daqui! — exclamou, cega demais pelo próprio tormento para ver o remorso torturado, a dor que escurecia os olhos cinzentos.

Em vez de sair, ele se adiantou na direção de Lauren, que recuou um passo e se manteve firme, o corpo trêmulo com explosiva violência. Nick lhe estendeu a mão, e Lauren girou o braço, dando com toda a força um tapa em seu rosto.

— Eu mandei você sair! — sibilou. Como ele não se mexeu, Lauren levantou de novo a mão numa ensandecida ameaça: — Que o Diabo o carregue! Fora daqui!

Ele ergueu o olhar para a palma da mão levantada.

— Vá em frente — disse ele, com delicadeza.

Tremendo de raiva, frustrada, ela baixou com força a mão, passou os braços ao redor da cintura, andando de lado para escapar, tentando contornar a árvore, afastar-se dele e sair da sala.

— Lauren, espere. — Nick bloqueou seu caminho e estendeu a mão para tocá-la.

— Não me toque! — gritou ela, se esquivando de modo frenético da mão estendida. Continuou seguindo de lado para dar os três passos restantes que lhe possibilitariam contorná-lo e sair da sala.

Nick estava disposto a lhe deixar fazer qualquer coisa, *qualquer coisa* com ele, menos abandoná-lo. Isso não podia permitir.

— Lauren, por favor, me deixe...

— Não! — gritou, histérica. — Fique longe de mim!

Ela tentou correr e Nick segurou-a pelos braços. Lauren então se virou para ele como uma louca gata selvagem, lutando com ferocidade e o agredindo.

— Seu canalha! — gritou de dor, enlouquecida e histérica, socando seu peito e ombros. — Seu canalha! Eu lhe implorei de joelhos!

Nick precisou de toda a sua força para contê-la até Lauren acabar por extravasar a fúria e desabar contra ele, o corpo esbelto sacudido por violentos soluços.

— Você me fez implorar — chorava, o pranto embargado, nos braços dele —, me fez implorar.

As lágrimas de Lauren cortavam o coração de Nick, as palavras o rasgavam como facas. Ele a segurava, às cegas, lembrando-se da linda e risonha garota que entrara em sua vida e a virara de cabeça para baixo com o sorriso radiante.

"Que me acontece se esta sandália servir?"

"Eu o transformo num belo sapo."

O remorso aguilhoou os olhos de Nick e o obrigou a fechá-los.

— Me perdoe — sussurrou enrouquecido. — Eu sinto tanto, tanto.

Lauren sentiu a dor brutal naquela voz, e sentiu a parede de gélida insensibilidade que erguera ao redor de si começar a derreter. Lutou para bloquear da mente a extraordinária beleza de estar mais uma vez nos braços dele, de ser apertada contra aquele corpo grande e forte.

Nas solitárias semanas de noites insones e dias de desolada raiva, chegara à tranquila conclusão de que Nick sofria de um incurável cinismo e frieza. O abandono da mãe o marcara, e nada do que ela tentasse fazer jamais conseguiria mudá-lo. Ele sempre continuaria a excluí-la de sua vida e a se afastar friamente, porque nunca a amaria de verdade.

Aprendera aos cinco anos que não confiaria o coração a uma mulher. Pretendia oferecer a Lauren o corpo, a afeição, porém nada além disso. Nunca se permitiria ficar mais uma vez inteiramente vulnerável.

No momento, Nick deslizava as mãos pelas suas costas, num gesto impotente de conforto, incendiando todos os lugares onde a tocava. Juntando os últimos vestígios de autocontrole, Lauren o afastou com firmeza.

— Estou bem agora. Sério. — Dirigiu o olhar aos insondáveis olhos cinzentos e pediu com toda a calma: — Quero que você vá agora, Nick.

Ele enrijeceu o maxilar e retesou o corpo ao ouvir a objetividade tranquila e implacável naquela voz, mas, em vez de ir embora, pareceu bloquear aquelas palavras da mente, como se ela houvesse falado numa língua que ele não entendia. Ainda com os olhos cravados nos dela, enfiou a mão no bolso do paletó e retirou uma caixa embrulhada em papel prateado.

— Comprei um presente para você — disse ele.

Lauren o encarou.

— Como?

— Tome — disse ele, lhe erguendo a mão e pondo a caixa na palma. — É um presente de Natal. Para você, por favor, abra logo.

As palavras de Mary de repente soaram na mente de Lauren, e seu corpo começou a tremer. "Ele pretendia *subornar* a mãe, a fim de fazê-la voltar para ele... Deu-lhe o presente; e insistiu que o abrisse logo..."

— Abra agora, Lauren — pediu ele.

Nick teve o cuidado de manter o rosto inexpressivo, mas ela viu o desespero nos olhos dele, a rígida tensão nos vigorosos ombros e soube que ele esperava que rejeitasse seu presente. E a ele.

Lauren desprendeu os olhos daquele olhar e, trêmula, retirou o papel prateado do estojo de veludo, que exibia o nome em discreto relevo de uma joalheria de Chicago, seguido pelo de um hotel da mesma cidade. Abriu o fecho. O leito de veludo branco guardava um espetacular pingente de rubi, circundado por uma fileira de diamantes estonteantes. O magnífico pingente tinha, facilmente, o tamanho de uma caixinha de comprimidos.

Tratava-se de um suborno.

Pela segunda vez na vida, Nick tentava subornar uma mulher para fazê-la voltar. Lágrimas de ternura encheram os olhos de Lauren e um afeto imenso lhe transpassou o coração.

A voz dele saiu rouca e embargada, como se as palavras lhe fossem arrancadas:

— Por favor — sussurrou ele. — Por favor... — Puxou-a para os braços, esmagou-a contra o corpo esbelto e forte, e enterrou o rosto nos cabelos cor de mel. — Ah, por favor, querida.

As defesas de Lauren desmoronaram por completo.

— Eu te amo! — confessou ela, com a voz entrecortada, e enlaçou os braços com força no pescoço dele, deslizando as mãos pelos músculos retesados dos ombros e afagando os volumosos cabelos escuros.

— Comprei brincos para você também — murmurou, ainda com a voz rouca e urgente. — Comprarei um piano, disseram na faculdade que você era uma pianista talentosa..Gostaria de um de cauda ou prefere um de...

— Não faça isso! — gritou angustiada, quando se ergueu nas pontas dos pés e o silenciou com os lábios.

Um tremor percorreu o corpo de Nick, que a abraçou, abrindo com a sua boca a dela numa ânsia desesperada, movendo as mãos pelas costas e lateral dos seios, e depois as desceu mais, puxando os quadris para grudá-los nos seus, como se quisesse absorver com o seu o corpo de Lauren.

— Senti tanto a sua falta — sussurrou, tentando suavizar o beijo, movendo a boca pelos lábios entreabertos com uma ânsia afetuosa, enternecedora, então afundou devagar a mão nos espessos cabelos na nuca. Mas o controle se desfez quase no mesmo instante, e, com um gemido, Nick fechou a mão e mergulhou a língua na boca de Lauren com urgência feroz, compulsiva.

Ela retribuiu o beijo com todo o amor pungente que lhe irrompia do coração, arqueando-se mais para perto dele e o segurando contra si.

Um infindável tempo depois, retornou à realidade, os braços ainda ao seu redor, o rosto pressionado contra o violento martelar do coração de Nick.

— Eu te amo — sussurrou ele e, antes que ela pudesse responder, continuou numa voz que era em parte suplicante e em parte provocante: — Você tem de se casar comigo. Acho que acabei de ser excluído da votação no comitê de comércio internacional, os participantes me consideram instável. E Tony me riscou da lista. Mary disse que se demitirá se eu não a levar de volta. Ericka encontrou os brincos que eram da sua mãe e os entregou a Jim, que me pediu para lhe dizer que não vai devolvê-los a você, a não ser que volte para pegá-los.

* * *

Minúsculas luzes coloridas cintilavam da árvore de Natal na imensa sala de estar. Estendido no tapete diante da lareira, Nick embalava a esposa adormecida na dobra do braço e contemplava a luz do fogo que dançava nas ondas revoltas dos cabelos espalhados pelo seu peito nu. Já estavam casados fazia três dias.

Lauren se mexeu, aproximando-se mais dele, em busca de calor. Com cuidado para não a incomodar, ele ajeitou a colcha de cetim em volta dos ombros dela. Com reverência, tocou-lhe o rosto com o dedo, traçando a elegante curva. Lauren havia trazido alegria à sua vida e risos ao seu lar. Achava-o lindo e, quando o olhava, ele *se sentia* lindo.

Em algum lugar, em outra parte da imensa casa, o carrilhão de um relógio começou a soar meia-noite. As pálpebras de Lauren adejaram e ela despertou. Nick olhou dentro daqueles fascinantes olhos azuis.

— É Natal — sussurrou ele.

Sua esposa sorriu e suas palavras lhe causaram um aperto na garganta:

— Não — disse ela baixinho, envolvendo os dedos no queixo de Nick.
— O Natal foi há três dias.

Este livro foi composto na tipografia
Minion Pro, em corpo 11/15, e impresso
em papel Pólen Soft no Sistema Cameron da
Divisão Gráfica da Distribuidora Record.